Arena-Taschenbuch
Band 50430

In derselben Reihe sind erschienen:

Die Partyqueen (Band 50427)
Wer ist die Schönste? (Band 50431)
Es ist so schön, ein Biest zu sein! (Band 50432)
Partypanik (Band 50433)

Lisi Harrison
schrieb Kolumnen für Zeitschriften und entwickelte Shows für MTV. Seit 2004 ist sie ausschließlich als Autorin tätig. Sie lebt in Laguna Beach und liebt es, dass sie von ihrem Schreibtisch aus den Strand sehen kann.

LISI HARRISON

DIE GLAMOUR-CLIQUE

Kussattacke

Aus dem Amerikanischen
von Gabi Reichart

Arena

Für Bill, Ann und Carrie Harrison

Die Personen und Ereignisse in diesem Buch sind fiktiv.
Jede Ähnlichkeit zu real lebenden oder toten Personen ist zufällig und von der Autorin nicht beabsichtigt.

Dieses Werk erschien erstmals 2006 bei
Little, Brown and Company, New York,
unter dem Titel »The Pretty Committee strikes back«.

Published by Arrangement with
360 YOUTH LLC./DBA ALLOY ENTERTAINMENT,
New York, NY, USA
Dieses Werk wurde vermittelt durch die
Literarische Agentur Thomas Schlück GmbH, 30827 Garbsen.

FSC
www.fsc.org
MIX
Papier aus verantwortungsvollen Quellen
FSC® C022125

1. Auflage als Arena-Taschenbuch 2012

Aus dem Amerikanischen von Gabi Reichart
Coverfoto: © Carolyn Veith Krienke
Umschlagtypografie: knaus. büro für konzeptionelle
und visuelle identitäten, Würzburg
Gesamtherstellung: Westermann Druck Zwickau GmbH
ISSN 0518-4002
ISBN 978-3-401-50430-8

www.arena-verlag.de
Mitreden unter forum.arena-verlag.de

OCTAVIAN COUNTRY DAY SCHOOL
GEOGRAFIEUNTERRICHT

Mittwoch, 18. Februar
14 Uhr 45

Der dicke, schwere Geruch der künstlichen Hitze, die aus den Heizkörpern des Klassenzimmers drang, ließ Massie Blocks Kopf dröhnen. Und je länger sich ihr naturbegeisterter Geografielehrer über die Erdoberfläche ausließ und darüber, wie sie das Fließen eines Flusses beeinflusste, desto schlimmer wurden ihre Kopfschmerzen. Massie schloss die Augen und massierte sich die schmerzenden Schläfen, bis Mr Myner schließlich den Anstand besaß, das Thema zu wechseln und über etwas zu sprechen, das die Mädchen der siebten Klasse der Octavian Country Day School wirklich interessierte.

»Vergesst nicht, Freitag ist der letzte Tag, an dem ich Schecks für die Exkursion nach Lake Placid am Presidents'

Day annehme.« Mr Myner krempelte die Ärmel seines marineblauen Holzfällerhemdes aus Flanell hoch und enthüllte seine muskulösen, für Februar zu braunen Unterarme.
Alle jubelten und riefen Hurra.
»Ich bin genauso begeistert wie ihr.« Mr Myners warme schokoladenbraunen Augen funkelten vor Stolz. »Das ist eine phantastische Gelegenheit, etwas über Topografie, Orientierung und Überlebensfähigkeiten in der freien Natur zu lernen.«
Massie verdrehte die Augen. Jeder außer Mr Myner wusste, dass dieser Ausflug nichts mit Topografie oder Überlebensfähigkeiten zu tun hatte. Es ging ausschließlich um die drei Tage, während derer sie in der Wildnis mit den Jungen von Briarwood campen würden. Keine Eltern, keine Hausaufgaben und keine Rektorin Burns.
Alles war möglich.
Selbst Massie fand es schwierig, ruhig zu bleiben. Ihr Magen fühlte sich nervös an, als hätte er Flügel bekommen und flöge in Schwindel erregenden Kreisen. Und obendrein starb sie fast vor Hunger.
In den letzten vier Tagen, seit Massie Derrick Harrington ihre mit Strasssteinen besetzte Brosche in Form eines M gegeben hatte, war sie nicht mehr in der Lage gewesen, etwas anderes als Cola light, Früchteriegel und ab und zu einen Diät-Müsliriegel zu sich zu nehmen.
Sie war offiziell mit dem Startorwart des Fußballteams der Briarwood Academy zusammen, und allein der Gedanke daran belastete ihre Verdauung erheblich.
Während Mr Myner weiter eintönig über die majestätische

Schönheit des Adirondacks-Gebirgsmassivs referierte, stellte Massie eine Liste mit folgendem Titel auf:

Fünf Dinge an Derrick, die es mir unmöglich machen, etwas zu essen

- Seine entzückenden, zotteligen, schmutzigblonden Haare. Ich liebe es, wenn sie ihm in die braunen Augen fallen.
- Sein Po-Wackler, nachdem er beim Fußball einen Ball gehalten hat. Um-wer-fend!
- Er ist der beliebteste Junge der siebten Klasse in Briarwood. Und er mag *mich*.
- Er hat mir am Montag eine IM geschickt und geschrieben, ich wäre das süßeste Mädchen an der OCD. *(Was sagst du dazu, Alicia Rivera?)*
- Wir werden in Lake Placid drei Tage und zwei Nächte miteinander verbringen! OMG!

Es gefiel Massie auch, dass er sie Block nannte und sie ihm insgeheim den Namen Derrington gab – eine Verknüpfung zwischen seinem Vor- und Nachnamen. Es klang, als wären sie ein gut aussehendes Paar aus einer Fernsehserie oder ein bekanntes Verbrecherteam. Es klang heißer als heiß.

Block und Derrington.

Block und Derrington.

Block und Derrington.

Allmählich mochte sie sogar die Tatsache, dass er mitten im Winter Shorts trug. Es war sein »Markenzeichen«. Und jeder berühmte Sportler musste ein »Markenzeichen« haben, sonst hatten seine Fans nichts, das sie kopieren konnten.

Massies Magen verkrampfte sich plötzlich bei dem Gedanken an Derrington, der von Horden von Shorts tragenden Fans umringt war, weil sie in diesem Szenario das Glamourgirl an seiner Seite wäre. Das Mädchen, das alle anderen sein wollten. Und nichts war umwerfender als das.

Massie wischte sich die verschwitzten Handflächen an dem grünen Kord ihrer Joie-Cargohose ab, dann zog sie langsam ihr mit purpurfarbenen Swarovski-Strasssteinen bedecktes Handy aus der Seitentasche. Sie schwenkte das Handy unter ihrem Tisch hin und her, bis die glitzernden Strasssteine die Aufmerksamkeit ihrer Freundinnen erregten und ihnen klar machten, dass eine wichtige SMS zu erwarten war. Alicia Rivera, Dylan Marvil, Kristen Gregory und Claire Lyons nickten. Die Mitglieder des Schönheitskomitees waren bewaffnet und bereit zum Empfang.

MASSIE: VERBINDLICHES PACKTREFFEN SONNTAG IM IPAD.

Alle bezeichneten Massies Zimmer als iPad, weil alles dort weiß war, bis auf ein paar eingestreute purpurfarbene Akzente, denn Purpurrot war die offizielle königliche Farbe.

ALICIA: KANN OLIVIA AUCH KOMMEN? SIE IST VON IHRER ZWEITEN NASEN-OP ZURÜCK. SIE KOMMT AUCH MIT ZUR EXKURSION.

Massie verstand nicht, was Alicia in dieser lebhaften Blondine sah, antwortete jedoch trotzdem mit einem Nicken. Sie hatte keine andere Wahl. Letztes Mal, als sie Alicia das Leben schwer gemacht hatte, weil sie die Schal tragende Idiotin mochte, hatte Alicia das Schönheitskomitee demonstrativ verlassen. Und Massie wollte es nicht riskieren, sie wieder zu verlieren.

DYLAN: MUSS SHOPPEN. TRAGE SEIT MEINER GRIPPE EIN PAAR GRÖSSEN KLEINER.

Dylan kniff sich in die Haut an ihrem Bauch und fragte sich wahrscheinlich, ob sie seit dem Mittagessen zugenommen hatte. Massie verdrehte die Augen. Es gab eine Million Dinge, die Massie gerne zurückgeschrieben hätte, die größtenteils damit zu tun hatten, wie nervig Dylans Ich-bin-ja-so-fett-selbst-wenn-ich-dünn-bin-Leier war, beschloss aber, es sein zu lassen. Wenn Dylan sauer war, trieb sie das nur dazu, zu essen, und Massie würde sich noch mehr anhören müssen. Außerdem war es nett, Dylan mit etwas mehr Selbstvertrauen zu erleben. Jedenfalls hatte sie viel mehr Lust, zu shoppen, und das war natürlich nichts Schlechtes.

MASSIE: SHOPPEN KLINGT SUPER.
CLAIRE: BIN DABI.

Massie kicherte vor sich hin. Claire war für ihre späten SMS-Antworten und ihre Tippfehler bekannt, weil sie ihr Handy erst seit Dezember besaß. Wenn Massie es ihr nicht heimlich zu Weihnachten geschenkt hätte, hätte Claire bis zu ihrem sechzehnten Geburtstag warten müssen, bis sie eins von ihren Eltern bekam. Und das kam überhaupt nicht in Frage.

MASSIE: KRISTEN?

Sofort drehten die Mädchen die Köpfe und starrten Kristen an. Sie zog seitlich an ihrem vor ein paar Wochen kurz geschnittenen blonden Haar und wollte es dazu bewegen, schneller zu wachsen. Als sie merkte, dass alle sie anstarrten und auf ihre Antwort warteten, verdrehte Kristen ihre schmalen wasserblauen Augen und senkte den Kopf. Ihre Daumen bewegten sich schnell über die Nokia-Tasten.

KRISTEN: MEINE ELTERN SAGEN IMMER NOCH, DASS DIE KOSTEN VON 1 500 DOLLAR ZU HOCH SIND. WERDEN NICHT ZAHLEN. HASSE SIE.

Kristen hatte immer Geldprobleme, und das nervte wirklich total an.

MASSIE: SOGAR CLAIRES ELTERN ZAHLEN. ES GEHÖRT ZUR SCHULBILDUNG.

Claire hob den Kopf und schenkte Massie ein kurzes Vielen-Dank-Grinsen. Massie zuckte unschuldig die Schultern und wandte sich wieder ihrem vibrierenden Telefon zu.

ALICIA: ICH ZAHLE FÜR DICH.

DYLAN:	ICH AUCH.

Kristens Gesicht leuchtete auf.

MASSIE:	ICH AUCH. IST JA NICHT DAS ERSTE MAL.

Massie drückte auf Senden und hob den Kopf, um zu dem, was Mr Myner sagte, zu nicken, falls er Verdacht schöpfen sollte. Aber er war zu sehr in seinen Vortrag über wandernde Gletscher, mächtige Flüsse und dichte Nadelwälder vertieft, um sich darum zu kümmern, dass der einzige Teil der Natur, der wirklich wichtig war, die Vögel und die Bienen waren.

KRISTEN:	VERGESST ES. ICH KOMME NICHT MIT.
DYLAN:	?
ALICIA:	?
CLAIRE:	/
CLAIRE:	SORRY! ICH MEINTE ???

Massie spürte, wie plötzlich eine Welle von Übelkeit durch ihren ganzen Körper lief. Das war wohl der Hunger. Sie steckte ihren Arm in ihre schwarze Prada-Tasche und brach leise ein Stück von einem halb aufgegessenen Diät-Müsliriegel ab. Mit den Fingern hielt sie die kleinen goldenen Glücksbringer an ihrem Armband fest, damit sie nicht klirrten. Gerade als die mit Schokolade überzogenen Körner ihre Lippen berührte, vibrierte ihr Handy. Es war Derrington. Massie ließ das Stück des Müsliriegels wieder in ihre Tasche fallen und hielt sich das Handy dicht ans Gesicht.

DERRINGTON: PLACID WIRD DER BRINGER!

Sie hatte gehofft, dass Derringtons Nachricht etwas persönlicher sein würde, betrachtete sie jedoch trotzdem als Flirt.

MASSIE:

Sie wollte mit einer cleveren, aber auch schlagfertigen Antwort reagieren. Doch sie wurde von Mr Myner unterbrochen.
»Und Miss Block, darf ich Sie daran erinnern, dass diese Exkursion auch eine großartige Möglichkeit darstellt, Ihre Note um zehn Prozent zu verbessern.« Mr Myner zwinkerte Massie zu. Seine Augen schienen direkt in ihre Seele zu blicken. Massie ließ ihr Handy unauffällig in die grüne Seitentasche ihrer Joie-Cargohose gleiten.
»Warum sagen Sie *mir* das?« Sie legte ihre sorgfältig manikürte Rechte aufs Herz und riss die bernsteinfarbenen Augen weit auf. Musste wirklich die ganze Klasse wissen, dass sie im letzten Test nur ein C bekommen hatte?
»Ich sage es nicht *nur* dir.« Seine Stimme war weich und beruhigend wie die eines Late-Night-DJs. »Ich sage es allen in der Klasse, die im Welthungerquiz weniger als ein B erhalten haben.«
Die A-Schüler fingen an zu kichern. Kristen gehörte dazu. Massie warf ihr einen strengen Hör-auf-damit-Blick zu. Kristen biss sich auf die Unterlippe und sah zum Fenster hinaus.

»Nicht alle hier *müssen* lernen, wie man jenseits der Zivilisation überlebt.« Massie starrte Mr Myner wütend an. »Einige von uns können sich tatsächlich Lebensmittel und Strom leisten. Und diejenigen, die das können, sollten über etwas von Belang geprüft werden, wie beispielsweise europäische Erholungsorte oder natürliche Heißwasserquellen.«

Die C-Schüler applaudierten und Massie nickte dankbar. Sie wusste, dass sie vermutlich einen Zornausbruch von Mr Myner würde ertragen müssen, aber es war ihr egal. Der Applaus war es wert.

Doch bevor Mr Myner ein weiteres Wort äußern konnte, klingelte es. Das schrille Quietschen von Stühlen, die über frisch gewachste Böden zurückgeschoben wurden, und das schnappende Geräusch von Blättern, die abgeheftet wurden, bedeutete, dass der Unterricht aus war.

»Also, iPad am Sonntag?«, wollte Massie noch einmal wissen, als sie aus dem Klassenraum stürmten. »Ich denke, alle sollten früh erscheinen. Diese Packliste wird einige Zeit in Anspruch nehmen.«

»Ohne mich!« Kristen drängte sich an ihnen vorbei und lief den Flur hinunter.

»Warum nicht?«, schrie Massie ihr hinterher.

Alicia, Dylan und Claire sahen sich an und zuckten die Schultern.

Kristen blieb stehen, wandte ihnen jedoch nach wie vor den Rücken zu. Sie zuckte nicht zusammen, als einige Mädchen in Eile sie mit ihren Taschen und Jacken anrempelten. Sie stand einfach da und bewegte sich nicht.

Massie und der Rest des Schönheitskomitees liefen schnell

zu Kristen und stellten sich zu ihr. Tränen rollten ihr die Wangen hinab. Klümpchen aus schwarzer Wimperntusche hatten sich in ihren Augenwinkeln angesammelt.
»Ich hatte keine Ahnung, dass ihr es so satt habt, mir Geld zu leihen.« Sie schniefte.
Alicia drehte ihre dicken schwarzen Haare zu einem Knoten und tupfte sich ein wenig rosafarbenes Lipgloss auf ihre vollen Lippen. »Stimmt doch gar nicht.« Alicia versuchte aufrichtig zu klingen, aber ihre Stimme war flach und wenig überzeugend.
»Lass uns einfach bezahlen«, meinte Dylan. »Wenn wir es durch vier teilen, dann –«
Alicia räusperte sich und deutete mit dem Kopf auf Claire.
»Ich meine, wenn wir es durch *drei* teilen, können wir uns das locker leisten«, korrigierte Dylan sich.
Claire biss sich auf den Daumennagel.
»Ehrlich.« Massie legte die Hand auf die Rückseite von Kristens weiß-rosafarbener Puma-Trainingsjacke. »Wo ist das Problem?«
Kristen wand sich aus Massies sanftem Griff. »Weil ich nicht will, dass ihr mich für einen lächerlichen Almosenempfänger haltet.«
Massie seufzte. Sie hatte keine Zeit dafür. Nicht wenn Derrington auf ihre Antwort auf seine SMS wartete. Vielleicht würde ein bisschen Humor Kristens Laune verbessern. »Du bist nicht *irgendein* Almosenempfänger. Du bist *unser* Almosenempfänger. Und wir finden dich um-wer-fend!«
Kristen sperrte den Mund auf und Tränen rollten ihre geröteten Wangen hinunter.

Alicia warf Massie einen bösen Blick zu.
»Was denn?« Massie war ernsthaft überrascht von ihrer Reaktion. »Ich habe Spaß gemacht.« Sie griff nach Kristens Hand und hielt sie, als wollte sie ihr einen Heiratsantrag machen. »Komm schon, Kris. Das wird die beste Woche, die wir je erlebt haben. Lass uns einfach für dich bezahlen.«
»Nein, danke.« Kristen trocknete sich die Augen mit dem Ärmel ihrer Polyesterjacke. »Ich werde das Geld selbst auftreiben.«
»Wie willst du in zwei Tagen 1 500 Dollar auftreiben?« Claire klang ehrlich interessiert.
»Ich werde Nachhilfestunden in Gedächtnistraining geben«, antwortete Kristen.
»Wie bitte?«, fragten die Mädchen gleichzeitig.
»Ich nehme Unterricht in fotografischem Gedächtnistraining, und es funktioniert tatsächlich«, erklärte Kristen.
»Okay, was haben wir heute in Geografie gelesen? Wort für Wort?« Dylan zog ihren neuen Denim-Minirock Größe XS hoch und überprüfte, ob jemand es bemerkt hatte.
Massie sah schnell weg.
Kristen hob herausfordernd den Kopf, fuhr sich mit den Fingern durch ihre kurzen blonden Haare und lächelte. »Wir haben heute nichts gelesen. Mr Myner hat die ganze Stunde über den blöden Lake Placid gesprochen.«
»Hmmm.« Dylan tippte sich mit dem Zeigefinger gegen ihre geschürzten Lippen. »Nicht schlecht.«
»Warum willst du Nachhilfestunden geben, wenn wir dir doch einfach das Geld geben können?«, fragte Massie.
»Ich komme klar«, sagte Kristen beharrlich. »Ich habe 500

Dollar auf meinem Sparkonto, also brauche ich nur noch 1 000 Dollar.«

Massie lächelte. »Vielleicht könntest du auch Nachhilfe in Mathe geben.«

Kristen kicherte, dann wischte sie die letzte Träne weg. »Ich meine es ernst. Wenn ich zehn Mädchen je 100 Dollar in Rechnung stelle, kann ich mitfahren.«

»Großartig. Können wir jetzt bitte shoppen gehen und nach Erdtönen suchen?«, bettelte Dylan.

»Ja.« Alicia hüpfte auf Zehenspitzen herum. »Unbedingt.« Sie zog den Knoten ihrer kurzen rosafarbenen Jacke, die vorne zu binden war, enger, und ihr Dekolletee wurde dreimal so tief.

»Oh, gut, ich brauche neue Unterwäsche.« Claires blaue Augen weiteten sich vor Begeisterung. »Können wir zu Victoria's Secret gehen?«

»Gebongt«, sagte Alicia zustimmend. »Ich brauche einen neuen B. . .« Sie verschränkte die Arme über ihrem Busen, Körbchengröße C. »Ich brauche auch ein paar Dinge.«

Die Mädchen gingen zum Ausgang, um sich mit Isaac, Massies Fahrer, zu treffen. Er hatte sie vorgewarnt, dass er vielleicht später kommen würde, weil hinten im Range Rover ein neuer Kühlschrank installiert wurde. »Bis dann!« Kristen winkte. Ihre Stimme klang entschlossen und bestimmt.

»Kommst du nicht mit?«, wollte Massie wissen.

»Nö, ich gehe zum Farbkopierer, um Prospekte für meinen Kurs anzufertigen«, erwiderte Kristen.

»Brauchst du Hilfe?« Massie schob die Holztür auf und trat hinaus in die Kälte.

»Yep, sehr gerne.« Kristens Gesicht leuchtete auf. »Möchtest du mitkommen und mir bei den Plakaten helfen?«

Massies Magen zog sich zusammen. Sie hatte nicht wirklich damit gerechnet, dass Kristen Ja sagen könnte.

»Äh, ich kann nicht, weil Isaac auf dem Weg ist«, rief Massie. »Viel Glück! Ruf mich später an.«

»Äh, danke.« Kristen bog zur Bibliothek ab.

»Viel Glück!«, riefen auch die anderen und folgten Massie nach draußen.

»Glaubst du, sie kann bis Freitag 1 000 Dollar zusammenbekommen?« Dylan zog eine jägergrüne Strickmütze aus ihrem türkisfarbenen Marc-Jacobs-Dufflecoat und stülpte sie über die Masse ihrer roten Locken.

»Nur wenn deine berühmte Mutter ihre Morgen-Talkshow in eine Sendung für karitative Zwecke verwandelt«, sagte Alicia. Dylans Mom Merri-Lee Marvil war Moderatorin einer super-populären Vormittagsshow namens *Nachgefragt*.

»Das wäre so cool.« Claire zog den Reißverschluss ihrer babyblauen Daunenjacke zu. »Glaubst du, sie könnte Joss Stone bekommen?«

»Sie kann *jeden* bekommen.« Dylan lächelte stolz. »Ich wette, sie könnte das Geld in etwa fünf Minuten beschaffen.«

»Gott, wo ist denn Isaac?«, Massie stellte sich auf die Zehenspitzen und blickte auf den leeren Parkplatz. Sie hätte alles gesagt, nur um das Thema zu wechseln. Kristens ganze Armutsgeschichte war stinklangweilig. Und Dylans berühmte Mutter lag dicht dahinter auf dem zweiten Platz. Das Einzige, was Massie dieser Tage interessierte, war Derrington.

Ein weißer Lexus und zwei schwarze Audis fuhren auf den Parkplatz. Livvy Collins, Alexandra Regan und Carrie Randolph winkten den Fahrern zu und schlenderten die Schultreppe hinunter; sie ließen sich Zeit, damit sie ihre Unterhaltung beenden konnten.

»Ich weiß, dass Nina eine Schwindlerin war.« Alexandra knöpfte ihren winterweißen Banana-Republic-Wollmantel zu. »Aber wie super wäre es gewesen, sie auf der Exkursion zum Lake Placid dabeizuhaben!«

»DahastduvölligRecht«, nuschelte Carrie, die notorische Schnellsprecherin. »NiemandwusstemehrüberJungen.«

Plötzlich wurde es Massie schwindelig. Es war eine Sache, dass ihre Klassenkameradinnen Nina Callas zu ihrem Idol ernannten – Alicias Schlampe von spanischer Kusine, die es fast geschafft hatte, Massie und Derrington auseinander zu bringen; aber es war eine ganze andere Sache, dass sie sie als *Expertin* in etwas anderem als Lügen, Stehlen und geschmackloser Mode betrachteten. Außerdem hatte Massie angenommen, dass die Normalität wieder einkehren und sie selbst als Expertin in jeder Angelegenheit gelten würde, sobald Nina nach Spanien zurückgekehrt war. Warum passierte es also nicht? Sie ließ sich auf einer Steinstufe nieder. Alicia, Dylan und Claire setzten sich neben sie.

»Vielleicht könnten wir von Alicia ihre E-Mail-Adresse bekommen.« Livvy biss sich auf ihre fleischige Unterlippe und kaute das durchsichtige Lipgloss ab. »Ich wette, sie könnte uns ein paar Supertipps geben.«

»Fändichtoll.« Carrie schlug ihre Lammfellfäustlinge aneinander. »Hey, sehtmal, daistsie!«

»Nina?«, quietschten Livvy und Alexandra gleichzeitig.
»Nein, *A-li-cia.*« Carrie stampfte mit dem Fuß auf. Sie packte ihre Freundinnen an den Jacken und zog sie die Stufen hinunter.
Die wohl frisierte Frau in dem weißen Lexus hupte.
»WartenocheineMinute, Ma.« Carrie stampfte wieder mit dem Fuß auf und hielt ihren Zeigefinger in die Höhe.
Die beiden schwarzen Audis hupten als Nächste. Alexandra und Livvy streckten ihre Finger auf dieselbe Art und Weise hoch wie zuvor Carrie.
»Was gibt es?« Massie stand auf. Alicia, Claire und Dylan stellten sich sofort neben sie.
»Wir wollten eigentlich Alicia etwas fragen.« Carrie schien zu Massies lachsfarbenem Michael-Kors-Snowboots aus nicht wasserdichtem Wildleder zu sprechen.
»Nun, wenn es etwas mit ihrer geschmacklosen Kusine Nina zu tun hat, braucht ihr euch keine Mühe zu machen«, zischte Massie. »Sie ist für uns gestorben.«
»Wir möchten bloß ihre E-Mail-Adresse haben.« Livvy mischte sich ein. Die blonde Balletttänzerin und Basketballspielerin war die dünnste und größte der Gruppe, aber Massie weigerte sich zu ihr aufzusehen. Stattdessen sprach sie zu den zerkratzten Strassknöpfen ihrer schäbigen Möchtegern-antiken Jacke.
Dylan brach in Gelächter aus. »Wie blöd! Als hätten sie E-Mail in Spanien!«
Claire und Alicia kicherten über Dylans Unwissenheit, aber Massie warf ihnen einen warnenden Blick zu, damit aufzuhören.

Carrie, Alexandra und Livvy glaubten Dylan offensichtlich, denn sie wurden alle rot, blickten zur Seite und gingen ein paar Stufen weiter. Es war die perfekte Gelegenheit für Massie, zuzuschlagen.

»Hört mal, ich weiß, dass der einzige Grund, warum ihr mit dieser spanischen Schlampe sprechen wollte, nur sein kann, dass ihr vor der Exkursion Ratschläge in puncto Jungen braucht.« Massie mäßigte ihre Stimme, sodass sie süß und mitfühlend klang. Die Mädchen hoben die Köpfe und Massie stieg die Treppe hinunter und begab sich auf ihre Höhe. »Habe ich Recht?«

»Ja.« Livvy kaute noch mehr Lipgloss ab.

»Das verstehe ich völlig.« Massie tätschelte Livvy die Schulter. »Deshalb biete ich vor der Exkursion noch einen geheimen Kusskurs an.« Sie wedelte mit der Hand hinter ihrem Rücken, damit Claire, Dylan und Alicia ihr keine Frage stellten.

Einer der schwarzen Audis hupte wieder.

»EINE MINUTE, MA!«, rief Alexandra. Dann beugte sie sich zu Massie vor und flüsterte: »Wie ist küssen denn? Erzähl mir *alles*. Lass nichts aus.«

»Es ist schwierig zu beschreiben.« Massie sprach lauter als nötig. »Derrington und ich tun es schon eine ganze Weile – seit den Ferien, um genau zu sein.« Sie stieß Alexandra mit dem Ellbogen in die Rippen und zwinkerte. »Gott sei Dank gibt es Mistelzweige, wenn du weißt, was ich meine!«

Claire krümmte sich vor Lachen. Massie winkte wieder hinter ihrem Rücken.

»Was glaubst du, wer Nina das Küssen beigebracht hat?«, fiel Claire ein. Massie war dankbar für die Unterstützung.

»Was?«, kreischte Alicia.
»Ist das wahr?«, hörte Massie Dylan flüstern.
Massie stellte sich vor ihre Freundinnen, um sie von der Unterhaltung abzuschirmen.
»Ich habe noch ein paar Plätze in dem Kusskurs frei, falls ihr euch einschreiben wollt«, bot Massie an. »Aber ihr dürft kein Sterbenswort verraten. Ich habe schon eine Menge Leute abgewiesen, und es wäre nicht fair.«
»Wirwerdennichtserzählen.« Carrie blinzelte und schüttelte den Kopf; ihre untertassenförmigen Augen waren kaum geöffnet.
»Schwört es.«
Livvy machte ein unsichtbares Kreuz auf ihre schäbige Jacke, um ihre Ernsthaftigkeit zu beweisen.
»Schwört doppelt.«
Alexandra machte zwei Kreuze auf ihren Wollmantel. »Es wird so super werden.« Ihr Lächeln enthüllte eine smaragdgrüne Zahnspange.
»'kay, wir treffen uns am Freitag nach der Schule in der Serenity-Kapelle der OCD.« Massie sprach leise und heimlichtuerisch.
»Okay«, flüsterte Livvy zurück. »Aber müssen wir tatsächlich jemanden küssen?«
»Beachte sie einfach nicht.« Alexandra kicherte. »Sie ist ein bisschen feige. Aber *ich* kann es kaum erwarten.«
Die Hupen ertönten wieder.
»Ich komme schon.« Alexandra rannte die Stufen hinunter zu ihrer ungeduldigen Mutter und die anderen Mädchen folgten ihr.

»Ich bin *kein* Feigling«, beteuerte Livvy.
»Danke, Massie!«, rief Carrie. »Ichwerdeeskeinemerzählen.«
»Pst.« Alexandra legte den Finger auf die Lippen. »Es ist ein Geheimnis, denk dran!«
»Ooops.« Carrie lachte. »Sorry.«
»Oh, vergesst das Geld nicht«, rief Massie ihnen hinterher. Alle drei Mädchen blieben vor den Autos ihrer Mütter stehen und blickten zu Massie zurück. »Zwanzig Dollar pro Person. In bar.«
Die Mädchen lächelten und winkten zum Abschied.
»Wirst du tatsächlich Geld von ihnen nehmen?«, fragte Claire Massie, als die Mädchen abfuhren.
»Natürlich.« Massie grinste. »Ich werde es für Kristens Lake-Placid-Fonds spenden.«
»Nett.« Claire streckte den Daumen in die Höhe. »Aber glaubst du, sie wird es annehmen?«
»Ich werde ihr sagen, dass ich sie engagieren möchte, um den Kurs zu filmen – du weißt schon, damit ich ihn in meinen neuen Video-Blog im Netz integrieren kann«, sagte Massie.
»Wann hast du mit einem Video-Blog angefangen?«, fragte Dylan.
»Und wann bist du zu einer Expertin im Küssen geworden?«, fügte Alicia hinzu.
Massie blickte Claire an und bat sie stumm um Hilfe.
»In den Ferien.« Claire verbürgte sich für ihre Freundin. »Ich dachte, das wüsste jeder.«
Massie schüttelte den Kopf. »Ich mag es nicht, von meinen Küssen herumzuerzählen.«

»Ooops, sorry.« Claire schlug sich selbst gegen den Kopf, als hätte sie es besser wissen müssen.
Massie war erfreut, wie bereitwillig ihre Freundin mitspielte. Claire war die Einzige, die die Wahrheit über Massies Mangel an Erfahrung mit Jungen kannte, und sie war schlau genug zu kapieren, dass Massie das geheim halten wollte.
»Es ist in Ordnung.« Massie fuhr mit ihrer Oscar-reifen Vorführung fort. »Aber wenn ihr es unbedingt wissen wollt, Derrington und ich waren dieser Tage ziemlich beschäftigt.«
»Nein, tatsächlich?« Alicia schlug Massie auf den Arm.
»Es ist wahr.« Claire sprang in die Bresche. »Ich habe sie überrascht, als Massie und ich uns ein Schlafzimmer geteilt haben. Sie waren mitten im Küssen.«
Massie zuckte die Schultern und sah zur Seite, wobei sie mit ihrer Wange die Schulter streifte, als sie sich umdrehte. Sie wollte trotz ihres neuen Rufes als Draufgängerin süß aussehen.
»Können wir deinen Kurs auch besuchen?«, fragte Alicia. »Ich habe in Spanien ein paar Mal Flaschendrehen gespielt, aber die Küsse damals waren mit geschlossenem Mund. Und ich bin mehr als bereit, es mit offenem Mund auszuprobieren.«
»Wirklich?«, zog Dylan sie auf. »Mit wem denn?«
»Mit Josh Hotz.« Alicia verdrehte die Augen. »Natürlich!«
Dylan kicherte, weil sie ganz genau wusste, dass Alicia schon seit Wochen ein Auge auf den Polo-begeisterten Briarwood-Schüler geworfen hatte. Aber Massie, die den Rest der Geschichte kannte, warf Claire, die auf ihren rosafarbenen Fingernägeln kaute, einen beiläufigen Blick zu.

Wenn Alicia wüsste, dass Claire Josh schon geküsst hatte, würde sie sie umgehend in ihrer kirschroten Louis-Vuitton-Reisetasche aus dem vergangenen Jahr nach Orlando zurückschicken. Und Claires nervöser Gesichtsausdruck bewies, dass sie sich dessen voll bewusst war.

»Wie steht's mit dir und Cam?«, fragte Alicia Claire. »Habt ihr euch schon geküsst?«

»Äh, noch nicht.« Claires helle Haut wurde dunkelrot. »Kann jetzt jeden Tag so weit sein. Hoffentlich wird der Kurs mir ein bisschen Selbstvertrauen geben.«

Massie blickte auf den sich leerenden Parkplatz und wusste, wie schwer es Claire fallen musste, vergnügt zu klingen, wenn sie über Cam sprach. Denn die Wahrheit war, dass Cam seit letztem Wochenende, als er gesehen hatte, wie Claire und Josh sich nach dem Fußballendspiel des Briarwood-Turniers geküsst hatten, nichts mehr mit Claire zu tun haben wollte. Er wollte Claire nicht einmal die Chance geben, alles zu erklären. Würde er es tun, würde er herausfinden, dass Nina es absichtlich so aussehen lassen hatte, als würde Cam sie und nicht Claire mögen. Und wenn er das wüsste, würde er verstehen, warum Claire so verletzt war, und er würde ihr verzeihen müssen, dass sie Josh geküsst hatte. Aber bislang war Massie die Einzige, die etwas darüber wusste.

»Ich möchte Chris Plovert küssen«, verkündete Dylan. »Ich bin verrückt nach einem verletzten Jungen mit Krücken.«

»Ich dachte, seit der Tanzparty magst du ihn nicht mehr«, sagte Alicia.

»Das war auch so, aber seit ich Größe XS trage, habe ich kein Ziel mehr.« Dylan zog sich ihre grüne Mütze vom Kopf und schüttelte ihre Haare aus. »Mein Leben kommt mir langweilig und sinnlos vor. Ich brauche einen Erfolg, um der Sache Würze zu verleihen.«

»Super, also seid ihr alle dabei?«, fragte Massie, während der silberfarbene Range Rover ihrer Familie mit aufblinkenden Scheinwerfern auf den Parkplatz einbog.

»Dabei«, bestätigte Alicia.

»Dabei«, stimmte Dylan zu.

»Dabei«, fügte Claire hinzu.

Massie ging zum Bordstein und erwartete, dass ihr Fahrer Isaac aus dem Geländewagen steigen und ihr die Tür öffnen würde. Stattdessen öffnete ihre Mutter Kendra das Fenster und lächelte. Ein Song von Norah Jones lief in voller Lautstärke.

»Rate mal, wer hier ist?«, rief Kendra, um die Musik zu übertönen.

»Mom?« Massie klang, als hätte sie die Frau seit Jahren nicht mehr gesehen. »Was machst du denn hier?«

Kendra strich sich mit ihren frisch manikürten Händen über ihren braunen, kinnlangen Bob und versuchte sich schockiert zu geben. Aber ihre letzte Runde Botox-Spritzen ließ sie eher verblüfft als überrascht aussehen. »Seit wann ist es komisch, dass eine Mutter ihre Tochter von der Schule abholt?«

»Seit der dritten Klasse«, erwiderte Massie. »Seit wir Isaac haben.«

»Nun, er hat eine Zahnfüllung verloren und musste zu Dr.

Wilson, und Inez war gerade dabei, ihre Muschellinguini zu machen; deshalb dachte ich, es wäre lustig, wenn –«

»Du weißt, dass wir Alicia und Dylan nach Hause bringen, ja?«, fragte Massie.

»Jetzt weiß ich es.« Kendra öffnete die Zentralverriegelung, damit die Mädchen einsteigen konnten. »Alle an Bord!«

Massie schlüpfte mit ihren Freundinnen auf den butterweichen Rücksitz, wie sie es immer tat, und ließ Kendra vorne allein. Sie beugte sich vor. »Mom, wir möchten zur Mall gehen. Du weißt schon, um Sachen für unsere Exkursion zu kaufen.«

»Klingt gut.« Kendra trat auf das Gaspedal und das Auto setzte sich ruckartig in Bewegung. Sie trat auf die Bremse, und die Mädchen purzelten übereinander und brachen in hysterisches Gelächter aus.

»Bitte alle anschnallen!«, rief Kendra über die Schulter nach hinten.

Niemand widersprach.

Sobald sie unterwegs waren, fingen die Mädchen an zu überlegen, in welche Geschäfte sie zuerst gehen wollten. Aber Massie hatte andere Dinge im Kopf, beispielsweise, wie sie einen Kurs über das Küssen halten sollte, wo doch der einzige Mann, den sie je geküsst hatte, ihr Vater war. Und ein flüchtiger Kuss auf die Wange war kaum das, was ihre Freundinnen im Sinn hatten. So viel wusste sie ganz sicher.

BEI DEN BLOCKS
NEUES GÄSTEHAUS DER FAMILIE LYONS

Donnerstag, 19. Februar
17 Uhr 22

Dein Zimmer bekommt zehn Punkte.« Layne Abeley ließ sich auf Claires neues Bett fallen und hüpfte ein paar Mal, als würde sie die Sprungfedern der Matratze testen. Sie strich mit ihren schwarz lackierten Fingernägeln über die glitzernden Sterne auf der himmelblauen Tagesdecke und schüttelte langsam den Kopf. »Unglaublich cool.«

»Ich weiß, ich liebe es.« Claire war so von Stolz erfüllt, dass sie dachte, sie würde platzen, wie eine der nervigen Wassermelonen-Kaugummiblasen, die Layne ständig produzierte.

Claire zog die Socken aus und tapste über ihren flauschigen weißen Schaffellteppich. »Kannst du dir vorstellen, dass die Blocks das alles bezahlt haben?« Sie griff in ihre dekorative zitronengelbe Kommode, in der sich ihre CD-Sammlung befand, und nahm ihren Lieblingsmix heraus, ein Weihnachtsgeschenk von Cam. Beim Anhören dieser Lieder fühlte sie sich ihm normalerweise so nahe. Aber heute Abend, als sie die CD in ihre neue Bose-Anlage einlegte, war es, als würden ihr die Eingeweide aus dem Bauchnabel gesogen. Ohne Cam fühlte sich ihr Leben hohl und leer an.

»Ich *kann* mir vorstellen, dass sie es bezahlt haben.« Laynes grüne Augen weiteten sich vor Entsetzen, als »All I Want For

Christmas Is You« in voller Lautstärke aus den vier weißen Lautsprechern dröhnte. »Was ich nicht gedacht hätte, ist, dass ihr endlich die alten Möbel von Massies toter Großmutter hinauswerfen und neue Sachen kaufen durftet. Ich habe mich jedes Mal gefühlt, als wäre ich aus einer Zeitmaschine geklettert. Es hat immer Tage gedauert, den Geruch nach Mottenkugeln wieder aus meinen Haaren zu bekommen.«

Claire lachte leise und empfand plötzlich eine Welle warmer Zuneigung für Layne, ihre spezielle Freundin: Sie war diejenige, in deren Gegenwart sie nicht ständig auf der Hut sein musste, mit der sie in normalen Läden shoppen und zucker- und fetthaltige Sachen essen konnte. Layne war kein Mitglied des Schönheitskomitees und würde es wahrscheinlich auch nie werden, und Claire fand das völlig in Ordnung. Es war nett, eine Freundin zu haben, die Westchester auf dieselbe Art sah wie sie, nämlich mit den Augen eines Garderobenmädchens bei einem vornehmen Empfang.

Claires Gefühle befanden sich seit Tagen in einem ständigen Auf und Ab. Wenn sie an Cam dachte, fühlte sich jeder Knochen ihres Körpers an, als wäre er aus Blei. Sie seufzte oft und starrte ins Leere, wobei sie sich fragte, ob sie je wieder würde lachen können. Dann teilte sie Minuten später einen Augenblick wahrer Freundschaft mit Layne oder Massie und ihre Zähne klapperten vor Freude. Aber eins war sicher: Sowohl die Hochs als auch die Tiefs endeten gewöhnlich in Tränen.

»Warum hören wir uns im Februar Weihnachtslieder an?« Layne zog ein Paar gelbe Converse-Turnschuhe aus ihrer Sunshine-Tours-Tasche. Sie ließ eine verschließbare Plastiktüte mit Strasssteinen auf Claires Bett fallen und griff nach der Klebepistole, die sie sich im Kunstunterricht »ausgeliehen« hatte.

»Cam hat die CD für mich gebrannt.« Claire rollte sich in einem Haufen Kissen auf dem Fußboden am Fenster zusammen. Inez, die Haushälterin der Blocks, die im Haus wohnte, hatte sie aus Claires alten T-Shirts aus Orlando genäht. Claire hatte die Wahl gehabt: Entweder das oder Massie hätte ihrem Hund Bean damit das Hinterteil abgeputzt, und Claire hatte eingelenkt. Sie lebte jetzt seit sechs Monaten in Westchester, was lange genug war, um zu wissen, dass die »richtige Zeit«, um ein langes, weites Lisa-Simpson-T-Shirt zu tragen, nie kommen würde.

»Ich hätte wissen müssen, dass Cam hinter diesem rührseligen Mix steckt.« Layne schmierte Kleber über die Gummikappen ihrer Turnschuhe. Sie nahm einen Strassstein und ließ ihn auf die klebrige Oberfläche fallen. Dann rückte sie ihn vorsichtig in Position und griff nach dem nächsten Stein.

»Wirst du deine neuen Turnschuhe damit verschönern?« Layne winkte mit einem Plastikbeutel voller rosafarbener Strasssteine.

Claire zuckte die Schultern und rollte sich noch enger zusammen. Ein lautes, von Layne stammendes Schlürfen zwang sie, den Kopf zu heben.

»Was hast du nur mit diesen neumodischen Go-Gurts? Sie sind ekelhaft.«

Bei dem Gedanken an klebrigen, flüssigen Jogurt in einer Tube zog sich ihr der Magen zusammen, fast so sehr wie bei dem Gedanken an Cam.

Layne spuckte ihren Kaugummi in eine leere Tube und warf sie in Claires blauen Papierkorb. »Warum so reizbar?, fragte Layne und rülpste genüsslich.

»Ihhhh.« Claire vergrub wieder das Gesicht in den Kissen und fragte sich, warum sie Layne nicht erzählt hatte, was zwischen ihr und Cam vorgefallen war. Sie stellte sich vor, wie sie sagte: »Hey, Layne, weißt du, was? Letztes Wochenende hat Cam mit mir Schluss gemacht.« Und sofort hatte sie ihre Antwort. Spräche sie diese Worte laut aus, würde sie sich die Lage eingestehen müssen, und Claire war noch nicht bereit, es zu akzeptieren. Massie war die Einzige, die die Wahrheit kannte. Und das lag daran, dass sie einen heißen Tipp von Derrington bekommen hatte und ein besonderes Talent fürs Ausfragen besaß.

»Komm, setz dich neben mich, damit wir diese Turnschuhe vor Lake Placid fertig bekommen.« Layne ließ drei schwarze Strasssteine gleichzeitig auf ihren Schuh fallen. Zwei davon landeten mit der Oberseite nach unten.

»Igitt!« Sie benutzte einen langen schwarzen Fingernagel, um sie umzudrehen.

Claire legte sich ihr Simpsons-Kissen auf den Schoß und strich mit den Fingern über die weiche Baumwolle. Ihr Lieblingsschlafshirt war zu einem Dekorationsstück degradiert worden. Das, womit sie sich so wohl gefühlt hatte, war jetzt nur noch eine Erinnerung. Genau wie Cam.

»Du solltest mit Strasssteinen ein C auf jeden Schuh schreiben«, schlug Layne vor. »Du weißt schon, eins für *Claire* und eins für *Cam.*«

»Wir sind fertig miteinander!«, platzte Claire heraus.

Layne hob den Kopf. »Warum?« Sie fuhr sich mit den Fingern durch ihre toupierten braunen Haare. »Weil ich auf deiner neuen Tagesdecke mit Kleber hantiere?«

»Häh?« Claire zog die blassen Augenbrauen zusammen. Dann schüttelte sie den Kopf und atmete scharf durch ihre kleine Nase aus. »Nein, ich meine ich und Cam. Wir sind fertig miteinander. Er hat mit mir Schluss gemacht.« Der Klang dieser Worte aus ihrem eigenen Mund ließ ihr die Tränen in die Augen steigen.

»Was?« Layne sprang vom Bett. Sie kauerte sich neben das Nest aus T-Shirt-Kissen, knöpfte ihre enge rosafarbene Kordhose auf und ließ sich auf den Boden fallen. »Was ist passiert?«

Claire wollte Layne gerne die Wahrheit sagen, aber was, wenn sie es nicht verstand? Oder, schlimmer noch, wenn sie für Cam Partei ergriff?

»Er hat das Interesse an mir verloren«, murmelte Claire ihren Fingernägeln zu. »Er wollte nicht angebunden sein.«

»Das hat *Cam Fisher* gesagt?«, fragte Layne. »Über *dich?*«

Claire nickte. In dem Augenblick war es ihr völlig unmöglich, Layne in die Augen zu sehen.

»Hast du überprüft, ob eine versteckte Kamera installiert war?«, fragte Layne in vollem Ernst. »Vielleicht war es ein schlechter Witz. Ich meine, Cam würde keinesfalls –«

»Er hat es getan, okay?«, schnauzte Claire sie an.

Schweres, ungemütliches Schweigen hing über ihren Köpfen wie einer von Mr Blocks riesigen, gestreiften Golfschirmen.

»Ich habe verstanden.« Layne sprang auf die Füße, knöpfte ihre Hose wieder zu und hob einen Zeigefinger. Sie fing an, auf- und abzugehen.

»Vielleicht vermisst er dein altes Selbst.« Ihre grünen Augen funkelten. »Weißt du, das Mädchen, in das er sich verliebt hat.«

»Häh?« Claire wünschte, sie hätte den Mut, Layne die Wahrheit zu erzählen.

»Wir müssen dich wieder in die alte Claire zurückverwandeln. In diejenige, die Cam zuerst aufgefallen ist.«

»Welche alte Claire?«

»Claire VSK.«, sagte Layne mit einem stolzen Lächeln, als hätte sie gerade etwas außerordentlich Brillantes geäußert.

Claire starrte sie verständnislos an.

»Vor dem Schönheitskomitee!« Layne rollte Claires riesigen Ganzkörperspiegel durch den Raum. »Sieh doch selbst.«

Claire stemmte sich hoch und stellte sich mit in die schmale Hüfte gestemmten Händen vor den Spiegel.

»Du hast deinen Florida-Charme verloren. Dein süßer Disney-Pony ist rausgewachsen, du hast deinen Lippenstift mit Kirschgeschmack gegen Lipgloss eingetauscht, und du trägst Bootcut-Jeans statt Latzhosen«, meinte Layne. »Du bist nicht mehr das Mädchen, in das Cam sich verliebt hat.«

Obwohl sie den wahren Grund kannte, aus dem Cam mit ihr Schluss gemacht hatte, fragte sie sich unwillkürlich, ob Layne nicht doch Recht haben könnte.

»Vielleicht solltest du dir wieder einen Pony schneiden lassen«, sagte Layne. »Ich wette, dass Cam dich zurückhaben will, sobald er die alte Claire wieder sieht.«

Claire wusste, dass es lächerlich war, aber wie jeder verzweifelte Mensch fühlte sie sich genötigt, etwas zu tun und es auszuprobieren. Vielleicht war es genau das, was funktionieren würde, wer konnte das wissen?

»Gut.« Claire seufzte. »Vielleicht werde ich Massie bitten, einen Termin bei Jakob auszumachen.«

Layne blieb stehen, stemmte die Hände in ihre stämmigen Hüften und schüttelte den Kopf. »Du kapierst es einfach nicht, oder?«

»Kapiere was nicht?« Claire spürte, wie prickelnde Hitze in ihr aufstieg. Sie hasste es, wenn sie einen Insiderwitz nicht verstand, insbesondere wenn er auf ihre Kosten ging.

»Puh!« Layne hob frustriert die Hände. »Claire VSK würde nicht Jakob anrufen, um sich die Haare schneiden zu lassen.«

»Nicht?«

»Nein, sie würde es selbst tun.«

Layne stürmte zum Bett, nahm ihre Sunshine-Tours-Tasche und schüttete den Inhalt aus. Angekaute Stifte, drei Vierteldollarmünzen, zwei Zehncentstücke, sechs Pennys, eine Eindollarmünze, rote Haargummis, zwei Fläschchen Nagellack – einmal schwarz, einmal neongelb –, flüssiger Eyeliner, zwei Vanilletrinkjogurts, ein Labello, Tempotaschentücher, ein rosafarbener Minitaschenrechner, eine Hello-Kitty-Geldklammer gefüllt mit roten Kaugummistreifen, drei lose Hausschlüssel, eine Digitalkamera, eine zusammengerollte Zeitschrift und ein babyblaues Miss-Army-Taschenmesser purzelten auf den frisch gebleichten Dielenboden.

Layne nahm das Miss-Army-Messer und klappte ein paar der versteckten Werkzeuge heraus: eine Nagelfeile, einen

Spiegel und eine Pinzette. »Wo ist denn die süße, kleine Schere?«

»Du schneidest mir nicht die Haare mit diesem Schweizer Armeemesser!« Claire sprang auf.

»Hab sie.« Layne zog die zusammenklappbare Schere auseinander und zwängte ihre Finger in die winzigen Löcher. »Sie ist ein bisschen steif, aber es wird schon klappen.«

»Auf keinen Fall!« Claire spurtete zur Schlafzimmertür, schnappte sich ihren roten Radhelm vom Haken, setzte ihn schwungvoll auf und befestigte den Kinnriemen. »Mal sehen, ob diese winzige Schere *das* durchschneiden kann.« Claire klopfte gegen das metallisch aussehende Plastik und kicherte. Ihre Laune schlug plötzlich wieder um und sie fühlte sich leicht und beschwingt. Sie fühlte sich beinahe wie Claire VEC – Vor dem Ende mit Cam.

»Kein Problem.« Layne scharrte dreimal mit dem Fuß auf dem Boden wie ein angreifender Stier und rannte Claire mit dem Kopf voran in den Bauch.

»Geh weg!« Claire lachte so sehr, dass sie kaum sprechen konnte.

Layne kitzelte Claire und warf sie aufs Bett. Sie kletterte auf sie drauf und hielt sie fest, indem sie sich auf Claires dünne Arme kniete. Claire wand sich und versuchte sie abzuwerfen. Aber Layne hielt sie fest.

»Halt still, oder ich furze Jogurt auf dich!«

»Igitt, geh runter!« Claire lachte und wand sich noch heftiger. Sie begann unter dem Helm zu schwitzen, und ihre Kopfhaut juckte.

»Ist bei euch alles in Ordnung?« Judi Lyons klopfte an die

Zimmertür ihrer Tochter und öffnete sie dann gerade weit genug, um die Nasenspitze in den Raum zu strecken.

»Ja, uns geht's gut, Mom«, keuchte Claire.

»Hi, Mrs Lyons.« Laynes Stimme klang süß und unschuldig. »Tut uns Leid, dass wir laut waren.« Sie bohrte ihre Knie tiefer in Claires Arme.

»Kein Problem«, erwiderte Judi freundlich. »Amüsiert euch gut.« Sie entfernte sich von der Tür, ließ sie jedoch einen Spalt weit offen.

Sobald ihre Mutter gegangen war, wehrte Claire sich wieder.

»Wenn du völlig ruhig liegst, stehe ich auf.« Laynes Körper wurde nach links und rechts geworfen.

»In Ordnung«, keuchte Claire.

»Ganz ruuuuhig.« Layne hielt Claire den Zeigefinger vor die Augen, als würde sie einen Hund abrichten. »Ruuuuuhig«, wiederholte sie.

Bevor Claire sie davon abhalten konnte, zog Layne die Schere hinter ihrem Rücken hervor und schnitt mit einer einzigen geschmeidigen Bewegung den Kinnriemen an Claires Helm durch. Claire hob schockiert den Kopf, und der Helm rutschte herunter. Layne rollte sich von Claire herunter. Sie strampelte mit den Beinen in der Luft und schüttelte die Arme über dem Kopf. »Sieg!«, schrie sie.

»Du hast meinen Radhelm kaputt gemacht«, rief Claire und versuchte mit Mühe das Lächeln zu unterdrücken, das sich auf ihr gerötetes Gesicht stehlen wollte.

»Bitte, gern geschehen«, sagte Layne. »Wenn Cam dich je mit diesem Ding gesehen hätte, wäre es endgültig vorbei.«

Claire spürte, wie das Blei in ihre Knochen zurückkehrte. Ihr Lächeln verblasste allmählich.
»Jetzt sind die Ponyfransen an der Reihe.« Layne ergriff Claire am Arm und zog sie zu dem großen Spiegel am Fenster.
Claire ließ sich führen. »Ich weiß nicht. Es hat vier Monate gedauert, bis der Pony herausgewachsen war.«
»Deine Entscheidung.« Layne schnitt mit der winzigen Schere in der Luft herum. Sie war so steif, dass sie quietschte.
Claire seufzte. »Okay, warum nicht?« Sie hatte das Gefühl, sie würde es bereuen, aber wenigstens hätte sie dann noch etwas anderes außer Cam, über das sie sich Sorgen machen konnte.
»Cool.« Layne legte Claire die Hände auf die Schultern und drehte sie zum Spiegel hin.
»Soll ich dich dabei nicht ansehen?«, fragte Claire.
»Nein. So machen sie es auch beim Friseur.«
»Gut. Fang an.«
Layne griff in die Gesäßtasche ihrer staubigen rosafarbenen Kordhose und zog ein Fisherman's Friend heraus. Sie steckte es sich in den Mund und stellte sich direkt vor Claire. Laynes Hintern war im Spiegel zu sehen, und Claire sah rasch nach, ob die Metalldose von Fisherman's Friend in ihrer Hosentasche zu sehen war. Nichts. Das Bonbon war ohne Verpackung in der Tasche gewesen, wahrscheinlich heiß und weich, weil Layne den ganzen Tag darauf gesessen hatte. Claire schüttelte den Kopf.
Layne zog die Schere von Claires Stirn zurück. »Nicht bewegen!«

»Sorry.« Claire verdrehte die Augen. Aber sie war froh, dass Layne die Sache ernst nahm.

Die winzige Schere näherte sich Claires Gesicht, und aus irgendeinem Grund hörte sie plötzlich eine Melodie in ihrem Kopf: *Da-na da-na da-na . . .*

Layne packte eine Haarsträhne mit zwei Fingern, und Claire kniff die Augen zu. Die Schere quietschte einmal, und ein Regen blonder Haare fiel zu Boden.

»Lass mal sehen.« Claire drehte den Kopf zur Seite, damit sie in den Spiegel blicken konnte, aber Layne fasste sie am Kinn und hielt sie fest.

»Nicht bewegen, oder du verdirbst es.« Eine kühle Pfefferminzwolke strömte aus Laynes Mund. »Du kannst gucken, wenn ich fertig bin.«

Claire atmete tief ein und schloss die Augen wieder, während sie auf das nächste Quietschen wartete. »Ich bin so gut«, sagte Layne zu Claires Pony. »Das sieht perfekt aus.«

Claire spürte, wie die Anspannung in ihren Schultern nachließ. Ihren alten Pony wieder zu haben konnte vielleicht ganz nett sein.

»Noch ein Schnitt, und du bist fertig«, verkündete Layne mit einem zufriedenen Seufzer.

Sie nahm die letzten Haarsträhnen zwischen zwei Finger und brachte die Schere in Position.

»AIBO! KOMM HER, AIBO!« Todd, Claires zehnjähriger Bruder, rief laut in der Diele.

Der plötzliche Lärm ließ Layne zusammenzucken, und sie ließ Claires Haare los.

Beide Mädchen seufzten erleichtert auf.

»Das war knapp.« Layne stöhnte. »Gut, dass ich nicht gerade mitten im Schneiden war.«

»Tut mir Leid. Aibo ist Todds neuer Roboterhund. Er liebt ihn.«

»Ein Roboterhund?«

»Ja. Er möchte einen richtigen Hund haben, aber meine Eltern glauben, er ist nicht verantwortungsbewusst genug; deshalb muss er sich mit diesem blöden, bellenden Roboter beweisen.«

Layne biss auf ihr Fisherman's Friend und griff wieder nach Claires Haaren. Erst das Greifen, dann das Quietschen, und dann trat Todd Claires Schlafzimmertür mit dem Absatz seiner L.-L.-Bean-Stiefel auf.

Layne kreischte auf und sprang hoch, gerade als die Schere in Claires Haare schnitt.

»Habt ihr Aibo gesehen?«, rief Todd.

»NEIN!«, heulte Claire.

»Schöne Frisur«, meinte der sommersprossige Rotschopf. Er lachte leise hinter vorgehaltener Hand und knallte die Tür hinter sich zu.

Claire stieß Layne zur Seite und blickte in den Spiegel. Der größte Teil ihres Ponys war perfekt ... außer einer Strähne über ihrer Nase, die jetzt fünf Zentimeter kürzer und außerdem schief war. Claire musste sofort an die dritte Klasse denken, als ihre Schneidezähne fehlten und sie lispelte. Sie hätte am liebsten jedes Mal geweint, wenn jemand sie nach ihrem Nachnamen fragte, weil es immer wie *Lyonf* klang. Schließlich ließ sie das s weg und nannte sich einfach Claire Lyon, bis ihre neuen Schneidezähne gewachsen waren.

»Das darf nicht wahr sein!« Claires Ohren begannen zu sausen und ihr Blickfeld wurde eng und am Rand leicht unscharf. »Es sieht aus, als hätte ich mir im Schiefen Turm von Pisa die Haare schneiden lassen.« Sie dachte an die Haarklammern, das Gel, das endlose Zupfen und Probieren, bis ihre blonden Ponyhaare endlich hinter ihren Ohren blieben. Jetzt ein kleiner Fehler und sie waren fort. Einfach so.

Genau wie Cam.

Layne kniete sich auf den Boden und begann leise ihre Sachen wieder in die Sunshine-Tours-Tasche zu räumen.

Claire starrte ununterbrochen auf ihren schiefen Pony und fragte sich, wen sie eher umbringen wollte, Todd, Layne oder sich selbst.

Das Piepsen einer IM riss Claire aus ihrer Benommenheit. Sie eilte zu ihrem grauen Dell-Computer. War Cam endlich bereit, ihr zu verzeihen?

»Ist er es?« Layne sprang auf und stellte sich neben Claire. »Ich wusste, dass der Pony wirken würde.«

»Es ist nur Massie«, antwortete Claire mit Leichenbittermiene.

»*Nur* Massie«, zog Layne sie auf.

Sie wussten beide, wie viel eine freundliche IM von Massie Block Claire vor einem halben Jahr bedeutet hätte. Das ließ Claire nicht kalt; sie war einfach nur zu deprimiert, um es entsprechend würdigen zu können.

MASSIEKUR:	DU DARFST ALICIA NIE SAGEN, DASS DU JOSH HOTZ GEKÜSST HAST. WIR

TELEFONIEREN GERADE. SIE SPRICHT SEIT EINER STUNDE ÜBER IHN.

Claire schob sich sofort zwischen Layne und den Bildschirm. Aber es war zu spät. sie konnte die Hitze von Laynes Pfefferminzatem in ihrem Nacken spüren, während sie ihre Antwort eingab.

CLAIREBEAR: RUFE DICH SPÄTER AN. SPRECHE MIT MOM.

Claire drückte auf Senden und schaltete den Computer aus. »Wann musst du denn zu Hause sein?« Sie wich Laynes Blick aus, indem sie die zerknitterte Tagesdecke auf ihrem Bett glatt strich.

»Du hast Josh Hotz geküsst?« Layne warf sich auf die Tagesdecke und rollte darauf herum, bis sie Claires Bemühungen wieder zunichte gemacht hatte. »Warum hast du mir das nicht erzählt? Wann bist du eine derartige Schlampe mit allem Drum und Dran geworden?«

»Eben so.« Claire biss sich auf den Daumennagel.

»Ich mache Witze, ich halte dich nicht für eine Schlampe. Ich habe ständig mit Eli in seinem Wäscheraum herumgemacht.«

»Wirklich?« Claire sah ihre Freundin endlich an. »Warum hast du mir das nicht erzählt?«

»Ich wollte nicht, dass du mich Schlampe nennst«, sagte Layne.

Claire wollte lachen, brachte jedoch nur ein schwaches Lächeln zu Stande.

»Weiß Cam es?«, wollte Layne wissen.
Claire ließ sich auf ihr Bett plumpsen und zuckte die Schultern. Sie strich mit den Fingern über die Stickerei auf der Tagesdecke und zwang sich nicht zu weinen.
»Warte mal, ist *das* der Grund, warum Cam dich sitzen lassen hat?« Layne schlug mit der Hand auf das Bett.
Claire zuckte wieder die Schultern.
»Komm schon, erzähl es mir. Ich finde es das Letzte, dass Massie Block mehr über dein Leben weiß als ich.«
Claire versuchte wieder zu lächeln, aber es gelang ihr nicht.
»Biiiitte!« Layne klatschte in die Hände. »Ich erzähle dir auch etwas absolut Peinliches über mich.«
»Nur wenn du versprichst, dass du mich nicht für lahm hältst.« Claire hob den Kopf.
»Versprochen.« Layne hob eine Handfläche hoch und legte die andere Hand auf ihr Herz.
»Okay.« Claire beugte sich zu Layne für den Fall, dass ihr Bruder und sein falscher Hund an der Tür lauschten. Dann erzählte sie Layne leise, wie Nina dafür gesorgt hatte, dass es aussah, als ob Cam nichts mehr von Claire wollte, und wie das Claire in die Arme eines anderen Jungen getrieben hatte.
»Also hat Josh Cam erzählt, dass du ihn geküsst hast?« Layne wickelte einen großen roten Kaugummi aus der Verpackung und stopfte ihn sich in den Mund. »Was für ein Loser.«
»Nein.« Claire schüttelte langsam den Kopf. »Cam hat uns gesehen.«
»Brutal!« Layne schob sich einen weiteren Kaugummi in

den Mund. »Aber es geschieht ihm ganz recht, weil er dich nicht beachtet hat, stimmt's?«

»Ich weiß nicht.« Claire senkte den Kopf. »Es hat sich herausgestellt, dass es nicht wirklich seine Schuld war.«

»Wie das?«

»Ich habe später herausgefunden, dass Nina Cam erzählt hat, sie hätte ihn mit einem spanischen Fußballfluch belegt; wenn er nicht mit mir sprechen würde, würde sein Team das Finale gewinnen. Sie hat ihm gesagt, ich wüsste Bescheid, und deshalb hat er nicht damit gerechnet, dass ich sauer sein könnte.«

»Haben sie das Spiel nicht verloren?«

Claire nickte.

»Nach dem Spiel, als Cam merkte, dass die ganze Sache mit dem Fluch ein Schwindel war, kam er zu mir, um mit mir zu reden, und da hat er gesehen ...« Claires Stimme verlor sich.

»Warum erklärst du ihm nicht einfach, was passiert ist?« Layne kaute heftig auf ihrem Kaugummi.

»Ich habe es versucht.« Claire glättete die Folie einer von Laynes Kaugummiverpackungen. »Er geht nicht ans Telefon, und er liest meine E-Mails nicht. Nichts funktioniert.«

»Wow, er ist tatsächlich auf diesen spanischen Fußballfluch hereingefallen?«

»Ich vermute, dass die Leute alles glauben, wenn sie etwas unbedingt erreichen wollen.« Claire zupfte an ihren kurzen Ponyfransen.

»Vielleicht solltest du ein Gedicht für ihn schreiben«, schlug Layne vor. »So was hilft normalerweise.«

»Glaubst du?«

»Absolut.« Layne nickte einmal. »Ich habe meinem Dad eins geschickt, als ich ein neues Fahrrad haben wollte, und in der folgenden Woche stand ein neues Fahrrad in unserer Einfahrt.«

»War das nicht eine Überraschung für euren Nachbarn?«, fragte Claire.

»Ja, aber als ich meinem Dad erzählte habe, ich wollte genauso eins haben, versprach er es mir zum Geburtstag.«

»Und du glaubst, dass es wegen des Gedichtes war, das du für ihn geschrieben hast?«

»Es hat nicht gestört. Außerdem ist Cam ein totaler Softie. Er brennt immer CDs für dich und bringt dir Süßigkeiten mit. Er ist ein richtiger Gedichte-Typ.«

»Hmmm.« Claire zögerte einen weiteren Rat von Layne anzunehmen, aber sie hatte Recht. Cam war absolut romantisch. Wahrscheinlich wartete er darauf, dass Claire sich wirklich Mühe gab, dass sie mehr unternahm, als bloß eine E-Mail oder eine SMS zu schicken. »Vielleicht versuche ich es.«

»Du solltest es tun.« Layne stand auf und zog ihren weißen Trenchcoat an. »Ich gehe jetzt besser. Heute gibt es früh Abendessen, weil meine Eltern auf einer neuen Diät sind, bei der sie nicht nach halb sieben essen können.«

»Warte.« Claire stand auf und rannte zur Tür. Sie lehnte sich dagegen, bis sie ins Schloss fiel, dann blieb sie dort stehen und versperrte Layne den Weg. »Was ist dein peinliches Geheimnis?«

Layne band den Gürtel ihres Mantels zu und warf sich ihre Sunshine-Tours-Tasche über die Schulter. »Oh, das. Das ist keine große Sache. Ich erzähle es dir morgen.«

»Auf keinen Fall.« Claire schubste Layne von der Tür weg. »Du hast es versprochen.«
»In Ordnung.« Layne verdrehte ihre grünen Augen. »Wenn du es unbedingt wissen willst, ich habe letzten Monat meine Periode bekommen.«
»Nein!« Claire kannte kein Mädchen, das seine Periode schon hatte.
»Doch!«, antwortete Layne. »Und ich habe schreckliche Angst, dass ich sie wieder bekomme, wenn wir in Lake Placid sind.«
»Wie ist das denn so?«
»Es ist so, wie deine Nase aussehen wird, wenn du es jemanden weitersagst.« Layne ging auf die Tür zu.
»Ich sage es nicht weiter«, versprach Claire.
»Du, ich muss jetzt gehen.« Laynes Gesicht war knallrot. »Ich rufe dich später an.«
Claire trat zur Seite und ließ ihre Freundin gehen. Sie wollte ohnehin einige Zeit allein vor dem Spiegel verbringen, nur sie und ihr kurzer, schiefer Pony.
Eine Welle von Panik durchfuhr Claires Körper, als sie sich den Schaden aus der Nähe ansah. Es hatte sie vier Monate gekostet, sich den Pony wachsen zu lassen, und jetzt sah er noch schlimmer als vorher. Wie konnte sie dem Schönheitskomitee so gegenübertreten?
Hinsichtlich einer Sache hatte sie Recht behalten: Der lächerliche Haarschnitt lenkte sie von Cam ab.
Claire atmete tief ein, griff hinten in ihren Schrank und zog ihr altes Holzkästchen mit den Haarspangen hervor. Es war Monate her, seit sie sie zuletzt gebraucht hatte. Sie nahm die

silberne Perlmutthaarspange, die sie getragen hatte, als sie in Westchester ankam, und befestigte ihren schiefen Pony seitlich am Kopf. Dann atmete sie wieder tief ein und startete ihren Computer. Ganz oben auf die Seite schrieb sie: *Miss Verstanden*. Danach flossen die Worte aus ihr wie Tränen.

MISS VERSTANDEN
von Claire Lyons

Du hast mir immer Mails geschickt
und Gummischlangen – wunderbar.
Ich hab mit Nägelkauen aufgehört,
weil ich nicht mehr einsam war.

Ich hab dir in die Augen gesehen,
in das grüne und in das blaue,
und dabei davon geträumt,
wie ich mich dich zu küssen traue.

Aber du hast mir das Herz gebrochen.
Das mit Nina konnte ich nicht wissen.
Du hast getan, als sei es aus.
Nur deshalb konnte ich JH küssen.

Josh war nie mehr als ein Freund für mich.
Ich war nur verletzt, obwohl ich dich so vermisse.
Bitte sag nicht, dass dies das Ende ist.
Ich kann erst wieder glücklich sein, wenn ich dich küsse.

Ohne den Text noch einmal durchzulesen, drückte Claire auf Senden. Denn das tun Leute, wenn sie verzweifelt sind.

OCTAVIAN COUNTRY DAY SCHOOL
SERENITY-KAPELLE

Freitag, 20. Februar
15 Uhr 50

Hätte Massie gewusst, dass sie auf der Empore der Serenity-Kapelle kauern und Dylan und Alicia nach der Schule bespitzeln würde, hätte sie niemals ihren Denim-Minirock von Chip & Pepper angezogen.

Wenn sie zufällig nach oben sähen, würden sie ihren neu ernannten Kuss-Guru wie einen Frosch hockend erwischen, wobei ihr türkisfarbener Cosabella-Stringtanga zu sehen war.

Massie betete, dass Rektorin Burns durch die schwere Eichenholztür stürmen und ihre Freundinnen zur Schnecke machen würde, weil sie sich nach der Schule in die verbotene Kapelle geschlichen hatten. Das war Plan A und ihr einziger Ausweg. Erwischte man die Mädchen, würden sie sofort aus der Kapelle geworfen und für den Rest des Tages nach Hause geschickt. Damit wäre der Unterricht im Küssen abgesagt, und Massie hätte mehr Zeit, Mut zu fassen, um Derrington tatsächlich zu küssen und richtige Erfahrungen zu sammeln. Denn alles, was sie ihren Mitschülerinnen bis jetzt erzählen könnte, wären ein paar provisorische Vorschläge und ein Haufen blödes Zeug.

Livvy Collins, Alexandra Regan und Carrie Randolph gingen auf Zehenspitzen über den königsblauen Teppich und verschwanden im Chorgraben unter der Kanzel, wo sich schon Dylan und Alicia versteckt hatten. Kichern, gefolgt von einem lautem *Pssst,* drang jedes Mal hinauf zur Empore, wenn ein weiteres Mädchen unter der Kanzel im Chorgraben verschwand; die Geräusche erfüllten Massie mit nervöser Verzweiflung. Sie hatte im Laufe der Zeit schon hunderte von verrückten Taktiken entwickelt, um ihren Status als Bienenkönigin aufrechtzuerhalten, aber das hier war die lächerlichste. Sie behauptete nicht nur, eine Expertin in einer Sache zu sein, über die sie nichts wusste, sondern sie log auch noch Kristen, Alicia und Dylan mitten ins Gesicht. Und das stellte einen neuen Höhepunkt der gesellschaftlichen Kriegsführung dar.

Massie räumte Rektorin Burns weitere fünf Minuten ein, um die Party zu beenden, und wenn sie es nicht tat, würde Massie ihrem Publikum das geben müssen, weswegen es gekommen war.

Claire und ihre lästige, sozial engagierte Freundin Layne waren die Nächsten. Sie waren nicht aufgeregt wie die anderen Mädchen. Sie flüsterten oder kicherten nicht. Stattdessen kaute Claire auf ihrem Daumennagel, und Layne schüttelte den Kopf auf eine Art und Weise, als wäre sie viel zu reif, um hier zu sein. Einen Sekundenbruchteil lang fragte Massie sich, ob Claire Layne die Wahrheit erzählt hatte; nämlich dass der Kusskurs nur ein Trick war, damit Massie ihre Glaubwürdigkeit wiedergewann, nachdem sie von Nina erschüttert worden war. Aber sie verwarf den Gedanken sofort wieder. Claire war nicht so dumm, Massies Vertrauen zu missbrauchen. Außerdem kannte Massie Claires Geheimnis, dass sie Josh Hotz geküsst hatte. Sie musste bloß etwas davon Alicia gegenüber durchsickern lassen, und schon würde Claire wieder auf den Status eines HL (Hoffnungsloser Loser) zurückfallen. Dafür würde Alicia schon sorgen.

Massie schob sich ein wenig näher an den Rand der Empore heran, um zu sehen, ob Claires Pony seinen Zustand seit dem Mittagessen verbessert hatte, aber dem war nicht so. Er war immer noch kurz und schief. Am Wochenende würde sie einen Termin bei Jakob vereinbaren müssen. Das neueste Mitglied des Schönheitskomitees konnte nicht auf die Exkursion nach Lake Placid fahren, wenn sie aussah, als sei sie unter den Rasenmäher gekommen. Das würde ein schlechtes Bild auf sie alle werfen.

Kristen schlurfte ein paar Schritte hinter Claire und Layne herein; sie trug die Mini-DV-Kamera von Sony, die sie aus der Audio-Video-Abteilung ausgeliehen hatte. Sie war bereit den Unterricht für Massies neues Video-Blog zu filmen.

Massies bernsteinfarbene Augen suchten die Kapelle ab und glitten von einem Farbglasfenster zum nächsten, wobei sie hoffte, dass Gott erscheinen und sie retten möge.

»Haa-llooo!«, rief jemand aus dem hinteren Teil der Kapelle. Massie konnte nicht sehen, wer es war, weil die Empore vor dem Eingang hing und ihr die Sicht versperrte.

»Al-III-SCHA, bist du hier?«

Ein lautes *Pssst!* war aus dem Chorgraben zu hören.

»Wir sind hier!«, flüsterte Alicia laut.

»Oh«, schrie das Mädchen. »Ich dachte schon, ich hätte den Kuss... –«

Ein weiteres *Psssst* brachte sie zum Schweigen.

»Tut mir Leid.« Sie kicherte und eilte zu den anderen.

Es war nicht Gott. Es war Olivia Ryan, einer Seiner größten Fehler.

Olivia war wie Alicias kleines, dummes Hündchen, das zufällig alle süß fanden. Aber Massie konnte Olivia nicht ausstehen und verstand nicht, was Alicia in ihr sah. Zugegeben, sie war unbestreitbar hübsch, aber auf eine andere Art als Alicia.

Olivia war selbstbewusst und typisch amerikanisch mit ihren welligen blonden Haaren, ihren dunkelblauen Augen und der süßen, skipistenförmigen Nase – dank Dr. Marriott –, während Alicia eher eine exotische Schönheit mit viel Ausstrahlung war. Und zusammen waren sie unerträglich sexy. Die Jungen der siebten Klasse von Briarwood nannten sie »die Zwanzig«, weil sie beide Zehn-Punkte-Mädchen waren. Massie hasste diesen Spitznamen fast so sehr, wie sie es hasste, nicht damit gemeint zu sein. Wäre es so unvorstellbar, den Namen in »die Dreißig« abzuändern?

Sobald Olivia im Chorgraben verschwunden war, atmete Massie tief ein und langsam wieder aus. Sie sah ihre Notizen durch und atmete noch einmal tief durch. Es war Zeit.

Massie hörte die Knochen in ihren Knien knacken, als sie schließlich aufstand. Ihre Beine waren steif und taten vom langen Kauern weh. Sie rückte ihren Rock zurecht und trug eine neue Schicht M·A·C-Gloss auf ihre Lippen auf, obwohl sie immer noch die klebrige Schicht spüren konnte, die sie bei ihrer Ankunft auf der Empore aufgelegt hatte. Sie räusperte sich, berührte die Krone an ihrem Glücksbringerarmband, strich mit der Hand über die zahlreichen Goldketten und bunten Perlen um ihren Hals und ließ dreimal die Schultern kreisen.

»Showtime«, sagte sie halblaut.

Mit ihren Notizen in der Hand ging Massie die Hintertreppe hinunter.

Als die Sohlen ihrer lachsfarbenen kniehohen Michael-Kors-Stiefel den blauen Teppich berührten, spürte Massie, wie die Diva in ihr in den Performance-Modus umschaltete. Sie war bereit für ihren großen Auftritt ... fast.

Erst drückte sie auf die Kurzwahl für Kristens Handy.

»Warum bist du nicht in Position?«, zischte Massie in ihr purpurfarbenes mit Swarovski-Strasssteinen bedecktes Motorola-Handy.

»Wo bist du?«, flüsterte Kristen zurück. »Wir haben schon gedacht, du lässt uns sitzen.«

»Nun, das tue ich nicht. Ich warte schon seit etwa fünfzehn Minuten hinten in der Kapelle auf dich.«

»Oh mein Gott, das tut mir so Leid!«, sagte Kristen. »Bleib stehen.«

Massie seufzte, dann ließ sie ihr Handy zuschnappen. Sie liebte es, wie leicht ihre Freundinnen aus der Fassung zu bringen waren.

Kristen kam aus dem Chorgraben hervor und richtete die kleine Videokamera auf Massie. Sie winkte und ließ ihr Zielobjekt damit wissen, dass sie filmte.

»Schultern zurück, Bauch rein, Kopf hoch, selbstbewusstes Lächeln«, lautete der Satz, den Massie in ihrem Kopf wiederholte, während sie den Gang zwischen den Sitzreihen nach vorne schritt und so tat, als wäre es der Marc-Jacobs-Laufsteg während der Fashionweek. Als sie an Kristens Kamera vorbeikam, drehte sie sich um und machte ihr ein Zeichen, ihr mit der Kamera in den Chorgraben zu folgen. Sie tat es.

»Hallo, Ladys!« Massie strahlte, als sie graziös die schmalen Stufen hinunterging und sich zu ihren Schülerinnen gesellte. »Wer ist bereit zu lernen wie eine Verrückte herumzumachen?«

Alle Mädchen applaudierten begeistert, außer Claire. Sie biss sich auf die Unterlippe und zupfte an ihrem Pony. Massie warf ihr einen warnenden Blick zu, der besagte: »Schau nicht so nervös, sonst lässt du mich noch auffliegen.« Claire ließ ihre Haare los und jubelte mit den anderen.

Massie drehte schnell den Kopf, um zu kontrollieren, ob Kristen die Begeisterung mit ihrer Kamera einfing. Es war eine großartige Alle-lieben-Massie-Demonstration für ihr Video-Blog.

»Bevor wir anfangen, brauche ich von allen das abgezählte Geld, wie wir es vorher besprochen haben«, verkündete Massie. Sie fühlte sich ein bisschen seltsam, als sie das Geld von Claire, Alicia und Dylan nahm, aber sie wussten ja, dass es für einen guten Zweck verwendet würde. Nachdem sie die Zwanzig-Dollar-Scheine von ihren acht Schülerinnen eingesammelt hatte, stopfte Massie die einhundertundsechzig Dollar sofort in die Hosentasche von Kristens Juicy-Couture-Jeans, auf der mit Strasssteinen ein »J« angebracht war.

»Für deinen Lake-Placid-Fonds«, flüsterte Massie Kristen zu.

»Danke!« Kristen strahlte. Sie hielt ihre Kamera mit neuer Begeisterung und richtete sie auf Massies linke Gesichtshälfte, weil jeder wusste, dass das ihre Schokoladenseite war.

Die Mädchen stellten die dunklen Holzhocker in einem Halbkreis auf und rückten den einzigen Dirigentenstuhl für Massie in die Mitte. Alicia versprühte ihr Angel-Parfüm in dem Versuch, den stickigen, staubigen Geruch nach alten Büchern und fauligem, nassem Holz in der Kapelle zu vertreiben. Aber jetzt stank es, als hätte jemand eine Flasche Parfüm auf einem feuchten Baumstumpf zerschlagen. Es war trotzdem immer noch besser als vorher.

»Dann beginne ich, indem ich euch zu meinem Kussseminar MUCK willkommen heiße, ›Massies Unglaublich Cooler Kusskurs‹ .« Sie schaltete ihren Mini-DVD-Player ein und zog eine glänzende DVD aus einer pinkfarbenen Plastikhülle.

»Oh mein Gott, weißt du, wie MUCK klingt?« Olivia kicherte in ihre zierliche Hand.

»Oh, yep«, erwiderte Massie kurz angebunden. Es hätte nicht ausgesprochen werden müssen.

»LiebediesenNamen«, sagte Carrie zu Livvy und Alexandra, die links und rechts von ihr saßen.

»Ich auch«, schwärmte Alexandra. »Er klingt so unanständig.«

Livvys hervorstehende haselnussbraune Augen waren auf Massie gerichtet.

»Das Erste, was jeder küssende Bandit braucht, ist ein hervorragendes Gloss.« Massie griff in ihre schwarze Prada-

Tasche. Sekunden später zog sie einen grauen Jimmy-Choo-Schuhkarton hervor. Er war mit stinkenden Düften gefüllt, die Massie mit ihrer täglichen Lieferung von Glossip-Girl-Lipgloss erhalten hatte (dieses »Abonnement« war eines der vielen Weihnachtsgeschenke von ihren Eltern).

Sie wich den enttäuschten Blicken von Claire, Alicia und Dylan aus, die wussten, dass Massie sich nie von guten Düften trennen würde. Aber die neuen Mädchen hatte keine Ahnung, dass sie Massies Ausschussware bekamen. Sie flippten beinahe aus, als man ihnen Barbecue Chicken, California Roll, Kosher Dill und Spagetti Bolognese überreichte.

Livvy schmierte sich sofort das stinkende Gloss auf ihre dicken Lippen. »Mmmmm, es *schmeckt* sogar wie Sushi!« Mit den Schneidezähnen knabberte sie an ihren Lippen.

»Probierdashier.« Carrie drückte auf ihre Tube, sodass ein Klecks Barbecue Chicken herauskam. »Esriechtnachvierter Juli.«

»Das hier ist besser.« Alexandra spitzte ihre glänzenden Lippen, bis sie die Spitze ihrer Habichtsnase berührten. Sie atmete tief ein. »Hmmmm, Fleischsoße. Die Jungen werden danach hungern, mich zu küssen, stimmt's?«

Dylan verdrehte die Augen. »Und alle streunenden Hunde auch.«

Alicia krümmte sich vor Lachen und gab ihrer Freundin einen Highfive.

Massie schluckte ihr Lachen hinunter. Normalerweise wäre sie die Erste gewesen, die sich wegen Alexandras Witzversuch kaputtgelacht hätte, aber sie wollte, dass diese Mädchen sie eine Billion Mal mehr liebten, als sie Nina je geliebt hatten. Sobald sie das taten, würde noch jede Menge Zeit bleiben, sich über sie lustig zu machen.

»Meins riecht wie ein Klohäuschen.« Layne würgte. »Was ist das für ein Zeug?«

Claire stieß Layne einen Ellbogen in die Rippen und formte mit den Lippen die Worte: »Sei nett!«

»Bitte?«, flüsterte Layne Claire zu. »Warum?« Aber Claire antwortete nicht. Stattdessen richtete sie ihre Aufmerksamkeit wieder auf Massie und hoffte wahrscheinlich, dass Layne es ihr gleichtat.

Massie fühlte sich immer noch unbehaglich, weil nicht nur ihr schwarzer Mops Bean wusste, dass sie log, was ihre Erfahrung im Küssen anging; aber wenn es schon jemand sein musste, dann war Massie froh, dass es Claire war. »Fangen wir an.«

Massie drehte den kleinen Bildschirm ihres tragbaren DVD-Players so, dass die Mädchen ihn sehen konnten, schob die DVD ein und drückte auf Play. Eine langsame Folge von erotischen Fotos, die Massie aus Zeitschriften und Bildbänden zu Hause ausgeschnitten und mit ihrem Computer eingescannt hatte, erschien auf dem Bildschirm, eins nach dem anderen. Sie erschienen und verschwanden in perfekter zeitlicher Abstimmung zu den verträumten Klängen von Enyas »Caribbean Blue«. Enya war eine von Kendras Lieblings-Newage-Künstlern. Massie war sich sicher, dass die Mädchen keine Ahnung hatten, was sie da hörten; sie hoffte, dass die betörende irische Musik ihrer Präsentation einen Hauch von Romantik und Rätselhaftigkeit verleihen würde.

»Wow.« Alexandra seufzte. »Wie ein Porno.«
»Werden wir Schwierigkeiten bekommen?«, fragte Livvy und kaute auf ihrer Lippe.
»Tssss.« Carrie verdrehte die Augen, um Massie wissen zu lassen, dass sie sich für ihre Freundinnen schämte.
Massie atmete tief durch und fuhr fort. »Wie ihr sehen könnt, küssen alle Leute auf diesen Bildern.« Sie sprach, während die Musik lief. »Es gibt Küsse in der Werbung«, sagte sie über eine Calvin-Klein-Anzeige, in der die Lippen des jungen Paares sich kaum berührten. »Küssen in der Kunst.« Sie tippte auf den Bildschirm, als das berühmte Gemälde *Der Kuss* von Gustav Klimt erschien. »Und Küsse in Kinofilmen.« Und natürlich kam als nächstes ein Foto aus dem Film *Wie ein einziger Tag,* das Ryan Gosling und Rachel McAdams in inniger Umarmung zeigte. Es gab verschwitzte Models in knappen Badeanzügen, die leidenschaftlich am Strand herummachten, zarte romantische Küsse in Anzeigen für Verlobungsringe und zahllose Parfümkampagnen, in denen die Frauen in die Kamera blickten statt in die Augen der genetisch perfekten Männer, die sie verführten.
»Werden wir lernen so zu küssen?« Alexandras grüne, katzenartige Augen funkelten hoffnungsvoll. Massie bemerkte, dass sie dieselbe Farbe wie ihre Zahnspangen hatten, und fragte sich, ob das Absicht war.
»Wie auf welchem Foto?«, fragte Massie.
»Auf allen.« Alexandra fasste ihre langen, glatten braunen Haare mit einer Hand und fächelte sich den Nacken mit der anderen. »Ich finde, es ist wichtig, dass wir alle verschiedenen Stile lernen.«

»Immer schön der Reihe nach«, sagte Massie. »Zuerst müsst ihr die Grundlagen lernen.«
»Einverstanden. Erzähl uns alles«, sagte Olivia und schlüpfte aus ihrem gelbbraunen Wildlederblazer. Darunter trug sie ein Tanktop von Petit Bateau in Babyrosa, das ihre dünnen muskulösen Arme und spitze, kleine A-Körbchen enthüllte. Sie erinnerten Massie an »Heshey's Kisses«-Schokohütchen, und ihr wurde plötzlich bewusst, dass sie seit dem Frühstück nichts mehr gegessen hatte.
»Also, was haben alle diese Bilder gemeinsam?«, fragte Massie und versuchte ihren Hunger zu vergessen.
»Meint sie das ernst?« Layne öffnete einen Go-Gurt mit Pfirsichgeschmack und nahm einen Schluck.
»Du hast sie alle aus den Zeitschriften deiner Mutter ausgeschnitten?«, scherzte Alicia.
Dylan kicherte. Claire kaute auf ihren rosafarbenen Fingernägeln.
»Nein.« Massie seufzte. »Auf allen Bildern berühren sich die Lippen der Menschen. Und darum geht es beim Küssen.«
Layne brach in lautes Gelächter aus. »Ich will mein Geld zurück!«
Claire stieß sie mit dem Ellbogen an. »Pst!«, zischte sie.
»Meinst du das ern...?«, wollte Layne zu Claire sagen, wurde jedoch von Livvy unterbrochen.
»Aber in dem Gemälde *Der Kuss* berühren sich die Lippen nicht. Er küsste sie auf den Hals.«
Alle blickten zu Massie hin, um zu sehen, wie sie mit Livvys scharfsinniger Beobachtung umgehen würde.

Massie spürte, wie sich die vertraute kribbelnde Hitze unter ihren Armen ausbreitete. »Super Anmerkung, Livvy. Ich habe gehofft, dass es jemandem auffallen würde.«

Livvy setzte sich etwas aufrechter auf ihren Hocker und ließ ihre Beine spielerisch baumeln. »Danke.«

»Der Mann küsst die Frau auf den Hals, was als Kuss betrachtet werden kann.« Massie legte eine effektvolle Pause ein. »Aber das ist nicht Knutschen.«

»Ooooh.« Livvy nickte langsam, als würde sie es langsam kapieren.

»Massie«, unterbrach Carrie. »Äh, diemeistenvonunswissendasallesschon. Wir wollen etwaswissenüber Techniken wie Zungenkuss, Lippenbeißen und –«

»Küssen mit Zahnspange.« Alexandra wurde rot. Sie lächelte schüchtern und zeigte dabei zwei Reihen grüner Drähte.

»Ich möchte wissen, was du mit Derrington gemacht hast«, sagte Alicia.

»Yep«, stimmte Dylan zu.

Massie blickte Claire an, aber Claire war zu sehr damit beschäftigt, an ihren ungleich langen Ponyfransen zu zupfen, um Massies schweigendes Flehen zu bemerken.

»Dazu werden wir noch kommen, aber zu Beginn ist es wichtig, die grundlegenden Dinge zu lernen«, erwiderte Massie.

»Wie Küsse mit geschlossenem Mund und mit offenem Mund?«, warf Alexandra ein.

»Nein, wie Oralhygiene.« Massie nahm eine Louis-Vuitton-Kulturtasche und zog den Reißverschluss auf.

»Oh«, kreischte Olivia. »Warte.«
»Ernsthaft.« Livvy errötete. »Wir haben noch nicht mal über Zungenküsse gesprochen, und jetzt kommen wir schon zu der oralen Sache?«
»OralhygieneduIdiotnichtOralSEX!«, fuhr Carrie sie an und verdrehte die großen braunen Augen.
»Oh.« Livvy und Olivia zuckten zusammen. Alle krümmten sich vor Lachen.
»Bevor man jemanden küsst, muss man sich mit frischem Atem und Zahnputzkaugummis auskennen.« Massie hob eine Tube Zahnpasta und eine Rolle Zahnseide hoch.
Alicia und Dylan brachen in Gelächter aus. Selbst Kristen fing an zu kichern, was bedeutete, dass die Aufnahme verwackelt wurde.
»Was ist so lustig?«, wollte Massie wissen. Claire wand sich unbehaglich auf ihrem Sitz und Layne hatte zu gähnen begonnen. »Ihr müsst erst gehen lernen, bevor ihr rennen könnt.«
»Korrektur«, sagte Alexandra. »Wir müssen küssen lernen, bevor wir sterben.«
Diesmal brachen Carrie und Livvy in Gelächter aus.
»He, Alexandra?«, fragte Massie mit süßer Stimme.
»Ja?«
»Bist du eine Flasche Tabasco?«
»Nein, warum?«
»Warum führst du dich dann auf, als wärst du total scharf?«, sagte Massie.
Diesmal lachten alle *mit* Massie. »Hast du das?«, flüsterte sie Kristen zu.

Kristen nickte.
»Beweg dich nicht zu viel!«, zischte Massie. »Du ruinierst die Aufnahme.«
»Können wir auf das Zeug mit den Zähnen verzichten?«, fragte Carrie. »Mein Vater ist Zahnarzt, und ich kenne mich mit Zahnseide aus.«
»Yep, aber kennst du dich auch mit Haarentfernung und Schnurrbartbleichen aus?« Massie hielt zwei verschiedene Sets zur Entfernung von Gesichtsbehaarung hoch. Sie glitt von ihrem Stuhl und marschierte zu Carrie. Dann beugte sie sich zu ihr, als wollte sie sie auf den Mund küssen.
»Äh, w-was tust du da?« Carrie rutschte auf ihrem Hocker herum und setzte sich auf ihre Hände.
»Dein Dad mag dir die Reinigung mit Zahnseide beigebracht haben, aber er hat versäumt zu erwähnen, wie wichtig es ist, keinen Schnurrbart zu haben, wenn man ein Mädchen ist«, erläuterte Massie.
Carrie hob langsam die Hand zum Gesicht und rieb sich die Haut neben ihrem Mund. Sie drehte sich zu Alexandra um. »Habe ich einen?«
Alexandra nickte langsam und bedauernd.
»Wirklich?«, fragte sie Livvy. Ihre Stimme klang hoch und zittrig.
Livvy zuckte die Schultern und schaute hinunter auf ihre kantigen Knie.
»Nun, welcher Junge würde gerne mit einem Mädchen knutschen, das ihn an seinen älteren Bruder erinnert?«, fragte Massie. »Frauen sollten weich und glatt sein, nicht stachelig und rau.«

Carrie fing an sich Härchen auszureißen, während die anderen ihre Puderdosen hervorzogen und ihre Gesichter im Spiegel untersuchten.

Sobald die Puderdosen wieder zugeklappt worden waren, fragte Alexandra: »Der Rest von uns ist anscheinend haarlos, können wir dann mit dem Küssen weitermachen?«

»Wo bist du beim ersten Mal geküsst worden?«, wollte Livvy wissen.

»Auf den Mund.« Massie wusste, dass Livvy das nicht meinte, aber sie war verzweifelt. Sie hatte angenommen, dass diese HLs so glücklich wären, in ihrem geheimen Klub zu sein, dass es egal sein würde, worüber sie sprach. Aber sie hatte sich vertan.

»War es nach dem Fußballendspiel in Briarwood?«, wollte Dylan wissen.

Massie hätte Dylan am liebsten geohrfeigt, weil sie das Thema weiterverfolgte, aber sie wusste, dass ihre Freundin sie nicht in Verlegenheit bringen wollte. Sie glaubte einfach, was Massie ihr erzählt hatte.

»Es stimmt, nicht wahr?« Dylan schlug sich auf ihren neuerdings dünnen Oberschenkel. »Mein Gott, ich bin so sauer, dass ich an diesem Tag krank war. Ich habe mir schon gedacht, dass ich etwas Gutes verpassen würde.«

»Ist er ein guter Küsser, oder küsst er unappetitlich und nass?«, fragte Alicia spielerisch. »Komm schon, erzähl uns schon was! Wir wollen was haben für unser Geld.«

Massie wurde sich plötzlich der Hitze des Lichtes der Videokamera bewusst. Sie verbrannte ihr das Gesicht und ließ es rot werden – sie konnte es spüren. Eine Welle von Hun-

ger krampfte ihren Magen zusammen, und sie fühlte sich schwach und orientierungslos.
»Welche Glossip-Girl-Geschmacksrichtung hattest du aufgelegt?«, fragte Layne sarkastisch.
Das laute Klingeln in Massies Ohren machte es ihr beinahe unmöglich, Fragen zu beantworten ... nicht dass sie das gewollt hätte. Wenn sie nicht sofort hier herauskam, würde sie entweder einen Herzanfall bekommen oder, schlimmer noch, in Tränen ausbrechen.
»Einen Augenblick.« Massie hielt einen Finger in die Luft und durchwühlte hektisch ihre Prada-Tasche.
Die Mädchen sahen ihr mit schweigender Neugier zu.
Massie zog ihr purpurfarbenes Glitzer-Motorola hervor, klappte es auf und hob es ans Ohr. »Yep ... oh-oh ... Wie weit ist sie schon? ... Kannst du sie hinhalten, bis wir abgehauen sind? ... Super.« Sie ließ das Handy zuschnappen und steckte es schnell in die Tasche ihrer grau-orangefarbenen Nanette-Lepore-Tweedjacke.
»Wir müssen *sofort* hier raus.« Massie riss den Stecker ihres DVD-Players aus der Wand und warf sich ihre Tasche über die Schulter. »Das Team, das für mich Schmiere steht, sagt, dass Rektorin Burns auf dem Weg hierher ist, um ein Meeting vorzubereiten, das heute Abend stattfindet.«
Layne wollte gerade einen Schluck von ihrem Go-Gurt trinken, ließ aber sofort die Tube sinken. »An einem Freitag?«
»Anscheinend«, erwiderte Massie.
»Seltsam, ich habe dein Handy gar nicht klingeln gehört«, meinte Olivia.

»Seltsam, man nennt es *vibrieren«*, sagte Massie kurz angebunden. »Ich schlage vor, dass wir uns aufteilen. Ein paar von euch sollten den Dienstbotenausgang nehmen, damit es weniger auffällt. Ich gehe zum Haupteingang hinaus, und wenn ich sie sehe, sage ich einfach, ich hätte meine Kopfschmerztabletten nach der letzten Hillary-Clinton-Lesung hier vergessen.«

»Das war letztes Jahr«, meinte Dylan besorgt.

»Na ja, ich sage, ich habe einen Migräneanfall und muss sie finden«, sagte Massie. Sie bedeckte die Kameralinse mit der Hand und kletterte aus dem Graben. Kristen, Dylan, Alicia und Claire folgten ihr. »Alle anderen benutzen die anderen Türen. Schnell, beeilt euch!«

»Was ist mit dem Rest des Unterrichtes?«, fragte Alexandra aus dem Chorgraben. »Wir fahren am Montag nach Lake Placid.«

»Wir werden es dort machen!«, rief Massie über die Schulter, während sie ihre Freundinnen in Sicherheit brachte. »Ich verspreche es.«

Und wie gewöhnlich glaubten sie ihr.

Massie seufzte tief auf vor Erleichterung. Der Trick mit dem angeblichen Anruf hatte seinen Zweck erfüllt und ihr den Aufschub gegeben, den sie brauchte, um ihren Lehrplan neu zu gestalten. Sie versagte kläglich als Kusslehrerin, und sie wusste, der einzige Weg, ihre Fehler wieder gutzumachen, bestand darin, tatsächlich mit Derrington zu knutschen, und zwar bevor alle merkten, dass sie ein total unerfahrener Möchtegern war.

Massie war klar, dass die Mädchen alles andere als zufrieden mit ihrer ersten Unterrichtsstunde gewesen waren. Und das musste gewiss nicht mit einem Video-Blog breitgetreten werden. Also kehrte sie zu ihrem alten System des Lageberichtes auf ihrem PalmPilot zurück, den sie für sich behielt.

Lagebericht	
In	**Out**
Erdtöne	Klingeltöne
Exkursionen mit Jungen	Kurse mit Mädchen
Knutschen	Kneifen

BEI DEN BLOCKS
MASSIES ZIMMER

Sonntag, 22. Februar
13 Uhr 16

Claire trödelte in dem nach einer Duftmischung riechenden Flur vor Massies Zimmer herum und redete sich Mut zu, die Tür zu öffnen und hineinzugehen. Ihre Hände waren feucht und ihr Magen fühlte sich an wie eine Schlachtszene aus *Herr der Ringe*.

Vorher, als sie über die Wiese gegangen war, die das Gästehaus (ihr Zuhause) vom Haupthaus (Massies Zuhause) trennte, hatte sie sich gefragt, warum sie so nervös wegen des Packtreffens war; vermutlich lag es daran, dass sie keine Ahnung hatte, was ein Packtreffen überhaupt war.

Claire atmete tief ein, legte zaghaft eine Hand auf den Glasknauf von Massies Tür und zog sie dann schnell wieder zurück, wobei sie einen Schweißstreifen hinterließ. Sie war sechs Minuten zu spät und das bedeutete, dass die Mädchen über sie herziehen könnten. Nicht dass sie etwas Falsches getan hätte, aber sie war immer noch vorsichtig. Schließlich brauchten schlechte Erinnerungen länger als blutende Wunden, um zu heilen.

»Eins … zwei … drei …«, zählte sie im Kopf. Bei fünf würde sie die Tür öffnen. »Vier …«

Aber plötzlich hörte Claire lautes Lachen hinter der Tür und sie sprang zurück. Sie *wusste*, dass sie sich über sie lustig machten.

Claire drückte das Ohr an die Tür.
»Bist du mit Sekundenkleber festgeklebt worden?«, sagte jemand hinter ihr.
Claire hob schnell den Kopf und drehte sich um. Sie spürte, wie sie rot wurde.
»Hey, Dyl.« Sie versuchte lässig zu klingen. »Was machst du mit dem ganzen Zeug?«
Dylans Arme waren mit Einkaufstüten aus jeder Boutique in Westchester behängt. Ihre Handgelenke waren purpurrot von den Tragegriffen, die ihr ins Fleisch schnitten. Aber trotzdem gelang es ihr, den grünen Strohhalm in ihrem Frappuccino an die Lippen zu führen und einen großen Schluck zu trinken.
»Ach, du meine Güte!«, quietschte Dylan und beugte sich nach vorne. Das Gewicht der Taschen zog sie fast zu Boden. Claire eilte zu ihr und richtete sie wieder auf.
»Danke.« Dylans grüne Augen blickten entspannt und schelmisch. Die auf dem Kopf aufgetürmten roten Locken waren durcheinander und ungekämmt. Sie sah wie eine Wochenend-Freizeit-Version ihrer selbst aus. Ihre Jeans saßen locker und ohne Gürtel, und die Kapuze ihres lindgrünen Sweatshirts hing über den Rücken ihrer verblassten schwarzen Marc-Jacobs-Jacke.
Plötzlich spürte Claire, wie ein Teil ihrer Beklemmung dahinschmolz. Sie mochte es, wenn die Mädchen des Schönheitskomitees so jung aussahen, wie sie waren – oder, besser gesagt, wie sie war.
»Du hast mich davor bewahrt, von meiner neuen Garderobe erdrückt zu werden.«

»Na ja, wenn du dich erkenntlich zeigen willst, frag mich nicht, warum ich das Ohr gegen die Tür gedrückt habe«, sagte Claire ohne einen Hauch von Ausgelassenheit. »Und erzähl es nicht weiter.«

»Einverstanden.« Dylan deutete mit ihrer Tüte von BCBG auf die Tür und Claire öffnete sie ohne Zögern. Es war immer einfacher, mit jemandem zusammen irgendwo hineinzugehen.

Claire schnappte nach Luft, als sie das Zimmer betrat. Sie wusste, dass Massie nie etwas tat, wenn es nicht eine Schlagzeile wert war, aber diesmal hatte sie sich selbst übertroffen. Das saubere und ordentliche iPad war ganz und gar in einen Zeltplatz verwandelt worden. Kristen, Alicia und Massie saßen im Schneidersitz auf Schlafsäcken und starrten in ein Plastikholzfeuer, das einen flackernden orangefarbenen Lichtschein auf ihre Gesichter warf. Marshmallows, Schokoladenstücke und Vollkorncracker wurden hin- und hergereicht. Die Beleuchtung war gedimmt, und hunderte von Sternen, die in der Dunkelheit leuchteten, waren an der Decke von Massies Zimmer angebracht worden. Eine CD mit Soundeffekten lieferte die Greatest Hits des Waldes im Surround-Sound, mit heulenden Wölfen und dem Geräusch eines plätschernden Baches. Ein Räucherstäbchen brannte an Massies Erkerfenster und erfüllte das Zimmer mit dem süßen Duft von Piniennadeln.

Bean, Massies kleiner schwarzer Mops, trug ein rosa-grau-gelbes Flanellhemd und hatte sich in einem ausgepolsterten kleinen Kanu neben dem falschen Feuer zusammengerollt. Die Mädchen trugen Jeans, Rollkragenpullis in neutralen

Farben und rote Jagdkappen. Auf den beiden leeren Schlafsäcken neben Kristen lagen je eine Kappe für Claire und eine für Dylan.

»Das ist klasse!« Claire wusste, dass *klasse* nicht einmal im Ansatz beschrieb, wie cool sie Massies Zimmer fand, aber sie war zu überwältigt, um sich eine bessere Bezeichnung auszudenken.

»Heyyyy.« Dylan zerrte ihre ganzen Tüten durch den Türrahmen. »Tut mir Leid, dass ich zu spät komme – aber ich musste mir eine völlig neue Garderobe kaufen.« Sie sagte es auf eine Art, wie die meisten Leute sagen würden: »Ich musste mir meine Warzen entfernen lassen.«

»Warum?«, fragte Massie. Ihr teuflisches halbes Lächeln verriet, dass sie die Antwort bereits kannte.

»Ich habe durch meine Grippe fast fünf Kilo abgenommen.« Dylan klang überrascht, weil Massie das nicht bereits wusste.

»Oh, cool«, erwiderte Massie beiläufig.

Kristen und Massie blickten auf ihre leuchtenden PalmPilots und versuchten nicht zu lachen.

»Das ist nicht lustig.« Dylan stampfte mit dem Fuß auf. »Das gibt es nicht, dass ihr das nicht gemerkt habt!« Sie knöpfte ihre Jacke auf und öffnete sie wie ein perverser Exhibitionist im Trenchcoat.

»Wir *haben* es gemerkt.« Alicia verdrehte die Augen. »Aber da du noch nie fett gewesen bist, fällt es uns schwer, deshalb auszuflippen.«

»Insbesondere nicht, wenn du die ganze Zeit darüber sprichst«, fügte Massie hinzu.

Claire setzte sich auf ihren Schlafsack, hob ihren Jagdhut hoch und tat so, als würde sie sich brennend für die innen angebrachte Waschanleitung interessieren – sie wollte auf keinen Fall in einen sich möglicherweise zusammenbrauenden Streit hineingezogen werden.

»Tut mir Leid, okay?«, jammerte Dylan. »Es ist einfach so, dass ich schon so lange besessen davon war, abzunehmen, und jetzt, da ich es geschafft habe, habe ich nichts mehr, worüber ich nachgrübeln kann. Ich habe keine Ziele mehr. Ich fühle mich, als hätte ich mein Markenzeichen verloren.«

»Komm, setz dich.« Massie wedelte mit ihrem PalmPilot in der Luft. »Wir haben gerade angefangen, unsere Packlisten aufzustellen. Du kannst uns dabei helfen, schicke Waldoutfits zusammenzustellen, die Jungen gefallen.«

»Okay.« Dylan ließ ihre Einkaufstaschen fallen und rannte zu dem leeren Platz neben Kristen. »Was habe ich verpasst?«

Alicia tippte mit ihrem Stift auf den Bildschirm ihres Palms und las ihre Notizen vor. »Bislang haben wir uns auf eine Palette gedämpfter Farben für Oberteile geeinigt.« Sie tippte wieder. »Khakitöne, Schokoladenbraun- und Grüntöne – aber kein Lindgrün und keine Pastelltöne.«

»Ich meine, keine Juicy-Couture-Pullis.« Massie schob die Ärmel ihres schokoladenbraunen Juicy-Pullis hoch. »Sie sind so gar nicht sexy.«

»Aber Juicy-Couture-Jeans sind in Ordnung, oder?«, fragte Dylan.

»Nur dunkle Waschung.« Alicia zeigte auf die neue True-Religion-Jeans, die sie trug.

Dylan krabbelte zu einer ihrer Einkaufstüten und zerrte hektisch weißes Seidenpapier heraus. »Puh«, seufzte sie. »Ich habe gerade die neue Strass-Hüftjeans von Juicy gekauft und hatte vergessen, welche Farbe sie hat.«

»Und?«, sagte Alicia fragend.

»Ich bin gut.« Dylan fächelte sich ihr erhitztes Gesicht. »Gott sei Dank. Mein neuer Hintern sieht in der Jeans umwerfend aus.«

Claire nahm einen purpurfarbenen Stift von Massies Schreibtisch und riss sich ein Blatt von ihrem »Ein Augenblick aus dem Leben von Massie Block«-Block ab.

»Ich darf doch?« Sie machte eine entsprechende Geste zu Massie hin.

Massie nickte und gab Claire zu verstehen, dass sie sich mehr nehmen könnte, wenn es nötig sein sollte.

»Danke.« Claire ließ sich auf ihrem Schlafsack nieder und wünschte, sie hätte einen PalmPilot.

Sie setzte sich sofort ihre rote Kappe auf, damit niemand ihren Pony anstarrte, und versuchte alles aufzuschreiben, was sie gerade besprochen hatten – *dunkle Jeans, neutrale Oberteile.*

»Kristen, heißt das, du kommst mit nach Lake Placid?«, fragte Dylan.

»Nein.« Sie seufzte.

Claire wollte sie fragen, warum sie sich dann die Mühe machte, herzukommen, aber sie kannte die Antwort bereits. Eine von Massies Zusammenkünften zu verpassen bedeutete eine schlaflose Nacht, in der du dich hin und her wirfst und dich ständig fragst, ob du etwas Gutes verpasst und ob jemand etwas hinter deinem Rücken über dich sagt. Und nichts war diese Art von Folter wert.

»Hey, hat sich jemand für dein Gedächtnistraining angemeldet?« Claire versuchte optimistisch zu klingen.

Kristen schüttelte den Kopf und blickte in das falsche Feuer.

»Vielleicht hat sich niemand daran erinnert«, versuchte Massie mit ausdruckslosem Gesicht zu sagen. Aber es misslang ihr, als alle in Gelächter ausbrachen.

»Sehr lustig.« Kristen rückte eine der vielen mit Strasssteinen bedeckten Haarklemmen in ihren Haaren zurecht. Sie versuchte offensichtlich, die Übergangsstadien ihres unglücklichen Jungenhaarschnitts zu kaschieren, aber die glitzernden Steine lenkten bloß die Aufmerksamkeit auf das Problem. Unauffällig schlüpfte Claire aus ihren rosafarbenen, glitzernden, mit Strasssteinen bedeckten Turnschuhen und stellte sie hinter sich, falls jemand das Gleiche über ihre Schuhe denken sollte.

Claire hoffte, dass sie Massies Billigung finden würden, weil Mischa Barton sie in den ganzen Zeitschriften trug. Aber warum sollte sie ein Risiko eingehen?

»Lass uns doch für dich bezahlen«, meinte Alicia beharrlich.

»Nein, es ist in Ordnung«, sagte Kristen mit zusammengebissenen Zähnen. »Ich glaube, es wird lustig, während der Ferien hier zu bleiben. Ich kann lesen, ich kann zweimal täglich Fußball trainieren, ich kann mir noch mehr Landkarten einprägen und denkt bloß an die ganzen Sonderangebote für den Presidents' Day, die ich mir schnappen kann.« Sie stopfte sich ein Marshmallow in den Mund.

»Kristen, wenn du so viele Landkarten kennst, weißt du ja wo Knutsch-City liegt?«, fragte Massie.
»In Lake Placid«, schrien Dylan und Alicia zurück.
Alle krümmten sich vor Lachen und gaben sich Highfives, alle außer Claire und Kristen. Hätte Cam auf das Gedicht geantwortet, das sie ihm am Donnerstag geschickt hatte, wäre Claire so begeistert wie der Rest der Mädchen gewesen. Aber da er es nicht getan hatte, wäre sie besser dran, wenn sie die Woche mit Kristen verbringen würde.
Plötzlich übertönte das japsende Bellen eines kleinen Hundes das Heulen der Kojoten auf der CD mit den Soundeffekten.
Bean hob den Kopf und stand auf. Das ausgepolsterte Kanu geriet durch Beans plötzliche Bewegungen ins Schwanken, aber es gelang ihr, herauszuspringen und geradewegs zu Massies Erkerfenster zu laufen, bevor das Kanu umkippte.
»Hast du noch einen kleinen Hund bekommen?« Dylan hielt sich ein Marshmallow vor den Mund, hielt inne und stopfte es dann zurück in die Tüte.
»Nein«, antwortete Massie. »Vielleicht ist es ein streunender Hund.«
Bean sprang so hoch sie konnte und hoffte einen Blick auf den Konkurrenten erhaschen zu können.
»Warte, Bean, Mami kommt gleich.« Massie stand auf und lief schnell zu ihrem Hund. Sie nahm Bean auf den Arm und ließ sie zum Fenster hinaussehen, damit sie ihren Konkurrenten begutachten konnte. »Kuh-laire, was zum Teufel tut dein Bruder da?«
Claire spürte, wie ihre Wangen rot wurden. Todd schaffte es immer, sie in peinliche Situationen zu bringen.

Bean wand sich und versuchte sich aus Massies Griff zu befreien. Claire seufzte und gesellte sich zu Massie ans Fenster. Aber sie musste nicht hinausblicken, um zu wissen, was vor sich ging.

»Oh.« Sie lachte in sich hinein und versuchte der Szene die Peinlichkeit zu nehmen. »Es ist bloß Todd, der seinen neuen Roboterhund Aibo abrichtet.«

»In Unterwäsche?«, kreischte Massie.

Alicia, Kristen und Dylan rannten zum Fenster. Sie lachten laut, als sie Claires dünnen zehnjährigen Bruder im Garten herumlaufen sahen, wo er ein schwarzes, mechanisches Plastikhündchen jagte. Todds blauer Frotteemantel hatte sich geöffnet und enthüllte graue Kniestrümpfe und locker sitzende weiße Boxershorts.

Sie sahen zu, wie Todd eine runde Scheibe Mortadella vor Aibo baumeln ließ, um ihn dazu zu bringen, hochzuspringen.

»Zeig ihnen, wie man das macht, Bean.« Massie stellte sie auf den Boden und öffnete die Zimmertür. Sie applaudierten, als Bean hinausrannte. »Das wird gut!«

Die Mädchen drehten sich wieder zum Fenster um und warteten.

Claire versuchte sich eine Ausrede auszudenken, damit sie hinausgehen und Todd warnen konnte, aber es war zu spät. Bean fegte bereits über den Rasen und steuerte geradewegs auf Aibo zu. Sie hasste diesen falschen Hund schon seit Tagen: sein mechanisches Bellen, die schleifenden Geräusche, die seine Gelenke verursachten, wenn er die Beine bewegte, und die Art, wie seine Augen rot aufleuchteten, wenn er »wach« war. Aber jetzt, da Aibo in Gefahr war, wollte Claire alles zurücknehmen. Der Hund sorgte dafür, dass Todd beschäftigt war und sich nicht in ihre Angelegenheiten einmischte, und das musste man feiern und nicht zerstören.

Innerhalb von Sekunden schnappte sich Bean die Mortadella aus Todds Fingern, verschlang sie, und dann stürzte sie sich auf Aibo. Sie packte ihn an seinem dünnen Plastikschwanz und schüttelte ihn hin und her. Todd schrie Bean an, damit sie aufhörte, aber sie reagierte nicht.

»Massie, du musst etwas tun!«, drängte Claire.

Aber Massie beachtete sie nicht. Sie fand es zu amüsant, wie ihr in Flanell gewandetes Hündchen sein Revier verteidigte.

»Wir sind jetzt in der Wildnis. Du erinnerst dich? Wir müssen der Natur ihren Lauf lassen.« Claire war klar, woher der Mops seine wilden Überlebensinstinkte hatte.

Es dauerte nicht lange, bis Aibos Lichter ausgingen und sein Körper quer durch den Garten flog.

Todd fing an Bean durch den Garten zu jagen.

Massie stieß das Fenster auf und rief: »Komm, Baby, komm schnell zurück zu Mami!«

Der Hund hob sein schwarzes Gesicht und rannte zurück ins Haus. Ein paar Sekunden später lag er wieder in seinem Kanu, rollte sich zusammen und kaute glücklich auf Aibos Plastikschwanz.

»Die Show ist vorbei.« Massie schloss das Fenster und die Mädchen kehrten zu ihren Schlafsäcken am Lagerfeuer zurück.

Claire hatte ein hohles Gefühl im Bauch. Ein Teil von ihr

wollte ihrem Bruder beistehen, aber sie wagte es nicht, den Raum zu verlassen, weil sie befürchtete, die Mädchen könnten sie auslachen, während sie nicht da war. Sie stopfte sich ein paar Schokoladenstücke in den Mund. Vielleicht würde der Zucker dafür sorgen, dass es ihr besser ging.

»Okay, wir müssen uns weiter um unsere Listen kümmern. Wir fahren morgen früh, und ich muss noch packen und mich um die ganzen Kosmetika kümmern«, sagte Massie, während sie ihre Schaufensterpuppe in die Mitte des Kreises rollte. »Wie ihr seht, habe ich sie angezogen, damit wir uns Anregungen holen können.«

Claire sah zu, wie die Mädchen die Schaufensterpuppe, die exakt Massies Größe hatte, studierten, als hätten sie den Auftrag, ein Porträt der Puppe anzufertigen. Sie tippten auf ihren PalmPilots, während im Hintergrund die Wölfe und Kojoten heulten. Sogar Kristen machte sich Notizen und sie kam gar nicht mit; deshalb dachte Claire sich, sie sollte wahrscheinlich auch besser ein paar Dinge zu Papier bringen.

Das Outfit der Schaufensterpuppe

- Cargohose mit niedrig geschnittenem Bund, armeegrün
- Doppelter Gürtel – sieht aus wie zwei braune Gürtel, aber ich glaube, es ist bloß einer, der zweimal herumgeschlungen ist.
- Beigefarbener, wuscheliger, enger Pulli mit V-Ausschnitt (sieht kratzig aus)
- Massenweise verhedderte Halsketten
- Weiche braune Mokassinstiefel

Tief in sich drin wusste Claire, dass sie nicht im Geringsten wie die Massie-Schaufensterpuppe aussehen würde. Ihr Koffer würde mit langen Unterhosen, dicken Socken und Pullis in verbotenen Pastelltönen gefüllt sein. Zumindest würde sie diesmal wissen, was sie falsch machte.

Während der nächsten fünfundzwanzig Minuten saß Massie vor ihrem Mac und tippte eine Liste von tragbaren Kleidungsstücken.

Die Mädchen blieben am Feuer sitzen und machten Vorschläge.

»Lasst uns mit den Sachen zum Überziehen anfangen«, meinte Massie.

»Kurze Bomberjacken, deren Kapuzen mit Pelz umrandet sind!«, rief Dylan.

»Einverstanden«, sagte Alicia. »Nicht länger als knielang.«

»Woll- und Kaschmirjacken für abends«, fügte Massie hinzu, während sie tippte.

»Okay«, meinte Alicia.

»Okay, zu den Schuhen«, verkündete Massie. »Was denken wir dazu?«

»Warte«, warf Claire ein. »Wie steht's mit Mützen und Handschuhen?«

Alle blickten sie an, als hätte sie gerade vorgeschlagen, sie sollten die Woche nackt verbringen. »Ihr wisst schon, damit uns warm ist?«

»Gut.« Massie sah Claire über die Schulter an und tippte weiter. »Aber keine Skimützen oder wasserdichte Handschuhe. Die Sachen müssen niedlich und weiblich sein und zueinander passen.«

Claire seufzte. »Was ist mit diesen roten Jagdkappen?« Sie zeigte auf ihren Kopf.
»Die sind nur für dieses Treffen«, erklärte Massie. »Sie sind nicht hübsch genug für die Exkursion. Ich leihe dir etwas.«
Claires Magen hüpfte vor Freude bei dem Gedanken. Sie liebte es, sich Kleidung von Massie auszuleihen. Es war, als trüge sie eine kugelsichere Weste, die sie vor Sticheleien, schiefen Blicken und Witzen über ihre Kleider schützte.
»Können wir jetzt zu den Schuhen kommen?«, bat Massie.
Claire nickte.
»Mokassins, kniehohe Ugg-Boots und Cowboystiefel«, sagte Alicia bestimmt.
»Einverstanden«, meinte Dylan.
»Klingt gut«, stimmte Claire ein, obwohl sie genau wusste, dass sie ihre hellbraun-dunkelbraunen L.-L.-Bean-Stiefel tragen würde.
Kristen sagte kein Wort. Sie war zu sehr damit beschäftigt, so zu tun, als wäre sie an einer alten Ausgabe von *Teen Vogue* interessiert. Offensichtlich hatte sie die Zeitschrift gestohlen, denn auf dem Adressaufkleber stand Dr. Holland.
Alicia griff hinter sich und hielt einen von Claires Schuhen hoch. »Wie ist es mit strassbedeckten Turnschuhen?«
Alle vier Mädchen krümmten sich vor Lachen. Claire erstickte fast an einem Vollkorncracker. Wie lange hatten sie das schon geplant? Sie wollte Layne schon die Schuld an dem geschmacklosen Do-it-yourself-Projekt geben, beschloss dann aber, es auf ihre eigene Kappe zu nehmen. Die Mädchen des Schönheitskomitees waren wie wilde Tiere: Wenn sie Furcht witterten, schlugen sie zu.

»Ich habe mich schon gefragt, wann eine von euch sie bemerken würde.« Claire richtete sich auf. »Ich habe beinahe geglaubt, sie würden euch gefallen.«

Niemand sagte ein Wort.

»Ich nehme sie mit nach Lake Placid, wenn sie sich also jemand ausleihen möchte, sagt mir Bescheid.« Claire stützte sich auf einen Ellbogen und pulte sich gelassen ein Stück Cracker aus den Zähnen.

Sie hatte ihre Sache gut gemacht.

»Diese Dinger sind noch Mitleid erregender, seit Mischa Barton sie trägt.« Massie verdrehte die Augen. »Sie hätte es fast geschafft, jemand zu sein, den wir mögen.«

»Stimmt.« Dylan versuchte die rote Jagdkappe über ihre dicken lockigen Haare zu zwängen. Sie standen waagerecht ab wie bei Elmer Fudd.

Claire musste laut lachen.

»Was ist denn?«, quiekte Dylan.

»Nichts«, sagte Claire. Zum Glück war sie nicht die Einzige, der auffiel, wie lächerlich Dylan aussah.

»Du siehst aus wie dieser Jäger von Bugs Bunny«, meinte Alicia.

Kristen hob den Kopf und kicherte. »Elmer Fudd.«

Es dauerte nicht lange, bis alle über Dylan lachten und Claire nicht mehr im Mittelpunkt des Interesses stand. Sie hatte in den vergangenen sechs Monaten viel gelernt.

Die Mädchen arbeiteten weiter an der Liste, bis Massie zufrieden war.

»Fertig.« Schließlich klickte sie auf Drucken und gab jedem einen Ausdruck der Master-Packliste.

Vertraulich
Master-Packliste des Schönheitskomitees
Lake Placid

Überkleidung

- Kurze Bomberjacken mit pelzumrandeten Kapuzen
- Nichts, was länger als knielang ist
- Woll- und Kaschmirjacken (für abends)
- Zueinander passende Mützen- & Handschuhsets (ausschließlich zum Warmhalten)
- Nichts, was man zum Skifahren tragen würde

Schuhe

- Mokassins
- Ugg-Boots (nur kniehoch)
- Cowboystiefel für abends
- Mit Strasssteinen besetzte Turnschuhe (wenn du dich traust)

Oberteile

- Sexy Pullis mit V-Ausschnitt
- Nur Erdtöne
- Keine Sweatshirts von Juicy Couture (Jeans, Handtaschen und Tops sind okay)
- C&C-Tanktops zum Unterziehen
- Süße Kleider für abends
- Keine Waffelshirts oder irgendwelche andere lange Unterwäsche, die man zum Skifahren trägt

Unterteile

- Jeans mit dunkler Waschung
- Kordhosen (nur Erdtöne)
- Röcke für abends (nicht länger als knielang)
- Strumpfhosen (nicht schwarz)
- Keine langen Unterhosen

Nachtwäsche

- Hemden und Jungenshorts. Ende der Geschichte.

Schmuck

- NUR MASSIE: Halsketten (so viele, wie der Hals tragen kann)
- Diamantohrstecker
- Goldene Armreifen
- Ringe (jeglicher Art)
- Armbanduhren (jeglicher Art. Sogar deine ist okay, Claire ☺)
- Broschen sind total out. Lasst sie zu Hause.

Technische Geräte

- Tragbare DVD-Player (und Ladegeräte)
- Handys (und Ladegeräte)
- Sidekick-Smartphones (und Ladegeräte)
- Videokameras (und Ladegeräte)
- iPods/iPod shuffles/iPod minis/iPod nanos (und Ladegeräte)
- Tragbare Lautsprecher (und Stecker)
- Bose-Noise-Reduction-Kopfhörer (zusätzliche AAA-Batterien)

- Digitalkameras (und Ladegeräte)
- Keine Gameboys (ungesellig. Außerdem werden die Jungen welche haben. Guter Vorwand, mit ihnen zu reden.)
- Taschenlampen optional (Brauchen sie Batterien? Wenn ja, Batterien mitbringen.)

Unterwäsche

- Socken
- BHs (ALICIA!)
- Unterwäsche (Keine Oma-Unterhosen, Claire ☺)

Kosmetika

- Reinigungsmilch
- Duschgel
- Deo
- Feuchtigkeitscreme
- Puder
- Rasierer, Rasierschaum
- Parfüm (eins für tagsüber/eins für abends)
- Wattestäbchen
- Make-up-Entferner
- Elektrische Zahnbürste
- Zahnseide
- Zahnpasta
- Mundwasser
- Pinzette
- Wimpernzange
- Wimperntusche

- Pickelcreme
- Abdeckstift
- Augentropfen (gegen trockene Augen)
- Nagellack (Farbe und auch Grundierung)
- Nagellackentferner
- Nagelfeile
- Nagelhautschere
- Eyeliner
- Lidschatten
- Rouge
- Lipgloss
- Lippenpflege
- Lippenstift
- Shampoo
- Pflegespülung
- Tiefenconditioner
- Conditioner, der nicht ausgespült wird
- Bürste
- Kamm
- Föhn
- Diffuser
- Lockenstab
- Bügeleisen
- Serum gegen gekräuselte Haare
- Glanzserum
- Insektenspray

Sonstiges

- Duftkerzen

- Zeitschriften
- Kaugummi (zuckerfrei)
- Bettwäschespray mit Lavendelduft
- Satin-Schlafbrille
- Hausschuhe
- Bademantel
- Duschhaube
- Haarspangen und Haargummis

Claire sah die Liste nochmals durch, obwohl sie genau wusste, dass der einzige genehmigte Posten, den sie haben würde, die Unterwäsche war, weil sie gerade zehn neue Garnituren bei Victoria's Secret erstanden hatte.

»Denkt daran« – Massie stemmte die Hände in die Hüften – »wenn etwas über dieses Dokument durchsickert, könnte das sehr gefährlich sein.«

Claire gab sich große Mühe, aber ihr fiel nicht ein, inwiefern diese Art von Information »gefährlich« sein könnte. Ihr fiel keine einzige Lösung ein und sie hoffte, ein anderes Mädchen würde danach fragen, aber anscheinend verstanden sie es alle vollkommen.

»Für den Fall, dass ihr euch nicht sicher seid, warum diese Informationen nicht in Feindeshand fallen dürfen, werde ich es erläutern.« Massie blickte Claire direkt an. Zum Glück war es dunkel im Zimmer, weshalb niemand sehen konnte, wie sie errötete. »Ich bin ins Internet gegangen und habe eine Recherche durchgeführt. Es gibt keine guten Geschäfte in den Adirondacks. Wenn also jemand anfängt, sich wie wir zu kleiden, können wir nicht zur Mall laufen und etwas Neues besorgen. Wir werden bloß das zur Verfügung haben, was wir eingepackt haben.«

»Ahhh.« Claire nickte und tat so, als hätte sie es kapiert.

»Ihr könnt mich jederzeit anrufen«, bot Kristen an. »Ich werde die ganze Woche shoppen gehen, und ich kann euch etwas hochschicken, falls ein Notfall eintritt.«

Es war offensichtlich, dass Kristen versuchte begeistert hinsichtlich ihrer Lage zu klingen; sie sprach in einem hohen Mit-mir-ist-alles-okay-warum-fragst-du?-Ton, den Claire noch nie bei ihr gehört hatte.

Und die Art und Weise, wie Massies Mundwinkel sich nach oben bogen, zeigte deutlich, dass sie Kristens vorgetäuschten Enthusiasmus gleich zerstören würde. Aber das *Pling!* an ihrem Computer machte sie auf eine IM aufmerksam, die sie gerade von SHORTZ4LIFE erhalten hatte. Und das hatte Vorrang.

»Oh mein Gott!«, kreischte Massie. »Sie ist von Derrington!«

»Was schreibt er?« Alicia rannte hinüber zu dem iMac.

Massie beugte sich zum Bildschirm vor. Entweder schirmte sie die IM vor den Blicken ihrer Freundinnen ab, oder sie war plötzlich kurzsichtig geworden. Was es auch war, sie bestand darauf, dass alle sitzen blieben. »Ich erzähle euch alles«, versprach sie. »Ich möchte bloß nicht, dass alle mir so dicht auf der Pelle hängen.«

Alicia ging ein paar Schritte zurück.

Massie las vor und tippte.

SHORTZ4LIFE: HI, BLOCK
MASSIEKUR: HEY

SHORTZ4LIFE:	WAS TUST DU GERADE?
MASSIEKUR:	HÄNGE MIT DEM SCHÖNHEITSKOMITEE AB

»Frag ihn, ob Josh Hotz definitiv nach Lake Placid mitkommt«, flüsterte Alicia, als könnte Derrington sie durch den Computer hören.

Claire spürte, wie ihr der kalte Schweiß auf der Stirn ausbrach. Jedes Mal, wenn Alicia Josh erwähnte, versuchte Claire nicht schuldbewusst auszusehen. Sie riss die Augen auf und schaute sich wie ein unschuldiges Rehkitz im Zimmer um.

MASSIEKUR:	FÄHRT JOSH MIT?
SHORTZ4LIFE:	ALL MEINE JUNGS KOMMEN MIT. JOSH, CAM, PLOVERT & HURLEY

Claires Herzschlag beschleunigte sich, als Massie Cams Namen vorlas. Am liebsten hätte sie Derrington gefragt, ob Cam ihr Gedicht erwähnt hatte, aber sie hielt sich zurück. Sie wollte nicht, dass das Schönheitskomitee erfuhr, wie verzweifelt sie war.

»Oh mein Gott!« Dylan schlug sich auf die Oberschenkel. »Frag Derrington, ob Plovert noch auf Krücken läuft.«

MASSIEKUR:	HUMPELT PLOVERT IMMER NOCH?
SHORTZ4LIFE:	YEP. GIPS KOMMT IN 2 WOCHEN RUNTER.

»Super!«, meinte Dylan. »Jetzt kann er mir nicht weglaufen.«

»Soll ich Derrington mitteilen, dass du Plovert magst?« Massies Finger schwebten über der Tastatur.

»Nein! Ich werde es erst morgen offiziell machen.« Sie legte eine Pause ein. »Falls ihr nicht denkt, er ist eine schlechte Wahl. Wenn ja, ist es nicht schlimm. Ich kann mir einen anderen aussuchen. Zum Beispiel Josh.«

»Komm bloß nicht auf dumme Gedanken, Marvil!« Alicia warf Dylan ein halb aufgegessenes Marshmallow an den Kopf. »Oder ich schneide dir alle deine Haare ab, während du schläfst, und sorge dafür, dass du sie aufisst.«

Claire stopfte sich vier Schokoladenquadrate auf einmal in den Mund.

»Nein, bitte nicht!« Dylan umfasste ihre Taille. »Ich will nicht wieder alles zunehmen.«

»Überleg doch mal«, meinte Kristen. »Wenn du mit mir hier bleiben würdest, könnten wir jeden Tag trainieren.«

»Nichts für ungut, aber da würde ich lieber meine Haare aufessen.« Dylan lächelte.

SHORTZ4LIFE: KOMMT CLAIRE MIT?
MASSIEKUR: KLAR.

Claire stand auf und raste zu Massies Computer. Sie wusste, dass sie gebeten worden war sitzen zu bleiben, aber offensichtlich fragte Cam nach ihr. Und sie wollte kein einziges Wort verpassen.

»Ist Cam bei ihm?«, fragte Claire. »Frag ihn, ob Cam mein Ged. . . meine E-Mail bekommen hat.«

Massie fing an zu schreiben, wurde jedoch von einem weiteren *Pling!* unterbrochen. Sie las wieder laut vor.

SHORTZ4LIFE:	MAG SIE JOSH? ER STEHT TOTAL AUF SIE.
MASSIEKUR:	MAG WER JOSH? AUF WEN STEHT ER?

Alicia sprang auf und eilte zum Computer.

SHORTZ4LIFE:	CLAIRE

Claire stieß Massie an.

»Äh.« Massie beugte sich über den Bildschirm. »Er sagt es nicht.«

»Ich muss wissen, wen er meint«, bettelte Alicia. »Schreib ihm, wir wären alle nach Hause gegangen und frag ihn, ob ich es bin.«

»Hinterlistig«, murmelte Kristen und verdrehte die Augen.

»Puh, warum lässt du mich nicht einfach die Exkursion für dich bezahlen?«, schnauzte Alicia sie an. »Ich kann dein Getue nicht mehr ertragen.«

»Ich will nicht mitkommen«, sagte Kristen. »Ehrlich, ich freue mich Zeit zum Lesen zu haben.«

»Schön.« Alicia versuchte sich an Claire vorbeizudrängen, damit sie sehen konnte, was Massie schrieb.

Vorsichtig steckte Claire den Fuß unter Massies Schreibtisch und zog den Stecker aus der Wand. Der Bildschirm wurde schwarz.

»Was ist passiert?« Massie schob ihren Stuhl zurück und hob die Tastatur hoch. Sie drückte auf jede Taste und schüttelte die Tastatur.

Claire drückte Massie den Ellbogen in den Rücken, um ihr zu signalisieren, dass alles in Ordnung war.

»Gott, das passiert ständig!« Massie tat, als würde sie sich furchtbar aufregen. »Ich muss es reparieren lassen, während ich weg bin.«

»Kannst du nicht einfach Derrington anrufen und herausfinden, wen Josh mag?«, bat Alicia. »Bitte.«

»Wir telefonieren nicht miteinander«, sagte Massie.

»Warte mal, ihr knutscht miteinander, aber ihr telefoniert nicht?«, meinte Dylan.

»Richtig«, beharrte Massie.

Ein tiefes, heiseres Würgegeräusch erfüllte plötzlich den Raum.

»Dylan«, sagte Alicia.

»Ich bin das nicht.«

Claire blickte zur Decke auf und dankte Gott stumm für die Ablenkung.

»Was denn?«, fragte Dylan. »Ich habe doch gesagt, dass ich es nicht bin. Seht mal.« Sie zeigte auf Bean. Der Hund rollte sich in seinem Kanu herum und würgte.

Massie sprang von ihrem Stuhl auf und raste zu ihrem kleinen Hund. »Bean, was stimmt denn nicht? Was ist los? Hast du etwas im Hals stecken?«

Der Hund rang weiterhin nach Atem. Er hörte sich wie ein Auto mit Motorschaden an.

»Bean, bitte sag etwas!« Massie fing an zu weinen. Es war

das erste Mal, dass Claire erlebte, wie sie vor ihren Freundinnen Gefühle zeigte. Sie rieb dem Mops mit einer beruhigenden kreisenden Bewegung den Rücken. »Huste es raus.«
Während der Hund würgte und Massie ihm den Rücken streichelte, dachte Claire an Cam. Sie stellte sich vor, wie sie ihm per E-Mail oder am Telefon von diesem traumatischen Augenblick erzählte. Er würde wahrscheinlich ganz schweigsam werden, denn er liebte Tiere. Und deshalb würde Claire ihn umso mehr lieben. *Oh, Mann! Warum lässt er mich nicht alles erklären? Warum musste ich bloß Josh küssen? Was wird geschehen, wenn Alicia es herausfindet?*
»Komm schon, Süße, du schaffst es!«, drängte Massie. »Huste es raus.« Plötzlich schoss Aibos Plastikschwanz aus Beans Maul. »Gutes Mädchen! Du hast es geschafft!« Massie umarmte ihren kleinen Hund und schaukelte vor und zurück, wobei sie ihr Gesicht zwischen den Ohren des Hundes verbarg. »Siehst du, ein kleiner Husten, und alles ist wieder besser.«
Claire hielt sich die Hand vor den Mund und zwang sich ebenfalls zu husten. Aber Massie hatte Unrecht. Nichts war besser geworden. Ihr Leben war immer noch das Letzte.

OCTAVIAN COUNTRY DAY SCHOOL
PARKPLATZ

Montag, 23. Februar
8 Uhr 11

Oh mein Gott!«, quietschte Dylan, als Isaac auf den OCD-Parkplatz einbog. »Da ist Chris Plovert.« Sie öffnete das Fenster des Range Rovers der Blocks und steckte den Kopf hinaus. »Ich hatte keine Ahnung, dass sein Vater einen silberfarbenen Bentley fährt.« Sie zog den Reißverschluss ihrer kurzen schwarzen Bomberjacke herunter und bauschte ihre roten Locken auf. »Merkt euch den Tag und die Uhrzeit«, verkündete sie. »Ich bin offiziell hinter Chris Plovert her.« Sie sah zu, wie er sich abmühte aus dem Rücksitz auszusteigen, und kicherte mitfühlend. Zuerst sah man die Spitzen seiner silberfarbenen Krücken, dann den Gipsfuß und schließlich den Rest seines in Adidas gekleideten Körpers.

»Mach das Fenster zu.« Alicia versuchte den plötzlichen Luftzug mit den Händen abzuhalten. »Meine Haare kleben sonst an meinem Lipgloss fest.«

Dylan öffnete das Fenster noch weiter. »Auf keinen Fall, es sind etwa achtzehn Grad. Heute gibt es einen Temperaturrekord. Habt ihr heute Morgen nicht *Nachgefragt* gesehen?«

Alicia fasste ihre tiefschwarzen Haare zu einem Pferdeschwanz zusammen. »Nein, ich war zu sehr mit meiner Pinzette beschäftigt, um mir die Show deiner Mutter anzusehen.«

»Mach das Fenster hoch, Dyl.« Massie wühlte in ihrer pinkfarbenen Coach-Make-up-Tasche. »Ich muss meinen Eyeliner nachziehen und ich möchte nicht, dass die Jungen mir dabei zusehen.«

»Massie!«, rief Isaac über die Schulter, »bitte warte, bis ich geparkt habe. Das fehlt mir gerade noch, dass du dir die Augen ausstichst, wenn deine Eltern im Auto hinter mir fahren.«

»Wenn sie nicht hinter uns wären, wäre es dann okay?«, scherzte Massie und drückte auf den Knopf, der die Glasscheibe zwischen den Vorder- und den Rücksitzen hochfahren ließ. Sie wusste, dass Isaac nur wie üblich überfürsorglich war, aber sie hatte keine Zeit, ihm seinen Willen zu lassen. Die Briarwood-Jungs waren nur wenige Meter entfernt, und ihre Augen waren gerötet und glasig. Aber was hatte sie erwartet? Sie war erst um Mitternacht mit dem Packen fertig geworden, und dann hatte sie sich Notizen aus William Canes Buch *Die Kunst des Küssens* gemacht, damit ihre zweite MUCK-Unterrichtsstunde besser lief als die erste. Gäbe es nicht zuckerfreien Red Bull, hätte sie das Ganze nie zu Ende gebracht. Und ganz sicher wäre sie um fünf Uhr dreißig nicht wach gewesen, als Jakob eintraf, um Claires Pony in Ordnung zu bringen. Der Hausbesuch am frühen Morgen hatte dreihundert Dollar gekostet, aber er war es wert gewesen. Als er fertig war, sah Claire nicht mehr aus, als wäre sie in einen elektrischen Zaun gelaufen. Er hatte sie in eines dieser hinreißenden französischen Schulmädchen verwandelt, die superkurze Ponys und coole Notebooks haben.

Jetzt war Massie diejenige, deren Aussehen dringend verbessert werden musste. Sie sah aus, als hätte sie gerade einen Monat mit offenen Augen in dem überchlorten Schwimmbecken der OCD verbracht. Sie musste an ihren inneren, unteren Augenlidern Spezialeyeliner auftragen, um die Rötung sofort zu beseitigen.

»Glaubst du, Cam wird meine neue Frisur bemerken?«, fragte Claire.

Massie steckte den Deckel auf den Eyeliner und ließ ihn in ihre Make-up-Tasche fallen.

»Kuh-laire.« Massie seufzte. »Er mag vielleicht ein blaues und ein grünes Auge haben, aber das bedeutet nicht, dass der Typ blind ist.«

»Er wird sich noch mehr in dich verlieben«, schwärmte Alicia. »Du sieht jetzt ehrlich süß aus.«

»Stimmt«, fügte Dylan hinzu. »Richtig süß, nicht bloß auf eine Süß-*für-dich*-Art.«

»Danke!« Claire strahlte.

»Übrigens, ihr müsst mir dabei helfen, herauszufinden, welches Mädchen Josh mag«, jammerte Alicia.

»Wahrscheinlich bist du es.« Dylan schüttelte langsam den Kopf, als hätten sie das Thema schon Millionen Male vorher besprochen. »Jeder Junge mag dich.«

»Ich weiß.« Alicia boxte sich auf den Oberschenkel. »Deshalb ist es so ärgerlich. Er spricht nie mit mir.«

»Vielleicht ist er schüchtern«, schlug Claire vor.

»Oder vielleicht mag er eine andere«, schmollte Alicia.

Claire wandte sich zum Fenster und biss sich auf den Daumennagel.
Massie spürte das vertraute Vibrieren einer SMS. Sie klappte ihr purpurfarbenes, mit Strasssteinen besetztes Handy auf und öffnete die Autotür.
Sie tat, als würde sie auf das Display schauen, aber in Wahrheit konzentrierte sie sich auf die weißen, pelzbesetzten Mokassins, die sie über ihre dunkle True-Religion-Jeans gezogen hatte. Sie las die Nachricht erst, als ihre Füße sicher auf dem Boden standen. Sie war immer noch zittrig von den Red Bulls, und das Letzte, was sie brauchen konnte, war, vor den Jungen zusammenzuklappen.

KRISTEN: VIEL SPASS – WERDE EUCH VERMISSEN.
MASSIE: SICHER, DASS WIR NICHT ZAHLEN KÖNNEN?
KRISTEN: YEP. GENIESST WETTER, NATUR, TIERE UND WANDERN.
MASSIE: UND JUNGEN.
KRISTEN: DAS AUCH. XOXO
MASSIE: GENIESS DIE MALL. XOXO

Massie ließ ihr Handy in ihre metallicpinkfarbene Umhängetasche fallen. Ihr war bewusst, dass die Farbe der Erdton-Vorschrift nicht genügte, aber schließlich würde jeder eine haben, und es war überaus wichtig, dass ihr Publikum wusste, wer den Trend begonnen hatte.
Das Schönheitskomitee stand dicht zusammengedrängt am Bordstein, während Isaac fünf Kästen Vitaminwasser und

Dylans vier Louis-Vuitton-Koffer aus dem Kofferraum hob.

Innerhalb von Sekunden parkten drei Autos hinter dem Range Rover. Die Blocks stiegen aus einem weißen Mercedes, dem sie den Spitznamen Moby gegeben hatten, die Riveras tauchten aus einer Limo auf, und die Lyons kletterten aus einem karamellfarbenen Ford Taurus.

Die Eltern luden die Taschen und Koffer ihrer Töchter aus den Kofferräumen und Rücksitzen ihrer Autos aus, während die Mädchen sich größte Mühe gaben, lässig auszusehen, als wäre eine Reise mit Jungen etwas ganz Alltägliches für sie.

Mitglieder des OCD-Sicherheitspersonals drehten ihre Runden in Golfcaddys, luden Gepäckstücke ein und brachten sie zu dem Luxusreisebus, der in der Mitte des Parkplatzes stand.

Ein Caddy hielt neben ihnen an. Der Fahrer wollte so eifrig helfen, dass er beinahe in den roten Mustang krachte, der von Harris Fisher, Cams attraktivem, älterem Bruder, gefahren wurde. Das Verdeck war heruntergelassen, und aggressive Rockmusik dröhnte aus den Lautsprechern.

»Passen Sie auf, wohin Sie fahren!« Harris drückte mit der Faust auf die Hupe, während er in der Parklücke neben Claires Eltern parkte.

»Äh, wo ist denn deine Mom?«, fragte Claire Dylan.

»Sie wird später kommen«, meinte Dylan beiläufig. »Ihre Liveshow war um acht Uhr zu Ende und sie muss den ganzen Weg aus der Innenstadt herausfahren. Vielleicht schafft sie es nicht, bevor der Bus abfährt. Deshalb war mein ganzes

Gepäck im Range Rover. Ich dachte, das hätte ich alles erklärt, als ich eingestiegen bin.« Dylan schüttelte den Kopf und drehte sich zu Massie um.

»Ohhhh, stimmt.« Claire beobachtete Cam aus dem Augenwinkel. Er zog eine blaue Segeltuch-Hockeytasche vom Rücksitz des Autos seines Bruders. Dann drehte er sich zu seinem Bruder um, und sie zerzausten sich gegenseitig ihre dunklen, wuscheligen Haare und verabschiedeten sich mit Highfives.

»Kuh-Laire!«, fauchte Massie.

Claire warf den Kopf herum. Ihre blauen Augen waren vor Verwirrung ganz schmal, als wäre sie gerade aus einem friedlichen Schlaf erwacht.

»Bleib cool!« Massie formte die Worte unhörbar mit den Lippen.

Claire biss sich auf die Unterlippe und zuckte die Schultern.

»Massie.« Kendra tippte ihrer Tochter auf die Schulter. »Ist das alles?« Sie zeigte auf fünf schwarze Koffer, die William aus Moby ausgeladen hatte.

»Mhm.«

»Ich dachte, du hättest sechs Gepäckstücke, nicht fünf.« Sie rückte ihre übergroße Chanel-Sonnenbrille zurecht und fuhr sich mit ihren rot lackierten Fingernägeln durch ihre Pagenkopffrisur.

»Habe ich auch.« Massie tätschelte ihre pinkfarbene Coach-Tasche.

»In Ordnung.« Kendra schnippte dem Wachmann, der darauf wartete, das Gepäck ihrer Tochter abzutransportieren, mit den Fingern zu. »Ich denke, das ist alles.« Sie warf ihrem

Mann William einen strengen Blick zu. Sofort zog er seine Tiffany-Geldklammer aus Platin hervor.

»Passen Sie gut auf diese Mädchen auf.« William Block zog einen Fünfzig-Dollar-Schein aus der Klammer und reichte ihn dem Fahrer.

»Daaa-aaad!«, stöhnte Massie. Sie ergriff das Halskettengewirr an ihrem Hals und drehte die Ketten zwischen ihren Fingern. »Das ist kein Flughafen.« Sie wandte sich von ihrem Vater ab und verdrehte die Augen, damit ihre Freundinnen wussten, dass sie seine Unwissenheit nicht billigte. Dylan und Alicia kicherten.

»Vielen Dank, Sir.« Der Wachmann sah sich auf dem Parkplatz um und stopfte sich den Schein schnell in die Gesäßtasche seiner marineblauen Polyesterhose. Er grinste Massie an, als er den Schlüssel seines Caddy umdrehte, und tuckerte zum Bus.

»HL«, murmelte Massie halblaut. Es machte nichts, dass er keine Ahnung hatte, dass Massie ihn gerade einen hoffnungslosen Loser genannt hatte: *Sie* jedoch fühlte sich besser. »'kay, wir sollten langsam zum Bus gehen.« Alle waren bereits dort und begrüßten sich.

Schnell umarmten die Mädchen ihre Eltern und dankten ihnen, dass sie ihr Gepäck hergebracht hatten. Dann hakten sie sich unter, gingen auf den Bus zu und warfen keinen Blick mehr zurück.

Massie führte sie mitten ins Zentrum der Gruppe und begann sofort, ihre Runde von Morgenkomplimenten entgegenzunehmen.

»Massie, ichliebedeineHalsketten«, gurrte Carrie.

»Danke, Carrie.« Massie sah das Mädchen flüchtig an und suchte nach einer netten Erwiderung. »Ich liebe es, äh, wie lockig deine Locken heute aussehen. Benutzt du einen neuen Conditioner?«

»Nein, aberichspülemeineHaaremitkaltemstattmitwarmem-Wasseraus«, gestand Carrie.

»Brillant.« Massie suchte die Menge nach Derrington ab. Der Bus fuhr pünktlich um neun Uhr ab, und er war noch nicht aufgetaucht. *Was, wenn er seine Meinung geändert hatte und doch nicht mitkam?* Sofort wandte sie ihre Aufmerksamkeit Dylans Gespräch zu, in der Hoffnung, dass ein neues Thema sie von ihrem noch nicht anwesenden Schwarm ablenken würde.

»*Bitte* hauch mich an oder so was«, bat Alexandra Dylan.

»Glaub mir, Alex, du willst die Grippe nicht haben, die ich gehabt habe«, meinte Dylan beharrlich.

»Aber du siehst jetzt so gut aus!« Alexandra tippte sich gegen ihre grünen Zahnspangen, während sie prüfend Dylans Figur musterte.

»Danke.« Dylan tat es mit einer Handbewegung ab, als wäre es nichts Besonderes.

»Massie, du siehst aus, als wärst du auch mit dem Bazillus gesegnet.« Alexandra wandte sich von Dylan ab. »Du wirkst dünner als vor ein paar Wochen.«

Massie wusste, dass ihr Gewichtsverlust von einem schlimmen Fall von Derrington-Nervenfieber herrührte, aber das würde sie Alexandra gegenüber niemals zugeben. »Wirklich?« Massie sah auf ihre Beine hinunter. »Ich habe in der letzten Zeit viel Käse gegessen. Vielleicht liegt es daran.«

»Soll Käse nicht richtig fett machen?«

»Ich denke nicht.« Massie stellte sich schnell anders hin, sodass sie Claire und Josh Hotz im Blick hatte.

»Nun, mir gefällt dein Pony.« Josh zerzauste Claires Ponyhaare. »Er bringt deine großen blauen Augen gut zur Geltung.

Claire schenkte ihm ein künstliches Lächeln und suchte dann nervös die Menge ab.

»Hey, da bist du ja.« Alicia trat vor Josh, damit sie Claire in die Augen sehen konnte. »Äh, Cam sucht dich.«

»Wirklich?«

»Ja, er hat gesagt, er wollte was mit dir besprechen.« Alicia legte den Kopf auf die Seite und riss ihre dunkelbraunen Augen auf.

»Hat er etwas von einer E-Mail gesagt?«, fragte Claire.

»Ich weiß, worum es geht.« Massie zog Claire weg.

»Was hast du für ein Problem?«, zischte Massie. »Du weißt doch, sie hat keine Ahnung, dass du nicht mehr mit Cam zusammen bist. Sie wollte dich nur von Josh wegbekommen, damit sie mit ihm allein reden kann.«

Claire schüttelte langsam den Kopf und schimpfte innerlich mit sich selbst.

»Du musst anfangen dein Gehirn einzuschalten, Kuhlaire«, fuhr Massie fort, »denn ich bin es langsam mehr als satt, immer auf dich aufpassen zu müssen. Ich muss mich um meine eigenen Angelegenheiten kümmern.«

Aus den Augenwinkeln bemerkte Massie, wie Chris Plovert hinter den übrigen Jungen der Briarwood-Fußballmannschaft herhumpelte, als sie auf jemanden zueilten, um ihn zu begrüßen.

Massie spürte, wie sich ihr Magen zusammenzog. Derrington, der Startorwart, war endlich eingetroffen.
Natürlich trug er Shorts, und zwar nicht wegen der Rekordtemperaturen. Derrington würde auch seine Knie entblößen, wenn sie zum Polarkreis führen. Es war einfach sein Markenzeichen. Und so lächerlich es auch sein mochte, Massie mochte es inzwischen. Außerdem waren seine unordentlichen blonden Haare, seine hellbraunen Augen und sein strahlendes Lächeln so hinreißend, dass Massie selten das Bedürfnis hatte, den Blick von seinem Kopf zu wenden.
Alicia schlich sich hinter Massie und Claire und warf die Arme um sie. »Worüber redet ihr gerade?«
Massie verspürte prickelnde Hitze unter den Armen. Hatte Alicia gehört, worüber sie redeten? »Wo ist Josh?«
»Pah, sobald Derrington aufgetaucht ist, ist er gegangen.« Alicia verdrehte die Augen. »Ich schwöre, Derrington ist für sie wie ein Gott oder so was.«
Massie platzte beinahe vor Stolz. Ihr Schwarm war der beliebteste Junge in seinem Jahrgang. Und sie war das beliebteste Mädchen. Sie passten perfekt zusammen, wie DK und NY.
»Warte mal.« Alicia legte eine Pause ein. »Was, wenn er es nur als Ausrede benutzt hat, um von mir wegzukommen und das Mädchen zu suchen, das er mag?« Sie kniff die Augen zusammen, während sie die Menge absuchte.
Massie kroch unter Alicias Arm hervor. Claire tat dasselbe.
»Warum bist du so sicher, dass er eine andere mag?«, wollte Massie wissen.

»Ja, vielleicht tut er nur so, als wäre er schwer zu bekommen«, schlug Claire vor.

Massie starrte sie an und teilte ihr stumm mit: »Du hast schon genug getan, überlass das mir.«

Claire senkte den Blick.

»Schon verziehen«, sagte Massie versehentlich laut, während sie unauffällig beobachtete, wie Derrington seine Fußballkumpel mit Highfives begrüßte.

»Häh?«, fragte Alicia.

»Äh, nichts.«

»Aloha!« Olivia drängte sich in ihrem Kreis. Sie lächelte breit und ihre Zähne waren so weiß, dass sie fast schon blau wirkten. Ihre super-sonnige Ausstrahlung und ihre butterblonden Haare blendeten regelrecht. Massie setzte ihre Sonnenbrille auf, um ihre Augen vor dem Strahlen zu schützen.

»Tut mir Leid, dass ich spät dran bin«, sagte Olivia, als hätte es jemand bemerkt oder sich Sorgen gemacht. »Ich habe an meiner Oralsache gearbeitet.«

Die Mädchen kicherten und blickten auf den Asphalt unter ihren Füßen.

»Meiner *Oralhygiene«*, verbesserte sich Olivia.

Die Mädchen kicherten wieder.

Eine leichte Brise wehte einen Hauch von Mr Myners würzigem Aftershave zu ihnen, als er auf sie zukam. Es roch wie Kerzen mit Weihnachtsduft.

»Mr Myner?«, fragte Massie mit ihrer unschuldigsten Stimme. Claire, Alicia und Olivia beugten sich vor. »Meine Mutter ist fest davon überzeugt, dass Sie das Model auf unserer

Küchenrolle sind. Aber ich habe gesagt, Sie sind viel zu beschäftigt, um als Model zu arbeiten. Habe ich Recht?«

Alle krümmten sich vor Lachen, sogar Mr Myner.

»Das ist reizend von deiner Mutter.« Seine Bräune, die für Februar zu dunkel war, vertiefte sich umgehend. »Aber du hast Recht, Massie. Ich bin tatsächlich zu beschäftigt, um als Model zu arbeiten.« Wie zufällig ließ er seine Schultern kreisen und streckte die Arme hinter dem Rücken. »Nicht dass ich nicht die Möglichkeit hätte.«

Bit-te, dachte Massie. Er mochte vielleicht für einen Lehrer zu gut aussehen, aber er liebte seine Geografie viel zu sehr, um jemals als Model zu arbeiten.

»Wir werden in fünf Minuten in den Bus einsteigen«, wies Mr Myner sie an. »Wir versuchen gerade noch die letzten Koffer in den Gepäckraum zu quetschen.«

»Vielleicht sollten wir einen weiteren Bus für das Gepäck organisieren«, schlug Alicia vor.

»Oder vielleicht müsste man euch Mädchen beibringen, wie man für einen Campingausflug packt.« Mr Myner schüttelte den Kopf.

»Wir wissen genau, wie man packt.« Massie zeigte auf eine Lawine von Designerkoffern, die einen Wachmann unter sich begrub.

»Nun denn, ich bin fest entschlossen euch zu zeigen, wie man *nicht* packt.« Mr Myner eilte weg, um beim Aufräumen zu helfen. »Wir fahren in fünf Minuten ab.« Er hob eine Hand und wackelte mit den Fingern.

»'kay!«, riefen sie einstimmig.

»Olivia«, sagte Alicia und zog ihre Freundin am Arm. »Lass

uns eine Runde drehen, um zu sehen, ob jemand über Josh spricht.«

»Okay.«

Sobald sie fort waren, blickte Claire Massie an. »Ich bin so was von gestorben für ihn.«

»Versuch dich zu entspannen.« Massie sah über Claires Schulter.

Claire drehte sich um. Layne und Derrington kamen auf sie zu, aber nicht gemeinsam. Layne ging so schnell, als wollte sie unbedingt vor ihm bei den Mädchen sein. Sie überquerte die Ziellinie als Erste. »Claire, ich muss mit dir sprechen.« Sie trank einen Schluck Go-Gurt. »Sofort!«

Massie sah angewidert weg. Sie wollte nicht, dass Derrington dachte, sie würde flüssigen Jogurt aus der Tube gutheißen.

»Was denn?« Claire hörte sich verärgert an wegen der Unterbrechung.

»Warte, hast du deinen Pony geschnitten, oder ist deine Stirn höher geworden?«, fragte Layne.

»Jakob musste den Schaden heute Morgen um halb sechs beheben.« Claire klang verärgert.

»Er sieht jetzt richtig süß aus«, meinte Layne. Dann fiel ihr wieder ein, warum sie eigentlich zu Claire geeilt war. Sie drehte Massie den Rücken zu. »Claire, ich hab's bekommen«, sagte sie leise.

»Was?«, fragte Claire nachdrücklich.

Layne ließ sich ihre langen, wirren Haare ins Gesicht fallen. *»Es.«*

»Oh.« Claire kapierte plötzlich.

»Kommst du bitte mit mir zur Toilette?«, wimmerte Layne.

»Äh, ja sicher«, sagte Claire und konnte ihren Blick nicht von Cam losreißen. Er lehnte am Bus, lauschte Kemp Hurleys iPod nano und bewegte den Kopf ruckartig hin und her. »Natürlich.«

»Äh, Claire.« Massies Stimme klang drängend. Sie wollte nicht allein gelassen werden, wenn Derrington zusah. Sie würde dann wie ein HL wirken.

»Ja?«

»Äh ...« Sie wartete, bis Derrington direkt neben ihr stand. »Okay, wir sehen uns dann im Bus.«

»'kay.« Claire sah verwirrt aus.

»Hey, Block.« Derringtons Wangen sahen rosig aus, genau wie seine Knie.

Ganz plötzlich war sich Massie jeder ihrer Bewegungen super-bewusst, als würde sie sich selbst mit Derringtons Augen betrachten. Sie fuhr sich mit den Fingern durch ihre frisch gewaschenen Haare, dann fragte sie sich, ob er fand, dass sie versuchte sexy zu wirken. Sie fummelte an ihrem Glücksbringerarmband und hörte wieder damit auf, weil sie glaubte, sie würde nervös wirken. Am liebsten hätte sie eine frische Lage Lipgloss aufgetragen, aber das kam nicht in Frage. Sie wollte, dass Derrington glaubte, ihre Lippen glänzten von Natur aus. Er sollte niemals wissen, dass der bezaubernde Schimmer aus einer Tube stammte. Nie.

»Sieh mal, ich trage deine Brosche.« Derrington hob das Hosenbein seiner rot-weißen Skateboard-Shorts an. Die mit Strasssteinen besetzte Brosche in Form eines *M*, die Massie ihm vor zwei Wochen nach dem Fußballendspiel geschenkt hatte, war am unteren Saum auf der rechten Seite befestigt.

»Oh, wirklich!« Massie versuchte überrascht zu klingen, aber sie hatte es schon vorher gesehen. Die Brosche war das Erste, nach dem sie Ausschau hielt, wenn sie ihn sah. »Sie sieht an dem schnell trocknenden Polyester perfekt aus, viel besser als an meinen Kaschmirpullis.«

Derrington lachte und wackelte mit dem Po. Die Geste erinnerte Massie an Bean. Jedes Mal, wenn der süße, kleine Hund sich freute, wackelte er mit seinem kleinen Hinterteil.

»Block, du bringst mich zum Lachen.« Derrington legte Massie den mittelmäßig muskulösen Arm um die Schulter. Seine Hand strahlte eine intensive Wärme ab, die ihr die Knie weich werden ließ.

Massie trat von einem Mokassin auf den anderen. Sollte sie auch den Arm um ihn legen? Oder würde das wirken, als sei sie leicht zu haben? Aber einfach so unter dem Gewicht seines Arms zu stehen vermittelte ihr das Gefühl, eine von Ploverts Aluminiumkrücken zu sein.

Alexandra, Livvy und Carrie machten hinter ihrem Rücken stichelnde Küsschen-Küsschen-Geräusche und rannten dann davon. Massie hatte Zuschauer. Und damit kam neuer Mut. In dem Augenblick, in dem sie zurückkehrten, begann sie ihre Vorstellung.

Okay, Massie, du bist eine selbstbewusste Diva in drei ... zwei ... eins ... und Action!

Sie hob den Arm und legte ihn auf seine Schulter. Aber etwas fühlte sich nicht richtig an. Er war größer als sie, und wenn er sich bewegen würde, würde ihr möglicherweise der Arm ausgerissen.

»Das ist okay.« Derrington nahm Massies Hand und platzierte sie auf seinem Rücken.

Alexandra, Livvy und Carrie sahen sich an und kicherten.

Massie war so verlegen, dass sie ihm am liebsten auf den Fuß getreten wäre und ihn mit ihrer M-Brosche erstochen hätte. Wie konnte er es wagen, sie in der Öffentlichkeit zu korrigieren? Wusste er denn nicht, dass man sie beobachtete?

»Ich muss einen Platz im Bus ergattern.« Massie trat zur Seite.

»Es steigt noch niemand ein«, meinte Derrington.

»Genau.« Massie zwinkerte ihm zu. »Das ist die beste Zeit.«

Schnell hielt sie nach einem vertrauten Gesicht Ausschau. Dylan stand bloß wenige Schritte entfernt und frischte ihre Wimperntusche mithilfe des Seitenspiegels eines geparkten silberfarbenen Audi auf. Perfekt.

»Dylan, tut mir Leid, dass ich dich warten lassen habe!«, rief Massie. »Ich bin fertig.«

Dylan blickte verwirrt auf. Die Mascarabürste berührte noch die Spitzen ihrer erdbeerblonden Wimpern. »Häh?«

»Ich weiß, dass du auf mich gewartet hast«, wiederholte Massie eindringlich. »Ich bin jetzt fertig.«

»Oh, cool.« Dylan stopfte die grüne Bürste zurück in ihre rosafarbene Tube und ließ sie in ihre Handtasche fallen.

»Wie auch immer.« Derrington schüttelte den Kopf. »Ich nehme an, wir sehen uns im Bus.«

Er ging langsam weg, als hoffte er, Massie würde ihn aufhalten. Aber was könnte sie sagen? »Es tut mir Leid, dass ich nicht wusste, wo ich meinen Arm platzieren sollte?« »Es tut mir Leid, dass ich von dir abgerückt bin, aber ich mag es nicht, wenn man mich vor meinem Publikum korrigiert?«

»Warte, geh nicht?« Am liebsten hätte sie alles gesagt. Stattdessen sah sie zu, wie er ging.

»Was hat *er* für ein Problem?«, wollte Dylan wissen.

Massie drehte sich um, um zu überprüfen, ob die Mädchen sie noch beobachteten. Aber sie waren auch gegangen. Sie hatten wohl angenommen, dass die Show vorbei war, als Derrington ging.

»Nur das typische Jungendrama.« Massie klang, als hätte sie schon alles erlebt und getan.

»Du hast so ein Glück.« Dylan seufzte. »Ich wünschte, ich hätte auch ein Drama in meinem Leben.« Sie zog ihre Jeans hoch, obwohl sie nicht wirklich rutschte.

»Heute ist dein Glückstag.« Massie zeigte auf die schwarze Stretchlimo, die gerade auf den Parkplatz fuhr. Dylans berühmte Mutter, Merri-Lee Marvil, saß ganz hinten und steckte den Kopf aus dem Fenster. Ihre langen roten Locken wehten um ihre pinkfarbene Strasssonnenbrille von Chanel.

»Dylly!«, rief sie und winkte.

»Versteck mich!« Dylan hielt sich die Hände vors Gesicht.

»Zu spät.« Massie musste lachen. »Ich glaube, sie hat dich gesehen.«

»Oh Gott!«, stöhnte Dylan.

Die Limo hielt neben ihnen an, und der Fahrer stellte den Motor ab. Ein weißer *Nachgefragt*-Van mit einer Satellitenschüssel auf dem Dach rollte dahinter auf den Parkplatz. Alle hielten in ihrer jeweiligen Tätigkeit inne und richteten ihre Aufmerksamkeit auf Dylans berühmte Mutter.

Es dauerte nicht lange, bis die Hälfte der Mädchen des Jahrgangs ihre Mütter anriefen, um ihnen mitzuteilen, dass sie eine Berühmtheit gesichtet hatten.

»Dyll Pickles!«, rief Merri-Lee. »Du kannst dir nicht vorstellen, wie schnell wir gefahren sind, um rechtzeitig hier zu sein.«

Dylans Gesicht nahm die Farbe ihrer Haare an.

»Du hättest nicht kommen müssen«, zischte Dylan halblaut. Aber ihre Mutter war zu beschäftigt, für ihre Fans zu lächeln und für Fotos per Handy zu posieren, um sich für eine Antwort Zeit zu nehmen.

»Mom!«, sagte Dylan knapp. »Es tut mir Leid, aber wir müssen jetzt in den Bus einsteigen.« Sie umarmte ihre Mutter so schnell sie konnte. »Ich rufe an, sobald wir angekommen sind.«

»Äh, schön, Sie zu sehen, Mrs Marvil.« Massie lächelte freundlich, während Dylan sie wegzog. »Oh, meiner Mutter hat die Sendung über Pilates für Haustiere gut gefallen, die Sie gemacht haben.«

»Nun, dann bin ich sicher, sie wird die Muttertagsstory, die wir bald drehen, lieben.« Merri-Lee klatschte mit kindlicher Begeisterung in die Hände. Sie warf einen Blick zurück zu ihrem Fahrer. Er stand mit hinter dem Rücken verschränkten Händen neben der Limo. »Franco, warum bringen Sie nicht meine Taschen zu dem Bus dort drüben? Sicher wird jemand Mitleid haben und Ihnen beim Ausladen helfen.«

»Sehr gern, Mrs Marvil.« Er stieg wieder in den Wagen und fuhr fort. Der weiße *Nachgefragt*-Van folgte ihm.

Merri-Lee wandte sich wieder den Mädchen zu. Ihre chirurgisch vergrößerten Lippen zogen sich an den Mundwinkeln hoch, als hätte sie ein Geheimnis im Mund, das unbedingt herauswollte.

»Taschen?«, fragte Dylan. »Warum hast du Taschen dabei?«

»Überraschung!« Merri-Lee warf ihre dünnen Arme in die Luft wie ein Vegas-Showgirl, das aus einer Torte springt. Sie ergriff Dylans Schultern mit ihren langen Fingern und schüttelte sie mit ungezügelter Begeisterung. »Ich komme mit euch nach Lake Placid!«

»Was?«, riefen Dylan und Massie gleichzeitig aus.

»Ich weiß, ist es nicht großartig?« Sie strahlte. »Ich mache eine Story über Mutter-Tochter-Bindungen, und euer Geografielehrer meinte, ich könnte mich euch mit meiner Filmcrew anschließen. Er ist sexy, nicht wahr?«

»Oje!« Dylan zuckte zusammen.

Massie drehte den Kopf und kicherte nervös.

»Wo ist der Bergmensch? Ich muss ihn meiner Crew vorstellen.« Merri-Lee ließ ihre diamantenbesetzte Puderdose aufschnappen und puderte schnell ihren frischen Teint. »Wir beide werden viel Zeit füreinander haben, wenn wir dort sind.« Sie küsste ihre Tochter auf die Stirn, tippelte auf ihren hohen Absätzen davon und ließ eine starke Wolke von Trésor zurück.

»Ich komme auf keinen Fall mit«, eröffnete Dylan Massie, als sie allein waren.

»Warum nicht?« Massie kicherte. »Genau das wolltest du doch.«

»Häh?«

»Du hast gesagt, du bräuchtest etwas, worüber du dir Gedanken machen kannst, oder etwa nicht?«

Dylan verdrehte die Augen und ließ sich von Massie zum Bus ziehen.

Mr Myner legte die Hände trichterförmig um den Mund. »Wir fahren!«, rief er.

Massie spürte, wie sie unter den Armen zu schwitzen begann, als sie sich Derrington näherte. Mit ihm persönlichen Kontakt zu haben war um ein Vielfaches nervenaufreibender als nach der Schule E-Mails mit ihm auszutauschen. Hoffentlich war ihr Deo der Herausforderung gewachsen.

Die Mädchen von MUCK standen in einer Gruppe zusammengedrängt und starrten auf den geringer werdenden Abstand zwischen Massie und Derrington. Wieder fand Massie Kraft durch die Anwesenheit eines aufmerksamen Publikums.

»Setzen wir uns nebeneinander?«, hörte Massie sich fragen.

Er riss die Augen auf und sah sich um, um sicherzugehen, dass sie tatsächlich mit ihm sprach. »Nun, wie sieht's aus?«

Dylan kniff sie in den Unterarm. Sie war offensichtlich beeindruckt.

»Äh, ja.« Er fing an zu lächeln. »Absolut.«

»Cool«, sagte Massie. »Lass uns nach hinten gehen.«

Die Mädchen von MUCK machten Kussgeräusche und folgten ihnen auf den Fersen, weil sie einen Platz in ihrer Nähe ergattern wollten.

Alicia, Olivia, Claire und Layne hatten bereits alle hinteren Plüschsitze besetzt, außer zweien, die sie für Massie und Dylan freihielten.

»Oh nein, ich glaube, es sind nicht genug Plätze für uns alle.« Massie versuchte ärgerlich zu klingen.

»Das nervt an.« Derrington schlug gegen einen der Fernsehbildschirme, die von der Decke hingen.

»Kumpel!«, rief Josh. »Setz dich hierhin.«

Derrington ließ seinen blauen Rucksack von der Schulter gleiten und wollte ihn gerade in dem Gepäcknetz über den Sitzen verstauen, als Merri-Lee sich einmischte.

»Dylan, warum setzt du dich nicht vorne zu mir und Cole?« Sie kicherte. »Ich meine Mr Myner.«

»Nein, danke, es ist in Ordnung«, meinte Dylan bestimmt. »Sie haben mir hinten schon einen Platz freigehalten.«

»Das wäre perfekt.« Derrington ergriff seinen Rucksack. »Wenn du hier vorne sitzt, kann ich mich neben Block setzen.«

Massie fühlte wieder seine warme Hand auf ihrer Schulter.

»Wie lange dauert die Fahrt?«, fragte sie Mr Myner.

»Fünf Stunden.«

Massie erstarrte. Es wäre perfekt gewesen, wenn Derrington ein paar Sitze entfernt gesessen und sie aus der Ferne bewundert hätte, während sie sich mit ihren Freundinnen unterhielt. Aber sie war nicht darauf vorbereitet, fünf Stunden lang neben ihm zu sitzen. Was wäre, wenn er mit ihr Händchen halten oder gar knutschen wollte?

»Komm schon, Pickles.« Merri-Lee tätschelte den samtigen Sitz neben sich.

Dylan ließ sich auf den Platz fallen, verschränkte die Arme vor der Brust und drehte sich zum Fenster um.

»Ich hoffe, du hast heute Morgen deinen Schnurrbart mit

Wachs entfernt.« Carrie zwinkerte, als Massie und Derrington auf ihrem Weg nach hinten an ihr vorbeikamen.
»Was hat sie gerade gesagt?«, fragte Derrington.
»Wer weiß?« Massie verdrehte die Augen.
Alexandra und Livvy schmierten sich Glossip Girl auf die Lippen und spitzten die Lippen. Es dauert nicht lange, bis alle im Bus Kussgeräusche machten. Massie wäre am liebsten gestorben, insbesondere als Derrington die Hände auf den Rücken legte und sich das Rückgrat massierte, sodass es aussah, als würde er mit jemandem herummachen. Die Kussgeräusche verwandelten sich schnell in Gelächter.
Ohne nachzudenken, schlug Massie Derrington auf den Hintern.
»Aua.« Er rieb sich das Hinterteil und vollführte einen kleinen Po-Wackler.
Alle brüllten vor Lachen. Massie pustete sich auf die Hand, als wäre sie eine rauchende Waffe, steckte sie in die Vordertasche ihrer Jeans und nahm lässig Platz, als wäre das Schlagen auf Jungenpopos etwas, was sie ständig tat. In Wahrheit hatte sie es getan, um Derrington zu bestrafen, weil er schuld daran war, dass sie sich so unbeholfen und unbehaglich gefühlt hatte. Aber das brauchte niemand zu wissen. Sie glaubten anscheinend, der Schlag wäre spielerisch und flirtend gewesen, eine Zurschaustellung von Selbstvertrauen. Und damit konnte sie gut leben.
»Was war *das?*« Derrington lachte leise. Er rieb sich den Hintern und glitt dann auf den Sitz neben ihr.
»Pass auf«, antwortete Massie und rief ihre innere Xanthip-

pe auf den Plan. »Es wird mehr davon geben, wenn du dich nicht benimmst.«

»Versprochen?« Derringtons braune Augen funkelten.

Massie drehte sich schnell zum Fenster und gab vor, seinen Kommentar nicht gehört zu haben.

»Wer ist bereit für drei Tage Lake Placid?« Mr Myner stand mit einem stolzen Lächeln vorne im Bus.

Der ganze Bus explodierte in einer Runde von Hurrarufen und Beifall.

»Seid ihr sicher?«, scherzte er. »Denn jetzt gibt es keinen Weg mehr zurück.«

Massie riskierte aus dem Augenwinkel einen verstohlenen Blick auf Derrington. Er hatte zwei Sommersprossen am Oberkiefer in der Nähe seines linken Ohrs. Sie hatte sie schon zuvor bemerkt und sie entzückend gefunden. Aber jetzt, da sie sich so nahe an ihrem Gesicht befanden, fand sie sie bedrohlich. Sie schüttelte den Kopf und sah wieder zum Fenster hinaus.

Die Türen zischten, als der Fahrer sie schloss. Er ließ den Motor an und manövrierte den Bus vom Parkplatz.

Massie atmete tief ein und seufzte.

»Bist du okay?« Derrington berührte sie leicht am Arm.

»Ja, mir geht's gut.« Sie fasste ihre Haare zu einem Pferdeschwanz zusammen und ließ sie dann wieder fallen. »Äh, mir wird beim Autofahren leicht übel. Ich glaube, ich muss meinen Kopf für eine Minute anlehnen.«

»Okay.« Derrington schlüpfte aus seiner grünen Burton-Snowboardjacke, knüllte sie zusammen und gab sie Massie, damit sie sie als Kissen benutzen konnte.

»Danke.« Massie versuchte zu lächeln. Sie drückte die Jacke ans Fenster und lehnte den Kopf an. Der Nylonstoff fühlte sich an ihrer Wange rau an, aber trotzdem gelang es Massie, während der nächsten fünf Stunden exakt in dieser Position zu verharren.

LAKE PLACID, NEW YORK
CAMPINGPLATZ FOREVER WILD

Montag, 23. Februar
13 Uhr 13

Lächeln«, sagte Claire, als sie ein weiteres Foto mit ihrer Digitalkamera schoss, zum millionsten Mal, wie es schien, seit sie aus dem Bus gestiegen waren.

»Es ist so wunderschön hier«, sagte sie. Seit dem Vorfall mit Cam vor einer Woche hatte Massie sie nicht mehr so glücklich erlebt.

»Okay, wie wäre es mit einem Foto von uns dort drüben bei der Feuerstelle?« Massie streckte die Hand nach Dylan und Alicia aus. Es war ein seltsames Gefühl, Kristen nicht dabeizuhaben, so als hätte Massie ihre Zahnbürste oder sonst etwas vergessen.

»Genug Fotos«, knurrte Dylan.

Sie war immer noch schlecht gelaunt von den fünf Stunden, während derer sie zugehört hatte, wie Mr Myner und ihre Mutter über all die »romantischen europäischen Städte« und »sinnliches exotisches Essen« plauderten, Dinge, die Merri-Lee dank ihres »zutiefst befriedigenden Berufes« im Laufe der Jahre genossen hatte.

»Seht euch die Berge hinter uns an.« Claire knipste wieder. »Sie sind so riesig und schneebedeckt.«

»Bremse dich, Kuh-laire, wir haben noch nicht einmal das Innere unsere Hütten gesehen«, meinte Massie.

»Ich weiß, aber das ist alles so unglaublich.« Claire atmete tief ein und langsam wieder aus, bevor sie ein letztes Foto machte.

In den Adirondacks-Bergen war es viel kälter, als es in Westchester gewesen war, und keines der Mädchen des Schönheitskomitees war für die frische Bergluft angemessen gekleidet. Sie hatten sich stattdessen für etwas eher »leicht Winterliches« entschieden; enge Pullis mit V-Ausschnitt oder Rollkragen in Erdtönen, Mokassinstiefel und dunkle Jeans. Claire war die einzige Ausnahme in ihrer babyblauen Daunenjacke, L.-L.-Bean-Stiefeln und einem roten Wollpulli mit Rollkragen von Gap.

»Können wir bitte in unsere Hütten gehen und uns umziehen?« Alicia hüpfte auf und ab und versuchte warm zu bleiben.

»Kannst du bitte weiterhüpfen?«, sagte Chris Plovert, als er vorbeihumpelte.

Alicia verschränkte die Arme vor ihrem Busen. »Sobald du laufen lernst, Hinkebein.«

Die Mädchen tauschten Highfives mit Alicia aus und lachten.

Von den fünf Holzhütten auf dem Campingplatz Forever Wild hatte man eine Aussicht auf den Lake Placid, dessen Wasser so frisch und sauber war, dass man die roten und silberfarbenen Felsen auf dem Grund durchschimmern sah. Die Hütten formten einen Halbkreis um eine große Feuerstelle, an der sich dutzende von Baumstümpfen befanden, auf denen man sitzen und Marshmallows rösten konnte. Am Fuß der Feuerstelle befand sich ein schmaler Streifen

karamellfarbenen Sandes, der das Ufer des Sees begrenzte wie ein Strich mit einem Lippenkonturstift.
»Willkommen im Paradies«, sagte Mr Myner.
Aber anscheinend war niemand beeindruckt. Sie waren zu sehr damit beschäftigt, sich die Arme zu reiben, um sich warm zu halten, während Mr Dingle, der Geografielehrer von Briarwood, das Gelände nach Gus, ihrer geheimnisvollen Kontaktperson mit den Schlüsseln zu den Hütten, absuchte.
Massie war erleichtert, dass Derrington und die Jungen losgezogen waren, um die Wanderwege zu erkunden. Dadurch hatte sie Zeit, sich wieder zu sammeln. Nachdem sie fünf Stunden lang Übelkeit vorgetäuscht hatte, fühlte sie sich tatsächlich ein wenig krank.
»Wusstet ihr, dass 1980 die Olympischen Winterspiele in Lake Placid stattgefunden haben?«, prahlte Mr Myner. Er trug seinen extrawuscheligen Patagonia-Pullover noch um die Hüfte gebunden und hatte eine verspiegelte Sonnenbrille mit einem Neonstreifen auf den Bügeln aufgesetzt. Seine Nase und seine Lippen waren mit weißer Zinksalbe eingerieben, um sie vor der Sonne zu schützen. »Wir befinden uns in der Wintersporthauptstadt der Welt.«
»Zzzzzzz«, machte Massie, gerade laut genug, dass ihre Freundinnen es hören konnten.
»Findest du das nicht cool?«, fragte Claire.
»Es ist kalt!« Alicia schob sich die Hände unter die Achseln.
Mr Dingle kehrte im Laufschritt zurück und schwenkte einen großen Ring voller Schlüssel. Seine Sonnenbrille mit den großen, quadratischen Gläsern saß schief und sein Wanst wa-

ckelte beim Laufen. Neben Mr Myner wirkte er wie ein Wackelkopf-Dackel fürs Auto.

»Wer möchte sehen, wo wir in den nächsten drei Tagen wohnen werden?« Mr Myner nahm Mr Dingle die Schlüssel ab und ließ sie wie ein Katzenspielzeug in der Luft baumeln.

»Unglaublich, dass er denkt, mit Zinksalbe gut auszusehen«, flüsterte Alicia. »Was für ein HL.«

Massie beugte sich zu Dylan vor und flüsterte ihr ins Ohr: »Wenn das deine Mom nicht abschreckt, hilft gar nichts.«

»Dann hilft vermutlich gar nichts«, meinte Dylan. »Sieh mal.« Sie deutete auf Merri-Lee, die Mr Myner gerade die verspiegelte Sonnenbrille von der klebrigen Nase zog, um sie auszuprobieren. Ihr Kameramann James stand direkt daneben und filmte.

»James«, zischte Merri-Lee. »Nicht mich, die Mädchen!« Sie scheuchte ihn ungeduldig fort.

»Igitt.« Dylan hielt sich den Magen, als müsste sie sich gleich übergeben. »Ich werde nie wieder essen können. Wenn ich zurückkomme, wird mir Größe XS zu weit sein.«

Massie sah, wie Derrington eine Gruppe Jungen aus dem Wald hinter den Hütten führte. »Ich weiß, was du meinst.«

»Ladys first«, sagte Mr Myner und führte die Mädchen zu ihren Schlafquartieren. Er schloss die Holztür auf und sie traten ein.

»Oh nein, es ist alles Ralph Lauren!«, sagte Strawberry, deren richtiger Name Coral McAdams lautete. Massie war sich nicht sicher, ob diese HL ihren Spitznamen erhalten hatte, weil sie ihre Haare hellrot färbte oder weil ihr Gesicht dank ihres überschäumenden Temperamentes immer rot wurde. Sie hätte nachfragen können, aber es interessierte sie nicht genug, um sich die Mühe zu machen.

»Hast du Ralph Lauren gesagt?«, sagte Alicia und drängte sich an Strawberry vorbei.

»Pass auf.« Strawberry fuhr ihren Ellbogen aus.

»Nein, pass *du* auf!« Alicia hielt ihrem Blick stand und Strawberry trat zur Seite und ließ sie vorbei. Die beiden Mädchen waren vorübergehend über die Ferien Freundinnen gewesen, während Alicia und Massie Streit hatten; wenn es eine Sache gab, an die Strawberry sich erinnern müsste, dann war das Alicias unsterbliche Liebe zu allen Dingen von Ralph Lauren. Sie mochte sogar sein würziges Polo-Cologne und fand Josh Hotz toll, weil er den Duft benutzte.

»Oh mein Gott!«, kreischte Alicia. »Tatsächlich! Es ist Ralph Lauren!«

Massie drängte sich als Nächste an Strawberry vorbei. Sie musste sich selbst überzeugen.

»Tatsächlich«, flüsterte sie, als befände sie sich in einer alten Kirche.

Der ganze Raum roch süß nach Pinien.

Es gab fünf Stockbetten, aber nicht von der Art, wie man sie in Gefängnisfilmen sieht. Diese hier hatten Pfosten aus dicken, lackierten Holzbalken und die Matratzen waren dick und mit weichen Federbetten bedeckt. In jedem Bett lag eine bunte Indianerdecke am Fußende gefaltet und ein dickes Kissen mit einem jägergrünen Bezug am Kopfende.

Weiße, flauschige Schaffellteppiche bedeckten den größten

Teil des dunklen Holzfußbodens; ausgenommen war der Bereich um den offenen Kamin. Dort gab es jede Menge Kissen und rote Knautschsessel aus Wildleder. Ausgestopfte Tierköpfe hingen über dem Kaminsims und verliehen dem Jagdhüttenmotto den letzten Schliff. Eine Reihe mit zehn Kiefernholzschränken befand sich an der Rückwand der Hütte, sodass jedes Mädchen seinen eigenen persönlichen Stauraum besaß.

»Wo sind die Waschräume?«, fragte Layne.

»Es gibt Waschhäuser für die Jungen und für die Mädchen draußen, gleich hinter uns«, erklärte Mr Myner.

Die Mädchen stöhnten.

»Hey, wir führen ein spartanisches Leben, ihr erinnert euch?«, rief er ihnen streng ins Gedächtnis.

Lautes Jungengelächter war von draußen zu hören. Massie verspürte nervöse Erregung im Bauch. Nicht zu fassen, dass sie mehrere Nächte lang so nahe bei Derrington und seinen Freunden schlafen würde.

Plötzlich war sie wieder voller Begeisterung. Sie hatte großartige Klamotten und einen beliebten Freund, und ihre Mutter hatte sich nicht eingeklinkt. Es war Zeit, sich keine Sorgen mehr zu machen und das Leben zu genießen.

Während die Mädchen losstürmten, um die Betten mit Beschlag zu belegen, stürzte sich Massie stumm auf die Schränke. Die Schränke am Ende der Reihe waren größer, und sie würde den Platz brauchen. Außerdem wusste sie, dass jemand aus dem Schönheitskomitee ihr ein Bett reservieren würde.

»Glaubst du, es ist Alexandra?«, flüsterte Alicia.

Massie zuckte erschreckt zusammen – sie hätte schwören können, dass sie allein war. »Wie bitte?«
»Glaubst du, Josh mag Alexandra?«
»Nein. Warum?«, Massies Herz raste immer noch von dem Schrecken.
»Weil sie nicht hässlich ist. Und sie war ganz wild darauf, küssen zu lernen.«
»Vielleicht ist sie bloß ein bisschen abartig«, meinte Massie.
»Olivia glaubt, es ist Livvy, weil sie gut in Sport ist, wie Josh.« Alicia biss sich auf die Lippe. »Was meinst du?«
»Ich weiß nicht.« Massie öffnete einen Schrank und ließ die Hand über die Bretter gleiten. »Glaubst du, dieser hier ist größer als der auf der anderen Seite?«
»Vergiss es.« Alicia drehte sich auf dem Gummiabsatz ihres schwarzen Mokassinstiefels um. »Ich werde einfach mit Olivia darüber reden.«
»Sicher wird sie dir eine große Hilfe sein!«, rief Massie ihr nach.
Als Massie wieder allein war, öffnete sie den Kiefernholzschrank ganz rechts. Er war definitiv ein wenig geräumiger. Sofort legte sie ihre pinkfarbene Coach-Tasche hinein, um ihr Territorium zu markieren. Massie konnte es kaum erwarten, auszupacken, alles einzuräumen und eines ihrer für Lake Placid perfekten Outfits anzuziehen.
Ein muskulöser Waldbewohner schleppte ihr Gepäck in die Hütte. Die schwarz-roten Koffer sahen vor dem dunklen Holz der Hütte großartig aus. Die Kofferfirma verstand ihr Handwerk.
»Hier drüben hin.« Sie winkte dem Waldbewohner zu.

»Wem gehört der Rest hiervon?« Er ließ die Taschen auf den Boden fallen und zog seine schmutzige No-Name-Jeans an den Gürtelschlaufen hoch.

»Mir«, antwortete Massie ungeduldig. »Sie gehören alle mir.«

»Ziehst du hier ein?«, fragte er mit einem zahnlosen Lächeln.

»Igitt, nein.« Massie wandte ihm den Rücken zu und drehte an den Rädchen ihres Koffers mit den Pullis und Jeans, bis die Zahlenkombination stimmte; 2-3-2-6, denn das waren die Tasten, mit denen man auf ihrem Handy BEAN schreiben konnte.

Ein dunkler Schatten fiel über ihren Koffer und nahm ihr das Licht. Sie blickte auf. Alexandra, Carrie und Livvy standen über ihr wie drei große Pinien.

»WannbekommenwirdenRestunseresUnterrichts?«, fragte Carrie.

»Wie bitte?« Massie hatte keine Ahnung, was Carrie gerade gefragt hatte, aber sie hätte es erraten können. Während Livvy übersetzte, versuchte Massie die Tatsache zu akzeptieren, dass sie eine weitere Unterrichtsstunde im Küssen geben musste. Was tat es schon, dass sie keine Erfahrung hatte? Ihre Schülerinnen würden den Unterschied nicht bemerken, weil sie selbst auch keine hatten.

Alexandra tippte mit ihren langen rosafarbenen Fingernägeln gegen ihre grüne Zahnspange und schwenkte ihre Hüften. »Wie wäre es mit heute Nachmittag?«

»Wie wäre es mit nach dem Abendessen?«, konterte Massie. »Derrington und ich brauchen zuerst ein bisschen Zeit für uns allein.«

»Um warm zu werden?« Alexandras Gesicht leuchtete auf.
»Na klar!« Massie verdrehte die Augen. »Jetzt geht und sagt es den anderen. Und denkt daran, kein Wort darüber zu niemandem.«
Die Mädchen eilten davon, wie man ihnen aufgetragen hatte.
Alle schleiften ihr Gepäck zu den Schränken an der hinteren Wand, damit sie auspacken konnten.
Claire zog den Reißverschluss ihres abgenutzten grauen Trolleykoffers auf. Es sah aus, als wäre der ganze Koffer mit knapper seidener Unterwäsche gefüllt.
»Kuh-laire!«, keuchte Alicia. »Wie viel Unterwäsche hast du eingepackt?«
Claire kicherte. »Alles, was ich bei Victoria's Secret gekauft habe. Ich war mir nicht sicher, welche mir am besten gefallen, also habe ich alle eingepackt.«
»Kann ich ein paar haben?«, murmelte Layne halblaut.
»Bitte?« Claire runzelte die Stirn. »Warum?«
Layne kniff ihre ohnehin schmalen grünen Augen zusammen. »Du *weißt* schon«, sagte sie mit Nachdruck.
»Oh, ja, klar. Nimm dir, was du brauchst.«
»Ja, wenn wir schon dabei sind, ich könnte auch eine Garnitur brauchen«, witzelte Alicia.
»Kein Problem.« Claire griff sich eine Hand voll Unterwäsche und hielt sie Alicia hin. Die Preisschilder baumelten von ihrer Handfläche. »Nimm dir, soviel du willst.«
Massie schaute zu Claire auf; sie sah aus, als wollte sie fragen, warum es Sachen gratis gab. Claire riss die blauen Augen auf und zuckte die Schultern. Plötzlich kapierte Mas-

sie. Es war ein Geschenk aus Schuldbewusstsein. Claire würde Alicia weiterhin Dinge geben, solange es diese davon abhielt, Claire mit Josh in Verbindung zu bringen. Aber Layne?

Ein plötzlicher Tritt ließ die Tür aufspringen, und ein paar Jungen in Skimützen und Lone-Ranger-Masken, angeführt von Derrington, standen davor.

»Was steht an, ihr holden Maiden?« Derrington hüpfte in die Hütte und zeigte für die Ladys seinen Po-Wackler. Josh Hotz schlich sich hinter ihn und zog an Derrington Skateboard-Shorts, sodass der obere Teil seines Hinterteils zu sehen war.

»Das war für dich, Massie!«, rief Chris Plovert. Sein Gips war mit Plastik umwickelt, um die Feuchtigkeit fern zu halten.

Derrington drehte sich um und boxte seinen Freund gegen den Arm. Die beiden fingen an, spielerisch miteinander zu kämpfen.

Claire ließ den Blick durch den Raum schweifen, offensichtlich, um zu sehen, ob Cam dabei war. Er war es nicht. Sie wandte sich wieder ihrem Koffer zu und packte weiter aus.

Massie hätte sie gerne getröstet, wollte aber nicht, dass Derrington glaubte, sie würde ihn nicht beachten.

Merri-Lee stürmte in einem Overall durch die Tür, auf dessen Hosenbeinen DIOR stand; es sollte aussehen, als wäre es mit gelber Farbe aufgesprüht worden. »Filmt die kämpfenden Jungen und schwenkt dann zu den Reaktionen der Mädchen«, forderte sie.

Ihre Filmcrew tat genau das, was sie ihnen gesagt hatte. Höflich zog Mr Myner Merri-Lee zur Seite und nach einer sehr intimen Unterhaltung lächelte sie ihn an und bat ihre Crew aufzuhören.

»Jungs, zurück in eure Hütte!«, rief Mr Myner.

»Da seid ihr ja.« Mr Dingle schob seine Brille mit den quadratischen Gläsern auf seiner fettigen Nase nach oben. »Ich habe euch Jungs erlaubt, schnell ins Badehaus zu gehen, aber nicht, den Mädchen einen Besuch abzustatten!«

»Das nächste Mal, wenn ihr hier drin erwischt werdet, schicken wir euch nach Hause«, sagte Mr Myner. »Unter keinen Umständen betretet ihr das Schlafhaus der Mädchen. Und wenn jemand von euch noch einmal beschließt, ohne Aufsicht im Wald zu verschwinden, riskiert er von der Schule verwiesen zu werden.«

»Oh, Mann, nicht nötig, das *V*-Wort zu benutzen.« Derrington schob seine Maske hoch, wodurch sein schmutzig blondes Haar senkrecht in die Luft stand. »Wir haben nur das Gelände sondiert. Sie wissen schon, wir haben uns für die Topografie interessiert.«

Er setzte mit den Fingern Anführungszeichen in die Luft, als er *Topografie* sagte, und Massie lächelte stolz. Sie passten perfekt zusammen.

»Ich weiß deine Integrität zu schätzen, Derrick, aber dort draußen gibt es Bären, ganz zu schweigen von den meilenweiten, dichten Wäldern; es könnte leicht passieren, dass ihr euch verlauft und umkommt. Und solange ich für euer Leben verantwortlich bin, verbiete ich euch, ohne Mr Dingle oder mich in die Wälder zu gehen. Betrachtet das als Warnung. Ihr bekommt keine weitere Chance. Und das gilt auch für euch Mädchen.«

»Bit-te, als würde es uns interessieren, uns die Wanderpfade anzusehen.« Massie verdrehte die Augen.

Mr Myner öffnete den Mund, dann schloss er ihn schnell wieder und schüttelte den Kopf; offensichtlich fiel ihm keine Erwiderung ein.

»Gehen wir.« Mr Dingle trieb die Jungen zur Tür. Merri-Lee und ihre Crew folgten ihnen.

»Bis später, Block!«, rief Derrington.

»Bye.« Massie kicherte. Alle Mädchen drehten sich um und starrten sie neidisch an. Beiläufig warf sie den Deckel ihres Koffers auf, als wäre der Besuch keine große Sache gewesen. Wenn sie bloß hören könnten, wie heftig ihr Herz schlug.

»Was glaubt ihr, wen Josh hier sehen wollte?«, fragte Alicia jeden, der Lust hatte, zu antworten.

Claire steckte ihr Gesicht so weit wie möglich in den Schrank.

»Dich«, antworteten alle.

Alicia war anscheinend immer noch unsicher. »Glaubt ihr?«

Massie breitete die Arme so weit wie möglich aus und nahm einen Stapel ultraweicher Kaschmirpullis auf. Bei der ersten Berührung fühlten sie sich seltsam und leicht schmierig an. Als hätte jemand darauf geniest. Sie hob sie vorsichtig hoch, nicht ganz sicher, was sie erwartete.

»Oh mein Gott!«, kreischte sie. Ihr dunkelgrüner Lieblingspulli mit dem doppelten V-Ausschnitt sah aus wie ein nasser Pudel.

»Was ist passiert?« Mr Myner rannte zu ihr.

»Mein Hairconditioner zum Nicht-Ausspülen ist über meinen ganze Kleidern ausgelaufen.« Massie streckte ihre glitschigen Hände in die Luft, als wären sie voller Blut. »Rufen Sie die Auskunft an. Ich brauche so schnell wie möglich eine Reinigung.«

Dylan und Alicia eilten an ihre Seite und streichelten ihr den Rücken.

»Vorzugsweise eine Reinigung, die auf Kaschmir und empfindliche Materialien spezialisiert ist!«, schnauzte Alicia Mr Myner an.

Massie hörte Layne kichern und warf ihr einen tödlichen Blick zu. Layne machte sich einen Go-Gurt auf und nahm einen großen Schluck. Claire wich zurück.

Mr Myner atmete tief ein und laut wieder aus. »Ich möchte, dass alle sich zu einem schnellen Treffen um den offenen Kamin versammeln.«

»Das hier *kann nicht* warten!« Massie konnte hören, wie die Panik ihre Stimme schrill machte. »Wir müssen sofort Hilfe anfordern.«

»Du wirst noch mehr Hilfe brauchen, wenn du nicht sofort tust, was ich dir sage!« Mr Myner klang nicht mehr wie ein »cooler Lehrer«. Er hatte direkt vor ihren Augen in den »strengen Elternmodus« umgeschaltet.

Massie stand auf. Sie hätte einen größeren Streit vom Zaun gebrochen, wenn ihre Geografienote nicht schon so schlecht wäre, aber so war es nun einmal und sie brauchte Mr Myner auf ihrer Seite. Während er zum Kamin voranging, zog Massie schnell den Reißverschluss ihres Koffers zu und rollte ihn mit sich. Sie weigerte sich, ihre verdorbene Garderobe allein hinten in der Hütte zum Sterben zurückzulassen.

»Mach dir keine Sorgen, du kannst dir alles von mir leihen«, sagte Claire zu Massie, als sie sich auf einem Stapel farbenfroher Kissen niederließ.

Massie lachte leise, als hätte Claire etwas wirklich Lustiges gesagt.

Während Mr Myner Feuerholz in den Kamin legte, boten alle Massie an ihre Kleidung mit ihr zu teilen, als wäre sie vor kurzem obdachlos geworden.

Sie nahm ihre Wohltätigkeit mit Anmut entgegen, aber tief drinnen trauerte sie noch. Derrington würde jetzt niemals die umwerfenden rustikalen Kombinationen zu sehen bekommen, die sie sich ausgedacht hatte. Stattdessen würde er Alicias Sevens oder Claires Rollkragenpullis sehen. Wenn nicht . . . Kristen willens wäre, schnell für sie einkaufen zu gehen und ihr die Sachen per FedEx-Kurier zu schicken. Sobald Mr Myner die Hütte verließ, würde sie den Anruf erledigen und ihre Bestellung aufgeben.

Mr Myner strich ein Streichholz an und warf es auf den Haufen aus Zeitungspapier und Holzscheiten, den er in der Mitte der Feuerstelle aufgetürmt hatte. Die winzige Flamme wurde schnell zu einem knisternden Feuer, das orangefarbene Funken sprühte. Die Mädchen rutschten mit ihren Kissen näher, bis sie nahe genug waren, um die Wärme an ihren ausgestreckten Händen und Füßen zu spüren.

Mr Myner stellte ein Bein auf die Marmorumrandung des

Kamins und stützte den Arm auf das gebeugte Knie auf. Er sah aus, als würde er für die Titelseite des Magazins Outdoor Life posieren.

»Ich habe für euch Mädchen ein paar aufregende Tage geplant«, sagte er. »Bis Mittwoch werdet ihr in der Lage sein, Landkarten zu lesen, euren Standort mit einem Kompass zu bestimmen, Iglus zu bauen und mit wenig mehr als eurem Verstand und reifen Beeren zu überleben.«

Massie hob die Hand.

»Ja, Massie?«, sagte er enthusiastisch. Mr Myner liebte es, wenn seine Schülerinnen mitmachten und bedeutungsvolle Fragen stellten.

»Liefert FedEx in dieser Region aus?«

»Ich glaube schon«, antwortete er, während sein Lächeln verblasste. »Warum?«

»Ich versuche nur gerade meine Kleidungskrise zu lösen«, sagte Massie. »Danke.«

Mr Myner nahm sein Bein herunter und fuhr sich mit den Fingern durch seine dicken schwarzen Haare. »Was mich zu meinem nächsten Punkt bringt. Ihr Mädchen habt gepackt, als würdet ihr ein Jahr lang verreisen, nicht drei Tage. Und das wird bei mir nicht funktionieren.«

Alle sahen einander an und fragten sich, worauf er wohl hinauswollte.

»Ihr seid hier, um zu lernen, wie man in der Wildnis überlebt, und die erste Lektion, die ihr lernen werdet, heißt ›living light‹.«

»Das ist der Name des Lieblings-Spa meiner Mutter in Boca«, verkündete Alicia.

Die Mädchen horchten auf, weil sie dachten, dass sie einen Tag mit Spa-Anwendungen verbringen würden.

»Nun, meine Version hat damit zu tun, Überschuss loszuwerden«, erklärte Mr Myner. »Ihr werdet überrascht sein, wie wenig ihr braucht, um ein glückliches und erfülltes Leben zu führen.«

»Rektorin Burns muss dem armen Kerl eine Gehaltserhöhung bewilligen«, flüsterte Dylan Massie zu.

Massie biss sich auf die Unterlippe, um nicht zu lachen.

»Deshalb möchte ich, dass jede von euch zwei Hosen, zwei Pullis, zwei langärmelige Shirts, drei Paar Unterwäsche und ein Paar Stiefel auswählt. Der Rest von eurem Zeug wird im Bus eingeschlossen, bis wir wieder nach Hause fahren. Ach ja, und ...« Mr Myner schenkte ihnen ein kleines Lächeln. »Versucht weiße Sachen oder Streifen zu vermeiden, weil man mir gesagt hat, dass sie vor der Kamera nicht gut wirken.«

Dylan versteckte ihr Gesicht hinter den Händen und schüttelte den Kopf.

»Hört sich cool an!«, platzte Strawberry heraus. Ihr begeisterter Gesichtsausdruck änderte sich in dem Augenblick, in dem sie merkte, dass sie die Einzige im Raum war, die so empfand.

»Nein, ist es nicht!«, schrie Alicia. »Wir werden nicht nur im Fernsehen zu sehen sein und jeden Tag dieselben Sachen tragen, sondern es sind auch noch *Jungen* hier! Warum sollten sie uns Tag für Tag in denselben Kleidern sehen? Es ist nicht fair *ihnen* gegenüber.«

»Ich versichere euch, dass sie dieselben Regeln befolgen werden«, sagte Mr Myner.

»Das ist ein Fall für das Gesundheitsministerium«, protestierte Dylan. »Es ist nicht hygienisch.«

»Man wird euch beibringen, eure Kleidung mit Neutralseife im See zu waschen. Sie ist biologisch abbaubar, wisst ihr.« Mr Myner hob seinen Zeigefinger. »Und ich versichere euch, es gibt im ganzen Staat kein frischeres Wasser.«

»Die meisten meiner Sachen müssen in warmem Wasser gewaschen werden, und dieser See ist eiskalt.« Livvy erschauderte und biss sich auf die Unterlippe.

»Wie sollen wir das den Kleidern erklären, die wir zurücklassen?«, fragte Olivia. »Sie werden total sauer sein.«

Alle kicherten.

»Was ist mit dem ganzen Geld, das wir für die neue Garderobe auf der Exkursion ausgegeben haben?«, fragte Alexandra. »Werden wir dafür entschädigt?«

»Eure Eltern haben ein Rundschreiben bekommen, in dem alles erläutert wurde.« Mr Myner strich sich über seinen Schnurrbart.

»Bit-te, niemand liest diese Dinger.« Massie verdrehte die Augen.

Die Mädchen nickten zustimmend.

»Wasistwennetwasfleckigoderschmutzigodermatschigwird?«, schrie Carrie.

»Bitte?« Mr Myner klang frustriert. »Ladys, das ist ein Survival Trip, keine Fashionweek. Ihr werdet sehen, es ist sehr befreiend. Vertraut mir, am Ende werdet ihr mir danken.«

»Woher kennt er die Fashionweek?«, flüsterte Alicia Massie zu.

»Durch meine Mom«, schlug Dylan vor.

Layne riss den Deckel eines weiteren Go-Gurts auf. Es musste ihr fünfter für den heutigen Tag gewesen sein.
»Das erinnert mich an etwas«, sagte Mr Myner. »Ich werde eure Essenvorräte einsammeln. Solches Zeug lockt nicht nur Bären und Nagetiere an, sondern ein endloser Vorrat wird euch auch davon abhalten, im Falle einer Krise von euren existierenden Fettdepots zu zehren.«
»Die einzigen Fettdepots, die ich kenne, haben die Models der XL-Kollektion von Lane Bryant«, meinte Massie.
Die ganze Klasse brach in Gelächter aus. Sogar Mr Myner lächelte.
»Mal ernsthaft«, rief Dylan über das Lachen hinweg. »Was ist, wenn jemand keine Fettreserven hat?«
Massie und Alicia verdrehten die Augen.
»Vertraut mir, ihr habt welche«, erwiderte Mr Myner.
Dylan verschränkte die Arme vor der Brust und streckte ihm die Zunge heraus, sobald er wegsah.
»Muss ich euch daran erinnern, dass eure Leistungen auf dieser Exkursion einen Extrabonus wert sind?«
Sofort begannen die Mädchen zu besprechen, was sie behalten und was sie abliefern wollten. Während sie sich berieten, drehte Mr Myner seine Runde mit einem großen grünen Müllsack. Ein Mädchen nach dem anderen griff in ihre Handtasche und versenkte ihre Bubble Gums, zuckerfreie Kaugummis, Früchteriegel, Jogurtriegel, weizenfreie Riegel, Schokoriegel und Gebäck in dem Sack. Layne warf ihre Go-Gurt-Tube hinein und schwor hoch und heilig, dass es ihre letzte war.
»Wenn es in Ordnung ist, Massie, wir haben uns die Freiheit

genommen, deine fünf Kästen Vitaminwasser im Bus zu lassen.«
»Wie auch immer.« Massie zuckte die Schultern.
»Als Nächstes werde ich eure ganzen Elektronikgeräte einsammeln, bitte legt sie bereit«, sagte er. »Handys, iPods, Videospiele, DVD-Player und Computer – alles. Eine Zuwiderhandlung verschafft euch ein Ticket nach Hause, ohne Ausnahmen.«
Mr Myner ignorierte den wütenden Protest, der darauf folgte, und blieb bei dem eingeschlagenen Kurs.
»Und noch eine Sache«, fügte er hinzu. »Claire und Layne, ihr werdet auf eure Glitzerschuhe verzichten müssen.« Er deutete auf ihre mit Strasssteinen besetzten Turnschuhe. »Sie ziehen Bären und andere wilde Tiere an.«
»Ja!« Massie hob die Hände über den Kopf und boxte mit den Fäusten in die Luft.
Layne seufzte und begann die schwarzen Strasssteine von ihren Chucks abzupflücken. Claire zog ihre Schuhe einfach aus und ließ sie in den Müllsack plumpsen.
»Du auch, Massie«, sagte Mr Myner.
»Aber bit-te, ich würde nie glitzernde Turnschuhe tragen!«, antwortete Massie mit Nachdruck.
»Deine Halsketten«, sagte er. »Sie reflektieren ebenfalls das Licht.«
»Ich kann nicht.« Massie hielt ihre Ketten fest, als wären sie lebenserhaltend.
»Du wirst sie abliefern.« Mr Myner streckte die Hand aus.
Massie ließ die Finger durch das goldene Durcheinander um ihren Hals gleiten und trennte die Ketten voneinander. Als

sie diejenige gefunden hatte, die sie suchte, hielt sie sie in die Luft wie ein Olympiasieger seine Goldmedaille. »An dieser befindet sich ein Kompass. Und den brauche ich hier draußen.«

Mr Myner stieg auf dem Weg zu Massie über die Mädchen auf dem Fußboden. Sie hielt ihm den runden goldenen Kompass vors Gesicht, während er ihn genau untersuchte. Er legte ihn auf seine männlich rissige Handfläche und drehte ihn in jede Richtung, um sicher zu sein, dass die Nadel sich bewegte.

»Au, Sie erwürgen mich ja.« Massie rieb sich den Nacken.

»In Ordnung.« Mr Myner ließ den Kompass fallen. »Aber der Rest muss weg.«

Massie grinste. Vor dem Hintergrund dieses Tages betrachtete sie das als größeren Sieg.

»Ihr habt genau zehn Minuten, um euch zu waschen und warm anzuziehen. Ich möchte euch alle um vierzehnhundert Uhr vor dem Powwow-Holzklotz sehen. Das ist der große Baumstumpf rechts vom Essenspavillon.«

Olivia hob die Hand.

»Ja, Olivia?«

»Meine Uhr geht bloß bis zwölf«, sagte sie.

Alle lachten. Olivia schaute sich mit verwirrtem Gesichtsausdruck um.

»Vierzehnhundert ist die militärische Zeit für zwei Uhr mittags«, sagte Mr Myner freundlich. »Ich werde gerne erklären, wie es funktioniert, wenn ihr wollt.«

»Nö.« Olivia winkte ab. »Ich will nicht zur Armee gehen, aber trotzdem danke.«

Mr Myner hob die Stimme, damit man ihn über das Gelächter hinweg verstehen konnte. »Die Adirondack-Parkpatrouille wird kommen, um euer überflüssiges Gepäck mitzunehmen und aufzubewahren. Ich bitte euch um Kooperation.« Er drehte den Knauf der Hüttentür und blickte mit einem zufriedenen Lächeln auf dem Gesicht zu den Mädchen zurück. »Willkommen im Paradies!« Er stieß die Tür auf und atmete die frische, sonnengetränkte Bergluft ein. »Ahhhhh.« Er atmete aus und ging.

Massie griff nach ihrem PalmPilot, um ihren letzten Lagebericht einzugeben, musste aber feststellen, dass Mr Myner das Gerät konfisziert hatte. Vielleicht hatte Kristen es doch nicht so schlecht getroffen.

LAKE PLACID, NEW YORK
CAMPINGPLATZ FOREVER WILD

POWWOW-KLOTZ

Montag, 23. Februar
14 Uhr 02

Ich wette, sie lernt die Fernsehzeitschrift auswendig.« Alicia knöpfte ihren grauen Ralph-Lauren-Kaschmirmantel zu.

»Ich wette, sie sieht sich die Sonderangebote bei Target an«, vermutete Dylan.

»Ihr liegt alle falsch«, meinte Massie. »Wahrscheinlich arbeitet sie an ihrem Aufsatz für die College-Zulassung.«

Während die Mädchen auf ihrem Weg zum Powwow-Klotz Ratet-mal-was-Kristen-gerade-tut spielten, versuchte Claire sich auf das rhythmische Geräusch knackender Zweige unter ihren zweifarbigen Stiefeln zu konzentrieren. Es war ein kleines Spiel, das sie gerade erfunden hatte; es hieß »Schritt und Knack«. Das Ziel war, mit jedem Schritt einen Zweig zu zerbrechen. Es handelte sich um ihren jüngsten Versuch, sich von Cam abzulenken und an etwas anderes zu denken. Aber es funktionierte nicht. Vermisste er sie denn überhaupt nicht? War es so leicht, über sie hinwegzukommen?

Cams unverwechselbares Lachen ließ sie sofort aufhorchen – eine Mischung aus Kichern und rostigem Presslufthammer. Er stand drei Meter von ihnen entfernt auf dem Powwow-Klotz und hatte die Hände in den Seitentaschen seiner braunen Lederjacke versenkt. Er trampelte auf dem dicken, trockenen Holz herum und unterhielt sich mit Plovert, der sich auf eine Krücke stützte und versuchte auf dem weichen Boden die Balance zu halten.

»Seht mal, wie zäh er ist.« Dylan klopfte sich aufs Herz, als sie Plovert sah. »Er hat nur ein gesundes Bein, und trotzdem ist er hier draußen und trotzt den Elementen.«

»Warum gehst du nicht zu ihm und erzählst ihm, dass du seit halb neun heute Morgen wahnsinnig in ihn verliebt bist?« Massie versetzte Dylan spielerisch einen Stoß.

»Halt den Mund!« Dylan schlug Massie leicht auf den Arm. Innerhalb von Sekunden warfen sich die Mädchen gegenseitig Piniennadeln in die Haare und lachten hysterisch.

Claire fragte sich, ob sie wussten, dass sie Zuschauer hatten, und kam dann zu dem Schluss, dass es so war. Massie tat selten etwas ohne Zuschauer.

»Ein Miezenkampf!«, rief Derrington, der sich mit Kemp Hurley und Josh Hotz dem Versammlungsplatz näherte. Fünf andere Jungen kamen hinterher, aber Claire kannte nicht einmal ihre Namen. Gemäß dem Schönheitskomitee zählten sie nicht, denn:

1. Sie machten sich nie die Mühe, zu flirten.
2. Sie waren nicht in der Fußballmannschaft.
3. Sie waren kaum groß genug, um einen Lichtschalter zu erreichen.

»Passt auf!«, rief Massie. »Als Nächstes seid ihr dran.«
Claire bewunderte Massie, weil sie in der Lage war, so zu tun, als fühle sie sich in Derringtons Gegenwart wohl, auch wenn es nicht so war. Wie schaffte sie das bloß? Wenn Claire doch nur so tun könnte, als wäre sie glücklich ohne Cam. Aber es war unmöglich. Bei jedem Versuch wurde ihre Stimme höher als gewöhnlich und ihre Bewegungen fühlten sich fremd und übertrieben an, als würde sie einer schlechten Schauspielerin zusehen, die die Rolle der Claire Lyons in der Filmfassung ihres kläglichen Liebeslebens spielte.
»Kommt her!« Derrington nahm die Fäuste hoch und boxte in die Luft.
»Haltet mich zurück!« Massie tat so, als wollte sie sich auf Derrington stürzen, blieb jedoch dicht bei den Mädchen.
»Entspannt euch.« Mr Dingle joggte zu Derrington, ergriff seine Fäuste und zog sie herunter. »Wir sind nicht hier, um die Mädchen zu verprügeln.«
»Sind wir nicht?« Derrington wackelte mit dem Po.
Die Jungen lachten. Ein leichter Luftzug blies Cams dichte dunkle Haare auf die rechte Seite und enthüllte sein blaues Auge. Claire seufzte. Sie wusste, dass es sich nur um Tage handeln konnte, bis ein anderes Mädchen sich ihn endgültig schnappte.
»Lasst uns hier bleiben«, verkündete Massie. Die Mädchen blieben unter einem Baum ein paar Meter von dem Holzklotz entfernt stehen. Nachdem Massie ihr Revier markiert hatte, würde das für den Rest ihres Aufenthalts der Platz des Schönheitskomitees sein. Als Alexandra, Carrie, Livvy, Olivia und Layne wenige Sekunden später auftauchten,

hielten sie automatisch einen vernünftigen Abstand. Die Einzige, die blöd genug war, direkt unter dem Baum stehen zu bleiben, war Strawberry. Sie ging direkt zu den Mädchen und fing an zu plaudern, als wären sie die besten Freundinnen.

»Was glaubt ihr, was wir als Erstes unternehmen werden?«, fragte sie.

»Ich habe gehört, wir werden alle im Kreis stehen und zusehen, wie Mr Myner ein Zelt aufstellt.« Massie versuchte nicht über ihren eigenen Witz zu lachen, aber es misslang ihr, als Dylan und Alicia sich vor Lachen bogen.

Claire fühlte sich schlecht. Es war offensichtlich, dass Strawberry es nicht kapierte, denn sie stand einfach da und stopfte sich dann nervös eine Hand voll ihrer hellroten Haare unter die Kapuze ihres grauen Sweatshirts.

»Schon komisch, dass die Jungen bei dem Holzklotz stehen und wir hier unter dem Baum«, meinte Claire nachdenklich.

Massie, Dylan und Alicia blickten sie mit hochgezogenen Augenbrauen an.

»Warum?« Massie klang leicht verärgert. »Wie *sollte* es denn sein?«

»Na ja, an meiner alten Schule in Orlando wären alle zusammen.«

»Perversling.« Alicia nieste.

Dylan krümmte sich vor Lachen.

»Oh, das kommt schon noch«, versicherte Massie ihr. »Du wirst schon sehen.«

Claire bedauerte etwas gesagt zu haben, denn sie wusste, dass Massie es sich jetzt zum Ziel machen würde, die Geschlechter zusammenzubringen, nur um zu beweisen, dass die OCD ebenso cool wie jede staatliche Schule in Florida war.

Mr Myners und Merri-Lee spazierten lachend aus dem Essenspavillon, und die zweiköpfige Filmcrew folgte ihnen auf den Fersen.

Mr Myners Lächeln verblasste, als er feststellte, dass alle pünktlich erschienen waren. »Tut mir Leid, dass wir zu spät kommen. Ich hatte ein wichtiges Treffen mit dem Küchenchef.«

Merri-Lee rieb sich den flachen Bauch, befeuchtete ihre Lippen für die Kamera und reckte die Daumen in die Höhe.

»Wenn sie etwas gegessen haben, während wir hier draußen hungern mussten, verklage ich sie.« Dylan verschränkte die Arme vor der Brust.

»Ich bezweifle, dass sie gegessen haben«, fiel Strawberry ein. »Es sieht so aus, als hätte deine Mutter seit fünf Jahren keine Mahlzeit mehr zu sich genommen.«

»Noch ein Wort über meine Mutter, und du wirst mich kennen lernen!«

Strawberry hob die Hand und schüttelte sie, um scherzhaft zu zeigen, wie nervös sie war. Dann gesellte sie sich zu den anderen Mädchen am Rand des Baumes.

Merri-Lee winkte ihrer Tochter zu und sagte unhörbar mit den Lippen: »Hi, Pickles.«

»Mein Gott, ich werde nie mit Plovert knutschen können, solange *sie* hier ist«, stöhnte Dylan.

Cam sprang von dem Powwow-Holzklotz herunter, als Mr Myner und Mr Dingle darauf stiegen.

»Okay.« Mr Dingle klatschte in die Hände, dann rieb er sie schnell aneinander. »Wer ist bereit anzufangen?«

»Wie sieht es mit Mittagessen aus?«, rief Kemp Hurley. Er hatte die Hände in den Taschen seiner sackartigen Skaterhose vergraben und schaukelte hin und her.

Ein Chor von *Yeahs* erscholl aus der Menge.

»Mittagessen gibt es danach«, erklärte Mr Myner.

Alle gaben Laute des Unmuts von sich.

»Das gehört alles zum Überleben. Ihr müsst hungrig und motiviert sein.«

Merri-Lee stand neben Dylan, legte ihr einen knochigen Arm um die Schulter und lächelte für die Kamera, als würden sie beide immer so dastehen. Dylan schüttelte ihren Arm sofort ab und verdrehte die Augen.

Mr Myner stemmte seine Männerhände in die Hüften und wartete auf Ruhe, bevor er fortfuhr.

»Wir werden euch in drei verschiedene Überlebensgruppen einteilen, und das sind die Leute, mit denen ihr an diesem Nachmittag zusammenarbeiten werdet. Sie sind euer Lebensnerv. Ihr müsst zusammenarbeiten, um das Gelände zu durchqueren, die Landkarten zu lesen und das endgültige Ziel zu erreichen.«

Mr Dingle mischte sich ein. »Die Gruppe, die als erste ankommt, bekommt ein Gourmetmittagessen im Essenspavillon, bestehend aus Hummersuppe und Käse, Caesar-Salat und Rippchen mit Kräuterbutter. Als Nachspeise könnt ihr zwischen Bananen à la Foster, Eiscreme und Schokoladenbrownies wählen. Die Verlierergruppen bekommen gefüllte Eier und Safranreis an der Feuerstelle im Freien. Keine

Nachspeise. Und die Gewinner werden auch auf eine Fahrt mit einem Heißluftballon gehen, sodass sie die atemberaubende Topografie des Parks bewundern können.«

Alle redeten gleichzeitig, bis Mr Myner wieder die Hände in die Hüften stemmte.

»Nun, diese Landkarten sind die Grundvoraussetzung. Wir haben euch in den letzten beiden Wochen in der Schule beigebracht, sie zu lesen. Wenn ihr aufgepasst habt, besteht eure einzige Herausforderung darin, zusammenzuarbeiten.«

Mr Myner zog einen zusammengerollten Stapel Papiere aus der Tasche und hielt sie Mr Dingle hin, der einfach nur dastand und von den Karten zu Mr Myner blickte, dann wieder zurück zu den Karten.

Mr Myner schob ihm die Karten in die Hand. »Der fabelhafte Mr Dingle wird die Karten austeilen, während ich euch in Gruppen einteile.«

Es musste Mr Dingle gefallen haben, fabelhaft genannt zu werden, denn schließlich verschwand der beleidigte Gesichtsausdruck aus seinem Gesicht und er hob die Karten über den Kopf.

Claire nahm ihre Karte und untersuchte sie genau. Es sah ziemlich einfach aus. Einige sich windende Linien, die einen Fluss kennzeichneten, ein paar dickere schwarze Linien, die die verschiedenen Wege darstellten, und ein Kreis in der linken unteren Ecke, der das Ziel sein musste. Wie schwierig konnte das sein? Claire lief das Wasser im Mund zusammen, als sie sich vorstellte, wie sie sich auf eine dampfende Schale Hummersuppe mit Käse stürzte.

»Die Gruppe eins«, verkündete Mr Myner, »besteht aus

Alexandra Regan, Kemp Hurley, Livvy Collins, Derrick Harrington, Steven Parker und Dylan Marvil. »Euer Anführer ist Paul Danno.«

»Wer ist *das?«,* zischte Dylan.

Massie, Alicia und Claire zuckten die Schultern.

»Och, in meinem Team ist *niemand!«,* spottete Dylan.

»Du hast Derrington«, flüsterte Massie.

»Und wie soll mir das helfen?«, schnauzte Dylan. »Soweit ich weiß, ist er *dein* Schwarm.«

Massie zuckte die Schultern.

»Mach dir keine Sorgen, Pickles.« Merri-Lee kniff ihre Tochter in den Po. »Ich werde bei dir sein.«

Dylan verdrehte die Augen und ging zu ihrer HL-Gruppe. Merri-Lee und ihre Crew drängten sich hinter ihr her.

»Gruppe zwei«, fuhr Mr Myner fort.

Massie, Alicia und Claire hielten sich an den Händen und hofften, sie kämen in dieselbe Gruppe.

»Claire Lyons, Olivia Ryan, Josh Hotz und Cam Fisher, und eure Anführerin ist Coral McAdams.«

Strawberry hüpfte vor Freude. »Ich liebe es, Anführerin zu sein!« Sie steckte zwei Finger in den Mund und pfiff. »Hierher, Team!«

Claire blickte Massie an und bat stumm um Hilfe. Cam und Josh? Sie wusste nicht, ob sie sich freuen oder sich einen Stein ans Bein binden und direkt in den Lake Placid laufen sollte.

»Olivia«, flüsterte Alicia.

»Ja.« Olivia trat unter den Baum.

»Finde heraus, wen Josh mag«, trug Alicia ihr auf. »Aber sage ihm nicht, dass ich es wissen will.«

»In Ordnung.« Olivia nickte. »Komm schon, Claire.«
Claire warf einen letzten Blick zurück zu Massie, aber Massie konnte nichts weiter tun, als ihr mit einem halben Lächeln zum Abschied zuzuwinken. Gefiel ihr das Ganze womöglich?
»Gruppe drei besteht aus Alicia Rivera –«
»Du bist sexy!«, schrie ein Junge.
Mr Myner ignorierte die Unterbrechung. »Carrie Randolph, Layne Abeley, Marc Cooper, B. J. O'Brian, Adam Freeman. Eure Anführerin ist Massie Block.«
»Warten Sie, was ist mit mir?«, fragte Chris Plovert verblüfft.
»Ich dachte, du würdest darauf verzichten, wegen deines Beines«, sagte Mr Dingle.
»Auf keinen Fall, Mann«, sagte Plovert kurz angebunden. »Das ist Diskriminierung. Ich schaffe das.«
»Bist du sicher, Chris?« Mr Dingle schob seine Brille höher auf die Nase. »Es ist ein Rennen, weißt du.«
»Ich weiß.«
»O-kay.« Mr Myner klang zweifelnd, aber er war bereit, Plovert eine Chance zu geben. »Welches Team würde Chris gerne aufnehmen?«
Niemand erklärte sich bereit. Nicht einmal Dylan.
»Ach, kommt schon, Jungs«, bat Chris.
»Kumpel, wir spielen um Essen.« Kemp rieb sich seinen mageren Bauch. »Nimm's nicht übel, aber du musst das verstehen.«
»Er kann in unser Team kommen«, bot eine süße Stimme an.
Chris' Gesicht leuchtete auf, als er sah, dass die Stimme der

hübschen Olivia Ryan gehörte, der blonden Hälfte der Zwanzig.

Dylan stampfte mit dem Fuß auf und zog ein finsteres Gesicht.

»O-livia!«, schnauzte Strawberry. »Was tust du da? Ich bin die Anführerin und ich bestimme, wer in unser Team kommt.«

Aber es war zu spät. Plovert humpelte bereits zu ihnen hinüber.

»Du hast gerade unsere Chance auf ein gutes Mittagessen vertan!« Strawberry boxte gegen den Stamm einer Fichte. »Was hast du dir dabei gedacht?« Ihr Gesicht lief dunkel rot an.

»Vertrau mir, es ist Teil meiner Strategie«, flüsterte Olivia. »Wenn jemand von uns sich verletzt, haben wir ein Paar Krücken.« Sie zwinkerte. »Ist das nicht clever?«

Strawberry boxte noch einmal gegen den Baum, während der Rest ihrer Gruppe ihr neuestes Mitglied willkommen hieß.

»Sind alle Gruppen bereit?«, fragte Mr Myner.

»Bereit«, antworteten alle fast gleichzeitig.

»Ich zähle bis drei, und dann möchte ich, dass ihr hinter die Hütten lauft und den Anfang des Pfades für eure Gruppen sucht. Ich habe für jede Gruppe einen anderen Startpunkt gekennzeichnet: Grün für Gruppe eins, Blau für Gruppe zwei und Gelb für Gruppe drei. Fertig? Eins –«

Und los ging es.

Strawberry ging vor ihrer Gruppe her und riss jedes Blatt und jeden Zweig ab, der ihren Weg kreuzte. Sie schwang die

Arme, wie die Nordic-Walking-Mütter, an denen Claire und Massie immer auf dem Weg zur Schule vorbeikamen.

»Los geht's, Leute!«, rief Strawberry, ohne sich umzudrehen. Claire sah Cam an, verdrehte die Augen und hoffte, er würde sich mit ihr zusammen über Strawberry lustig machen, aber er blickte sofort nach oben in den blauen Himmel. Offensichtlich würde sie mehr als ein Verdrehen der Augen brauchen, um ihn zurückzugewinnen.

Der dichte Wald verschluckte die Stimmen und die knirschenden Schritte der Konkurrenten, als sich alle auf ihre getrennten Wege machten. Bald waren sie von Stille umgehen. Claire fragte sich, ob jemand hören konnte, wie heftig ihr Herz schlug.

»Hey, Claire, soll ich ein Foto von dir machen?« Josh tauchte neben ihr auf und zog eine Digitalkamera aus seiner blauen Wolljacke. Er ließ sie an ihrem grauen Band um den Finger kreisen.

»Hey, wie hast du das hinbekommen?« Claire blieb stehen und blickte ihm in die warmen dunkelbraunen Augen. »*Meine* hat Mr Myner einkassiert.«

»Ich habe Dingle nicht gesagt, dass ich sie dabeihabe.« Seine Wimpern waren so dicht und dunkel, dass Claire sich fragte, ob er Mascara benutzte. Und dann wurde ihr klar, warum Alicia ihn so süß fand: Er sah genau so aus wie sie.

»Ich wünschte, das wäre mir auch eingefallen.« Claire trat gegen einen Kiefernzapfen. Zufällig prallte er von hinten gegen Strawberrys Wanderschuh.

»Los, Leute!«, schrie sie wieder. »Weniger Kiefernzapfenfußball und mehr laufen, bitte.«

Claire kicherte und sah wieder zu Cam hin, aber Josh versperrte ihr die Sicht.

»Tut mir Leid für dich, dass du deine Kamera nicht hier hast.« Er schüttelte den Kopf und lächelte voller Zuneigung. »Du bist zu ehrlich. Das mag ich so an dir.«

Claire drehte schnell den Kopf, um zu kontrollieren, ob Olivia das gehört hatte. Wenn sie es gehört hatte, dann würde Alicia es erfahren, und . . . Es war zu schrecklich, über den Rest nachzudenken.

Aber Olivia war zu sehr damit beschäftigt, einen Matschklumpen von Ploverts Krücken zu kratzen, um zuzuhören.

»Hey, Strawberry, kann ich einen Blick auf die Karte werfen?«, rief Cam und lief nach vorne. Ein schwacher Hauch seines süß duftenden Drakkar Noir hing trotz seiner Abwesenheit noch in der Luft. Claire atmete tief ein, als sie hindurchging und hoffte ein kleines Stück von ihm festzuhalten. Aber Josh schob sich näher an Claire heran. Nachdem Cam gegangen war, schien Joshs würziges Polo die letzten Reste von Drakkar für immer zu verdrängen.

»Wer hat Hunger?«, brüllte Strawberry.

»Ich!«, antworteten alle gleichzeitig.

»DANN BEWEGT EUCH!«

Zwei weißbrüstige Spatzen schossen aus ihrem Nest und alle zuckten zusammen.

»Entspannt euch«, meinte Plovert. »Ihr erschreckt die wilden Tiere.«

»Rede weniger und hüpfe mehr, Hinkebein«, brüllte Strawberry.

Olivia und Plovert beeilten sich, um die anderen einzuholen.

»Also, Josh.« Olivia schnitt Claire auf dem schmalen Pfad den Weg ab, damit sie neben Josh gehen konnte. »Lass uns ein Spiel spielen.«
»Kann ich mitspielen?« Plovert war außer Atem.
»Später.« Olivia wies ihn schnell ab. »Du brauchst jetzt deine Energie, um mitzuhalten. Dieses Spiel ist nur für Josh.«
»Oh, okay.« Josh klang ein bisschen ängstlich.
Claire konnte Cam kaum sehen. Er war vorne bei Strawberry. Mochte er sie? Vielleicht fand er ihre hellroten Haare cool. Was, wenn sie die Rockband *The Strokes* so sehr mochte wie er? Was, wenn sie jetzt im Moment über ihren Lieblingssong von den Strokes redeten? Sie zerbrach sich den Kopf nach einer Ausrede, um sie einzuholen.
»Okay, Josh, ich werde dir zwei Mädchen nennen, und du sagst mir, welche du lieber küssen würdest«, sagte Olivia.
»'kay.« Er steckte seine Kamera weg und stopfte die Hände in die Jackentaschen.
»Jessica Simpson oder Ashlee?«
»Jessica.«
»Das war leicht«, rief Plovert.
»Okay, wie sieht es mit Rektorin Burns oder Hillary Clinton aus?«
»Igitt, keine von beiden.« Josh zog eine Gesicht, als hätte er gerade an Hundekacke gerochen.
»Du musst eine auswählen, das gehört zum Spiel.«
»Gut, also Hillary.«
»Okay, Strawberry oder, äh, Alicia?«, flüsterte Olivia.
Plötzlich verstand Claire, was Olivia vorhatte. Es war eine

clevere, raffinierte Art, herauszufinden, welches Mädchen Josh mochte.
»Alicia«, antwortete Josh.
»Wie steht es mit Alexandra und Alicia?«
»Ist Alexandra die mit der grünen Zahnspange?«, wollte Josh wissen.
»Mhm.«
»Alicia.«
Olivia lächelte vor sich hin.
»Carrie, Livvy oder Alicia?«
»Alicia.«
»Layne Abeley oder Alicia?«
»Alicia.«
»Schön.« Olivia lächelte.
»Claire oder Alicia?«
Claire und Cam hörten im selben Moment auf zu gehen. Das passierte nicht wirklich! Bitte nicht!
»Willst du nicht Plovert eine Chance geben, mitzuspielen?«, mischte Claire sich ein.
»Ja, frag mich was«, sagte Plovert verstimmt.
»Okay, Merri-Lee Marvil oder mich?« Olivias Art, sich nur kurz auf eine Sache zu konzentrieren, war Claire nie willkommener gewesen.
»Dylans Mom oder dich?«, fragte Plovert nach.
»Kommt schon, Leute!«, jammerte Strawberry. »Konzentriert euch.«
Cam und Claire nahmen die Wanderung wieder auf.
»Ja.« Olivia kicherte. »Merri-Lee oder mich.«
»Dich.«

»Du maaaagst mich! Du maaaagst mich!«, sang Olivia.
»Hey, das ist nicht fair!« Plovert gab vor, verärgert zu sein. Dann fiel er hin. »Aua!«
Alle blieben stehen, um ihm zu helfen. Aber sobald er stand, fiel er wieder hin. Strawberry warf einen prüfenden Blick auf ihre männliche Seiko-Taucharmbanduhr und seufzte, während Cam und Josh ihm wieder auf die Beine halfen.
»Bist du okay, Mann?« Cams Hand ruhte noch auf Ploverts Schulter.
»Ja, danke.« Plovert sah Olivia an und errötete. »Mir geht's gut. Ich glaube, der Arzt hat mir ein Paar kaputte Krücken gegeben.«
»Du könntest ihn verklagen«, schlug Olivia vor. »Alicias Dad ist ein sehr erfolgreicher Anwalt. Er kann dir helfen.«
»Plovert, Kumpel.« Cam stützte ihn. »Take it easy.«
Claire wünschte, sie könnte mit Plovert tauschen. Sie hätte gerne ein gebrochenes Bein gehabt, wenn das bedeutete, dass Cam nett zu ihr wäre.
»Hey, Josh.« Olivia nickte ihm zu. »Hast du gewusst, dass Alicias Dad ein erfolgreicher Anwalt ist?«
»Äh, nein.«
»Nun, er ist es.« Sie nickte kurz, als würde sie ihm eine sehr privilegierte Information zukommen lassen. »Sehr erfolgreich.«
»Cool.« Josh lächelte Olivia höflich an. Ganz offensichtlich hatte er keine Ahnung, was diese Information mit ihm zu tun hatte.
Strawberry und Cam blieben stehen, als der Weg sich gabelte. Ein Pfad führte hoch in die Wälder und der andere folgte

dem langsam fließenden Fluss. Sie beugten sich eifrig über die Landkarte und versuchten zu entscheiden, welchen Weg sie nehmen sollten.
»Schnell«, drängte Olivia. »Ich bekomme langsam Hunger.«
»Wir bemühen uns«, blaffte Strawberry.
Claire rechnete damit, dass sie Olivia schelten würde, weil sie sich beklagte und nicht mithalf. Aber Olivias fließende blonde Haare, ihre blauen Augen und die reine weiße Haut ließen sie wie eine zerbrechliche Waldfee aussehen. Und wahrscheinlich fand Strawberry es falsch, jemanden anzuschnauzen, der so unschuldig aussah.
»Warum folgen wir nicht einfach dem Geräusch dieser fröhlichen Stimmen und gehen links?«, schlug Plovert vor. Er stützte sich mit geneigtem Kopf auf seine Krücken.
»Welche fröhl-«, wollte Cam gerade fragen, hielt jedoch inne, als er sie auch hörte.
»Wer singt da etwas über Suppe und Käse?«, fragte Olivia
»Dylan«, bestätigte Claire.
»Klingt, als hätten wir verloren«, sagte Strawberry düster. Sie bog links ab und die anderen folgten ihr schweigend. »Es ist nicht so, als hätten wir es nicht versucht, richtig? Ich meine, Olivia, du warst großartig darin, herauszufinden, wen Josh gerne küssen möchte. Und du, Plovert, hast jedes Mal, wenn wir schneller wurden, geholfen, indem du hingefallen bist. Und Claire –«
»In Ordnung, es reicht!«, unterbrach Cam sie barsch. »Wir haben ein blödes Rennen verloren – das ist keine große Sache.«

Hatte Cam sie gerade verteidigt? Ein Ruck durchfuhr Claires Körper. Es gab ihr neue Kraft. Sie wäre am liebsten durch den Wald gesprintet, so schnell sie konnte. Sie hätte Cam gerne umarmt und an seinem Hals gerochen.

Strawberry trat mit einem Karatetritt gegen einen niedrig hängenden Zweig. Er brach ab und fiel zu Boden. »Verlierer!«, rief sie dem heruntergefallenen Ast zu, dann stürmte sie davon.

Claire beschleunigte ihren Schritt und sprang leise über herumliegende Äste und Steine, damit sie Cam einholen konnte, ohne dass es so klang, als würde sie sich Mühe geben. Innerhalb weniger Sekunden war sie wieder in der Drakkar-Zone.

»Danke, dass du mich gerettet hast.« Claire spürte, wie ihre Hände feucht wurden. Es war das erste Mal seit vielen Tagen, dass sie mit Cam sprach.

»Das hatte nichts zu bedeuten«, sagte Cam zu seinen abgenutzten Wanderschuhen. »Ich hatte es bloß satt, ihre Stimme zu hören.«

Dann ging er schneller.

Claire blieb stehen und beugte sich nach vorne über. Sie konnte nicht sagen, ob Cam sie tatsächlich in den Magen geboxt hatte oder ob es sich nur so anfühlte.

»Bist du okay?«

Sie spürte Joshs Hand auf ihrem Rücken.

»Ja, danke.« Claire richtete sich wieder auf und eilte den Pfad hinunter.

Sie war eine der Letzten, die auf die Lichtung trat. Fast alle waren schneller als sie und feierten entweder ihren Sieg oder betrauerten ihre Niederlage.

»Glückwunsch an Gruppe Nummer eins. Ihr habt wirklich gut als Team zusammengearbeitet«, verkündete Mr Myner.

»Und meine Crew hat ein paar großartige Aufnahmen gemacht, als ihr Jungs den Fluss überquert habt«, fügte Merri-Lee hinzu. »Es war wie in *Das große Rennen*«, schwärmte sie.

»Schiebung!«, meinte jemand hüstelnd.

»Schiebung!«, rief eine andere Stimme.

Plötzlich riefen alle »Schiebung«, weil Dylans Team, das einzige mit einem eigenen Kamerateam, zufällig gewonnen hatte.

»Purer Neid!«, erwiderte Dylan. Ihre Teamgefährten stimmten ein.

»Okay, es reicht.« Mr Myner hob die Hand. »Nichts war abgekartet. Team eins hat sich als wunderbar findig erwiesen. Ihr könntet alle etwas davon lernen. Während sie ihr köstliches Gourmetmittagessen genießen, wird der Rest von euch an der Feuerstelle essen. Nach einer kurzen Pause wird Mr Dingle wieder mit euch in den Wald gehen und einen kleinen Kurs über Kartenlesen erteilen und ich werde die Heißluftballon-Expedition leiten. Allen einen schönen Nachmittag!«

Die Verlierer, einschließlich Mr Dingle, stöhnten, während die Gewinner auf und ab hüpften und sich umarmten.

»Hey, Block!«, rief Derrington aus dem Kreis der Gewinner. »Willst du mir keinen Abschiedskuss geben?«

Alle hielten inne und drehten sich zu Massie um. Aber sie stand einfach mit einem schockierten Gesichtsausdruck da. Claire sah weg. Es war hart, zu erleben, dass Massie keine Worte fand. Es wirkte unnatürlich.

»Was, wenn ich in dem Ballon sterbe?«, sagte Derrington. »Es könnte deine letzte Chance sein.«

Massie nahm ihre Sonnenbrille ab und tippte sich mit einem Bügel gegen die unteren Schneidezähne. Claire wusste genau, dass sie nach einer schlagfertigen Erwiderung suchte, aber alle anderen fanden wahrscheinlich, dass sie wie ein verführerischer Filmstar aussah.

»Derrick.« Massie betonte seinen Namen wie ein enttäuschter Lehrer. »Hast du gerade ein Fußballfinale-Flashback?«

»Wie bitte?« Derrington war verwirrt. »Nein, warum?«

»Weil du anscheinend unbedingt einen Treffer landen willst.«

Die Jungen aus der Briarwood-Fußballmannschaft brachen in Lachen aus und verwuschelten Derrington die Haare.

»Sie hat's dir richtig gegeben!« Kemp klatschte sich auf den Oberschenkel.

»Pech für dich, Block.« Derrington sah ehrlich verletzt aus. Massie musste das auch registriert haben, denn sie ging schnell näher zu ihm hin und senkte die Stimme.

»Sieh mal«, flüsterte sie. »Ich finde es einfach ein wenig geschmacklos, sich in der Öffentlichkeit zu küssen, insbesondere bei hellem Tageslicht.«

»Dann also später?« Derrington zog die Augenbrauen hoch.

»Später.« Massie drehte sich um und ging zu ihren Freundinnen zurück, aber die MUCK-Mädchen erreichten sie zuerst. Sie konnten es kaum erwarten, ihr zu ihrer Vorstellung zu gratulieren.

»Hier entlang.« Mr Dingle winkte die Verlierer auf den Pfad zurück zum Campingplatz.

»Was stimmt nicht mit dir?«, fragte Layne Claire, als die geschlagene Gruppe schweigend zurückwanderte.

»Nichts.« Sie wollte nicht über Cam reden, weil sie sonst zu heulen anfangen würde. Außerdem war er nur ein paar Schritte entfernt und half Plovert. »Wie war dein Vormittag?«

»Fürchterlich!«, jammerte Layne. »Ich hatte schlimme Krämpfe von du weißt schon, was. Es fühlt sich an, als hätte ich ein Eichhörnchen verschluckt, und jetzt versucht es, sich mit seinen Krallen einen Weg aus meinem Bauchnabel zu bahnen.«

»Ich kann das vollkommen nachvollziehen.« Claire seufzte.

»Häh?« Layne zog die Augenbrauen zusammen.

»Hey, Kuh-laire!«, rief Massie.

»Ja?« Claire rekapitulierte schnell im Kopf die letzten vierundzwanzig Stunden und versuchte herauszufinden, ob sie sich in Schwierigkeiten befand.

»Bleib zurück«, sagte Massie eindringlich.

Claire blieb stehen und ließ alle vorbeigehen. Sobald sich ein sicherer Abstand zwischen ihnen beiden und allen anderen befand, sprach Massie. »Ich brauche deine Hilfe.«

»Wie bitte?« Claire glaubte nicht richtig gehört zu haben. Massie brauchte niemals Hilfe.

»Pssst«, meinte Massie mit Nachdruck. »Worum ich dich bitten werde, nimmst du mit ins Grab, 'kay?« Sie hielt Claire ihren kleinen Finger hin. Claire hob ihren ebenfalls und sie hakten sich ein und schüttelten die Finger.

»Worum geht es?«

»Du musst mir beibringen, wie man küsst«, flüsterte Massie.

»Was?« Seit wann hatte ein einmaliges Knutschen mit Josh Hotz sie zu einer Expertin gemacht?
»Biiiitte.«
Claire blickte Massie in die bernsteinfarbenen Augen. *Machte sie einen Witz?* Aber es war nicht der Hauch eines schelmischen Glitzerns und kein unschuldiger Augenaufschlag zu entdecken. Sie meinte es ernst.
»Massie, ich –«
»Bitte!«, bettelte Massie.
Claire wünschte, jemand wäre in der Nähe, um Zeuge dieses Augenblickes zu sein. Sie hatte immer davon geträumt, dass Massie sie unbedingt für irgendetwas brauchte, aber niemals das. Zum ersten Mal in ihrer Beziehung nahm Claire eine Vormachtstellung über Massie ein. Und sie hatte die Absicht, das voll auszukosten.
»Okay.« Claire straffte die Schultern und hob ihr Kinn leicht an.
Massie seufzte.
»Aber nur, wenn du etwas für mich tust.«
»Was du willst«, versprach Massie.
»Du musst mir helfen Cam zurückzugewinnen«, sagte Claire. »Bevor er schließlich eine andere mag.«
»Kein Problem.« Massie klang, als wüsste sie bereits genau, wie sie es bewerkstelligen würde. »Abgemacht!«
»Abgemacht«, erwiderte Claire und fühlte sich, als hätte sie gerade einen Pakt mit dem Teufel geschlossen.
Und sie hatte keine Ahnung, wie sie ihn einhalten sollte.

LAKE PLACID, NEW YORK
CAMPINGPLATZ FOREVER WILD

Montag, 23. Februar
18 Uhr 47

Massie schaltete die vier batteriebetriebenen Heizgeräte ein, die sie aus ihrer Hütte geschmuggelt hatte, und stellte sie in dem Iglu auf. Sie wollte, dass Claire es warm hatte, wenn sie zu ihrer ersten privaten Unterrichtsstunde im Küssen erschien.

An diesem Nachmittag hatte Mr Myner sie gelehrt, wie man Iglus baute, indem man Schneeblöcke schnitt und diese aufeinander stapelte und damit runde Wände formte. Aber kein Iglu war so geräumig und komfortabel wie Mr Myners und deshalb hatte Massie sich entschieden ihr geheimes Treffen dort abzuhalten. Sie hatte sich früher vom Abendessen weggeschlichen, um es mit Schaffellteppichen und Knautschsesseln aus ihrer Hütte zu dekorieren. Und um ein gemütliches Ambiente zu schaffen, hatte sie acht rote Kerzen mit Zimtduft gleichmäßig auf dem Boden in der Nähe der Wände verteilt. Schließlich konnte in dem Eispalast nichts in Flammen aufgehen. Das Dekorieren eines Iglus hatte gewisse Vorteile.

Als sie das letzte Streichholz auspustete, war es gut warm. Was einst eine kalte Eishütte gewesen war, hatte sich jetzt in ein kuscheliges und einladendes, geheimes Klubhaus verwandelt. Massie blieb nichts mehr zu tun, als auf Claire zu warten und die Phantasien über eine hungrige Schwarzbärenfamilie zu vertreiben, die die Hütte umkreiste und sich die Lippen leckte.

Schließlich war das Abendessen zu Ende. Die Holztüren des Essenspavillons öffneten sich quietschend, und ein Schwall von Gesprächen und Lachen drang hinaus. Es war Pause. Und alle würden in ihre Hütten zurückkehren, um zu verdauen und in ihre Schlafanzüge zu schlüpfen, bevor das abendliche Vorlesen am Feuer begann – Tomahawk, eine Geschichte über einen dreizehnjährigen Jungen, der einen Flugzeugabsturz überlebt hatte und lernen musste, in der kanadischen Wildnis für sich selbst zu sorgen. Massie spähte aus dem halbrunden Eingang, in dem Bewusstsein, dass ihr Überleben von Claire und ihrem Kussunterricht abhing.

Plötzlich hörte Massie eine tiefe Stimme. »Äh, hallo Madam, darf ich mich zu Ihnen gesellen?«

Massie blickte auf und kreischte. Ein riesiger Elchkopf befand sich im Eingang zum Iglu und starrte sie direkt an.

»Entspann dich.« Claire kicherte. »Ich bin's.« Sie beugte sich vor und quetschte sich durch die schmale Öffnung, wobei sie den Elch seitlich drehte, damit sein Geweih nicht die Wände streifte. »Wow, hier drin sieht es super aus.«

»Danke.« Massies Herz schlug immer noch heftig. »Was ist das?«

»Das ist Derrington«, erwiderte Claire, als wäre es offensichtlich. »Du hast doch nicht vorgehabt an mir zu üben, oder?«

»Nein.« Massie wusste nicht, was sie erwartet hatte. »Natürlich nicht.«

Claire zog eine Tube Kirsch-Lippenbalsam aus der Hosen-

tasche ihrer klassisch geschnittenen Gap-Jeans und fuhr dem Elch damit über die wulstigen Lippen.
»Igitt, hör auf damit!« Massie fing an zu lachen. »Warum hast du nicht die Ente oder den Fisch genommen? Dieser Elchkopf ist größer als mein Bein.«
»Möchtest du wirklich einen Fisch küssen?« Claire lächelte. »Und der Entenschnabel ist so dünn und hart.« Sie strich mit den Finger über die langen Wimpern des toten Tieres. »Ich fand, der Elch gleicht Derrington noch am ehesten.« Sie legte eine Pause ein und sah ihm in die unbewegten schwarzen Augen. »Nennen wir ihn Elchton, wie eine Kombination aus *Derrington* und *Elch.*«
»Ich hab's kapiert.« Massie schlug Claire den Lippenbalsam aus der Hand.
Ein Wassertropfen landete auf Massies True-Religion-Jeans. Sie wischte ihn weg und kehrte sofort wieder zum Geschäftlichen zurück.
»Okay.« Massie seufzte. »Sollen wir anfangen? Die MUCK-Mädchen werden bald hier sein.«
Sie blickten sich an und kicherten. Keine von beiden wusste, womit sie anfangen sollten. Massie nahm ihr Glossip Girl der Geschmacksrichtung Knuspercreme-Donut heraus und trug es auf ihre Lippen auf.
Claire hielt Elchton auf Armlänge entfernt und sah ihm in die Augen. »Okay.« Sie seufzte. »Diese Position solltest du Sekunden vor dem großen Augenblick einnehmen. Du unterhältst dich über etwas oder jemanden, und dann bleibt plötzlich nichts mehr zu sagen übrig. Und du weißt einfach, dass es Zeit ist.«

Massies Magen zog sich zusammen. »*Was?* Was meinst du damit, ich werde es einfach *wissen?* Was ist, wenn ich es nicht weiß? Oder wenn ich es weiß, aber er nicht? Ich brauche mehr als das, Kuh-laire.«
Claire drehte Elchton zu Massie um. »Pssst, du musst dich entspannen.« Sie schüttelte den Elchkopf, sodass es aussah, als würde er sprechen.
Massie versetzte Elchton einen Klaps seitlich auf das lange Maul und schlug Claire den Kopf aus den Händen. Beide Mädchen bogen sich vor hysterischem Lachen.
»Das machst du besser nicht bei Derrington.« Claire lachte immer noch.
»Das muss ich vielleicht, wenn ich nicht weiß, was ich tun soll.«
Claire hob Elchton von dem Eisboden des Iglus auf und hielt ihn sich vors Gesicht. »Du wirst wissen, wann der richtige Augenblick gekommen ist, weil es plötzlich nichts mehr zu sagen gibt.«
Massie spürte, wie sie von einer Panikwelle überrollt wurde. »Nein! Ich hasse unbehagliches Schweigen. Manchmal passiert das, wenn wir uns IMs schreiben, und es ist brutal. Wir führen eine nette Unterhaltung und dann plötzlich hört es eine Sekunde lang auf und der Bildschirm ist leer. Egal, wie viel Mühe ich mir dann gebe, etwas Umwerfendes zu schreiben, es wirkt gezwungen und lahm; ich habe dann das Gefühl, er findet mich langweilig.« Für den Bruchteil einer Sekunde bedauerte Massie ihre Ehrlichkeit. Sie war hinsichtlich ihrer Unsicherheit noch nie offen gewesen. Sie fühlte sich unbehaglicher als beim Duschen in der OCD-Umklei-

de. Aber gleichzeitig hatte sie das Gefühl, schwerelos und frei zu sein, ein Gefühl, das sie gewöhnlich empfand, wenn sie die Straße entlangging, nachdem Jakkob ihr eine Haarwäsche und eine elastische Föhnfrisur verpasst hatte.

Claires große blaue Augen waren voller Geduld und Verständnis. »Das wird anders sein, ich verspreche es dir. Es wird sich nicht wie ein unbehagliches Schweigen anfühlen. Es wird eher so sein, als hätte man sich noch jede Menge zu sagen, aber man braucht keine Worte, um es auszudrücken.«

Massie öffnete den Mund, um Claires Theorie in Frage zu stellen, aber Claire schnitt ihr das Wort ab.

»Vertrau mir, du wirst es einfach wissen. Du wirst ein prickelndes Kribbeln im Bauch spüren.«

»Okay, okay.« Massie drängte sie sich zu beeilen. Die MUCK-Mädchen konnten jeden Augenblick eintreffen. »Und dann?«

»Dann wirst du ihn ansehen und er wird dich ansehen.« Claire starrte Elchton in die schwarzen Marmoraugen. »Und ihr werdet euch Zentimeter für Zentimeter annähern.«

»Warte.« Massies Hand schoss in die Höhe, als wäre sie in der Schule. Ein Wassertropfen fiel vom Dach des Iglus und tröpfelte langsam ihr Handgelenk hinunter Richtung Ellbogen. Sie wischte ihn ohne einen weiteren Gedanken weg. »Was ist, wenn er nicht näher kommt, und ich schon?«

»Das ist in Ordnung. Sobald du anfängst, wird er folgen.« Claire klang, als hätte sie Kusskurse in Harvard unterrichtet. »Aber schließe noch nicht die Augen, sonst könntest du dein Ziel verfehlen«, warnte sie. »Schließe sie langsam. Stell dir vor, sie würden durch den Dimmerschalter in deinem Schlafzimmer gesteuert.«

Massie hätte Mr Myner am liebsten erwürgt, weil er ihren PalmPilot konfisziert hatte. Sie musste das alles aufschreiben. »Okay, wann schließe ich also die Augen?«

»Wenn ihr euch berührt.«

»Okay.« Massie seufzte. So langsam kapierte sie es.

Claire gab Massie Elchton. Sie ergriff ihn mit beiden Händen und hielt ihn sich vors Gesicht. Er war schwer und unhandlich und kippte immer auf eine Seite.

»Ich kann ihn festhalten«, bot Claire an.

»So, du bist Derringtons Stimme.« Massie erhob sich aus dem Schneidersitz und kniete sich auf ihren Knautschsessel. Es war ein gutes Gefühl, wieder diejenige zu sein, die die Anweisungen erteilte. »Sag etwas, was mir klar macht, dass wir den Punkt erreicht haben, an dem wir keine Worte mehr brauchen.«

»Okay.« Claire räusperte sich und versteckte ihren Kopf hinter dem Elch. »Ich bin so froh, dass wir in der letzten Zeit viel zusammen waren. Es hat mir großen Spaß gemacht.«

Massie brach in Gelächter aus.

Claire starrte Massie ungehalten hinter dem Kopf hervor an.

»Du sollst nicht lachen.«

»Ich kann nichts dafür, ich bin im Begriff, einen toten Elch zu küssen.«

»Das ist alles, was du je küssen wirst, wenn du das hier nicht ernst nimmst!«, schnauzte Claire sie an.

Massie wollte sie gerade scharf anfahren, beschloss jedoch Claire ihre herrische Haltung durchgehen zu lassen. Es gab schließlich keine Zeugen.

»Okay.« Massie rückte Elchton wieder in Position, sodass er sie direkt ansah. Sie schüttelte den Kopf, um wieder in ihre Rolle zu schlüpfen. »Wiederhole bitte den letzten Satz.«

»Massie, ich bin so froh, dass wir in der letzten Zeit viel zusammen waren. Es hat mir großen Spaß gemacht.«

»Mir auch.« Massie gab sich Mühe, nicht wieder zu lachen, und beugte sich dann langsam zu Elchton hin, wobei ihre Augenlider sich mit jedem Zentimeter mehr schlossen. Als ihre Lippen Elchtons Lippen trafen, jaulte Massie auf und zog sich schnell zurück. »Au«, heulte sie und rieb sich die Oberlippe. »Er hat einen stacheligen Bart.«

Claire lachte laut. »Soll ich den Fisch holen?«

»Okay, okay.« Massie rieb sich mit den Händen die Knie. »Gib mir noch einen letzten Tipp, und dann muss ich eben einfach improvisieren.« Massie war gelangweilt von dem Unterricht und wollte sich auch nicht mehr von Claire herumkommandieren lassen. Sie überlegte, ob sie ihr erzählen sollte, dass sie zweimal *Die Kunst des Küssens* von William Cane gelesen und sich seine DVD angesehen hatte. Aber warum sollte sie alle ihre Geheimnisse enthüllen?

»Hmmmm.« Claire blickte auf und rieb sich das Kinn, als würde sie ihre jahrzehntelangen Erfahrungen im Geiste durchgehen. »Ich würde sagen, das Wichtigste ist, den Mund geschlossen zu halten. Denn wenn du einmal den Mund geöffnet hast, lädst du damit zu einem Zungenkuss ein, und ich bin mir nicht sicher, ob du dazu schon bereit bist.«

»Super, danke, Claire.« Sie trug eine neue Lage Gloss auf, stellte die Kerzen wieder gerade hin und schüttelte die Knautschsessel auf. »Du warst eine riesige Hilfe«, gestand Massie. Sie wäre nie auf den Gedanken gekommen, den Elch mitzubringen.

Das vertraute Geräusch von Ugg-Boots auf Zweigen war direkt vor dem Iglu zu hören.

»Sie sind da.« Massie ließ sich auf den größten Knautschsessel fallen und fuhr sich mit den Händen durch die Haare. Das war ihre letzte Chance, die Mädchen in ihrer Klasse dazu zu bringen, »Nina die Obszöna« zu vergessen und stattdessen wieder sie zu verehren. Und sie würden es tun. Denn dieses Mal war Massie bereit.

»Heyyyy«, rülpste Dylan, als sie durch den niedrigen Eingang kroch. Sie rieb sich den Bauch. »Ihr habt Glück gehabt, dass ihr das Abendessen verpasst habt. Diese Bananen à la Foster waren so buttrig, dass eine Warnung nötig gewesen wäre.« Sie rülpste wieder und fächelte sich Luft zu.

Alicia, Olivia, Carrie, Alexandra und Livvy quetschten sich herein und machten es sich sofort bequem.

»Willkommen zu MUCK.« Massie versuchte ruhig und zuversichtlich zu klingen. »Wo ist Layne?«

»SiesagtesiehätteKrämpfeundmüsstesichhinlegen«, sagte Carrie mit ihrer üblichen Geschwindigkeit. »SiemussvonderSchmorpfannegegessenhaben.«

»Wie auch immer.« Massie zuckte die Schultern.

»Oh mein Gott!«, stieß Alicia hervor. »Hier sieht es umwer-fend aus!«

»Mr Myner wird beeindruckt sein«, meinte Olivia.
»Nein. Wird. Er. Nicht.« Massie zog eine höhnische Grimasse. »Denn wenn er wüsste, dass wir in seinem Iglu sind, würde er unsere Köpfe ausstopfen und über den Kamin hängen.«
Bei der Vorstellung kicherte Olivia.
»Ich meine es ernst, Olivia. Er darf nicht erfahren, dass wir hier sind.«
»Glaubst du nicht, er wird sich wundern, woher die ganzen Kerzen kommen?«, fragte Olivia.
»Nein.« Massie starrte Alicia vorwurfsvoll an, weil sie sie dafür verantwortlich machte, Olivia in ihr Leben gebracht zu haben. »Denn wenn wir fertig sind, nehmen wir alles wieder mit in unsere Hütte.«
»Okay, großartig. Können wir jetzt bitte mit dem Kusskurs anfangen?«, bat Alexandra. »Ich werde nämlich heute Abend mit Kemp Hurley knutschen.«
»Dann nimmst du besser den Salat aus deiner Zahnspange«, schlug Carrie vor.
Alle bogen sich vor Lachen, während Alexandra den Nagel ihres kleinen Fingers benutzte, um das hellgrüne Blatt herauszupulen. Sie streckte den Arm nach hinten und wischte es an der Schneewand ab. Ein großes Stück weicher Schnee fiel herunter und platschte auf den Boden.
»Ihhh!«, stöhnten alle.
»Versteht ihr *jetzt,* warum die erste Lektion sich mit Mundhygiene befassen musste?« Massie war stolz auf sich selbst, weil sie diese Verknüpfung hergestellt hatte. Es würde leichter sein, als sie sich gedacht hatte. »Also, kann ich da-

von ausgehen, dass alle außer Alexandra sich die Zähne geputzt und mit Zahnseide gereinigt haben?«
Alle nickten.
»Gut.« Massie lächelte. »Dann legt bitte eine Lage Glossip Girl auf, damit wir beginnen können.«
Sofort kramten die Mädchen in den Taschen ihrer engen Jeans. Als alle Lippen glänzten, beugte Massie sich vor und hob den Elchkopf hoch.
»Darf ich vorstellen, Elchton, unser supersüßer Filmstar und Freund«, sagte Massie.
Die Mädchen kicherten.
»Er sieht irgendwie aus wie Ross aus *Friends*«, meinte Dylan.
»Ich finde, er ähnelt eher Sandra Bullock«, sagte Carrie.
Alle lachten lauthals.
»Okay, konzentriert euch.« Massie klatschte in die Hände und erteilte ihnen dann denselben Unterricht, den sie von Claire erhalten hatte. Sie brachte ihnen bei, auf den Augenblick zu warten, in dem keine Worte mehr nötig waren, sich dem Partner langsam zu nähern und dabei die Augen zu schließen, als würden sie von einem Dimmer gesteuert. Sie reichten Elchton im Kreis herum und gaben trotz der stacheligen Barthaare um seine Lippen ihr Bestes.
»Sehr gut gemacht«, gratulierte Massie ihnen.
»Da unsere Lippen nun seine berühren, was tun wir dann?« Livvy kratzte mit den Zähnen das Gloss von ihren Lippen und trug dann eine neue Schicht auf.
»Na ja, das liegt bei euch«, sagte Massie. Sie war sehr beeindruckt, wie gut es lief. Sie wollten definitiv Antworten ha-

ben und sie konnte sie ihnen geben. »Jetzt müsst ihr entscheiden, ob ihr es bei einem Kuss mit geschlossenem Mund belassen wollt, was in Ordnung ist, oder ob ihr auf die nächste Ebene vorstoßen und einen Zungenkuss wagen wollt.« Massie mied Claires Blick. Es war eine Sache, Erfahrung vorzutäuschen, aber es war eine andere Sache, es vor jemanden zu tun, der wusste, dass man keine Erfahrung besaß. Es war, als würde man bei einem Test offen mogeln, während der Lehrer zusah.

»Zungenkuss.« Olivia strahlte. »Bring es uns bei.«

»Ihhh.« Livvy zuckte zusammen. »Kann man dabei Essen in den Mund bekommen?«

»Nur wenn du Alexandra küsst«, witzelte Massie.

Alle lachten, während Alexandra sich mit dem Fingernagel über ihre Zahnspange strich. Ihr Gesicht war leuchtend rot.

»Wenn man mit der Zunge küsst«, fuhr Massie ernst fort, »ist es wichtig, sie zu entspannen. Kein Junge möchte eine steife spitze Zunge in seinem Mund haben. Ihr müsst sie weich lassen und der Führung eures Partners folgen.« Massie machte sich im Geiste eine Notiz, dem Autor William Cane per E-Mail zu danken, wenn sie wieder zu Hause war. Sie würde natürlich mit Olivia Ryans Namen unterschreiben. »Jeder streckt seine Zunge heraus«, befahl sie. »Jetzt entspannt sie.«

Sie taten, was man ihnen aufgetragen hatte.

»Gut.« Massie antwortete und streckte ebenfalls die Zunge heraus. »Jetf bebegt die Funge, aber haltet fie entfpannt.« Massie zog die Zunge zurück, damit sie wieder deutlich sprechen konnte. »Jetzt bewegt sie nach links, in die Mitte, nach rechts, in die Mitte, nach links, in die Mitte, rechts, in die Mitte.« Sie gab den Takt mit Klatschen vor, und sie befolgten ihn perfekt. »Gebt euch Mühe, die Igluwände nicht zu berühren, oder ihr klebt fest.« Sie gab ihnen noch mehrere Minuten Zeit zum Üben, dann konnten sie sich entspannen. »Diejenigen von euch, die Zungenküsse ausprobieren wollen, sollten diese Übungen mindestens dreimal täglich durchführen.«

Livvys Hand schoss in die Höhe. »Was ist mit denjenigen unter uns, die nur Lippenküsse geben wollen?«, fragte sie schüchtern.

»Ich schlage vor, ihr gebt etwas Vaseline auf eine Zahnbürste und massiert damit eure Lippen zweimal am Tag, damit sie weich bleiben. Oh, und ihr müsst üben, die Luft anzuhalten. Wenn ihr die Variante mit geschlossenem Mund wählt, habt ihr praktisch einen Eid geschworen, nicht zu atmen. Wenn ihr atmet, riskiert ihr es, als Drachen abgestempelt zu werden, was genauso schlimm ist, wie ein steife spitze Zunge zu haben. Also heißt es üben, üben, üben.«

Carrie hob die Hand.

»Ja.« Massie deutete auf sie.

»WielangehastdugeübtbevorduDerringtongeküssthast?«

»Leider hatte ich diesen Luxus nicht«, erwiderte Massie. »Er hat mich überrumpelt und ich musste einfach improvisieren.«

»Wann genau ist das passiert?«, wollte Dylan wissen. »War es bei der OCD-Weihnachtsfeier?«

»Nein, ich wette es war nach der Baumschmückgala«, warf Alicia ein. »Es gab dort tonnenweise Mistelzweige.«

Massie blickte Carrie an und dann den Schaffellteppich zu ihren Füßen. Sie war nicht auf diese Fragen vorbereitet.

»Ich würde lieber etwas über die Küsse erfahren als über die Partys.« Claire rettete sie.

»Ich auch«, stimmte Alexandra zu.

Massie warf Claire einen Blick zu und dankte ihr mit einem halben Lächeln. Claire schloss langsam die Augen, um damit »Gern geschehen« zu sagen.

»Seid ihr direkt zum Zungenkuss übergegangen, oder habt ihr erst eine Weile gewartet?«, fragte Livvy.

»Wir sind sofort zur Zunge übergegangen«, antwortete Massie. »Gott sei Dank hat er nicht gebohrt oder gestochert, sonst hätte ich ihn umgehend fallen gelassen.«

»Woher hast *du* es gewusst?«, wollte Livvy wissen.

»Ich habe die Kunst des Küssens schon seit ewigen Zeiten studiert«, sagte Massie. »Ich habe mir ein paar Tipps aus den TV-Show *Passions* und *One Life to Live* angeeignet.«

»Was denn zum Beispiel?«

»Zum Beispiel den Kopf immer nach rechts zu neigen.«

»Aber was ist, wenn beide sich für rechts entscheiden?« Olivia war verwirrt. »Stößt man dann nicht mit den Nasen zusammen?«

»Nein, Oh-livia.« Massie verdrehte die Augen. »Seine rechte Seite und deine rechte Seite liegen einander gegenüber, wenn ihr euch gegenübersteht.«

»Stimmt, aber was ist, wenn man sich *nicht* gegenübersteht?« Olivia sah die anderen mit einem schlauen Grinsen an, als hätte sie gerade ein großes, klaffendes Loch in Massies Theorie entdeckt.

Massie legte eine Pause ein, während die anderen über Olivias Dummheit lachten. Schließlich lachte Olivia mit ihnen, aber der leere Ausdruck in ihren Augen zeigte, dass sie keine Ahnung hatte, warum sie lachten.

Die Wassertropfen fielen allmählich ein wenig schneller, und die Mädchen wurden abgelenkt. Sie mussten sich abtrocknen, bevor ihre Haare sich kräuselten und ihre Wimperntusche floss.

»Wasisthierlos?«, fragte Carrie.

»It's getting hot in herrrrrre«, sang Alexandra.

Plötzlich sangen alle Nellys alten Hit.

»Pst!«, zischte Massie. »Man wird uns erwischen!«

»Oh mein Gott!« Alicia hielt sich ihren grauen Kaschmirmantel von Ralph Lauren über den Kopf. »Das Wasser fließt in Strömen auf mich.«

Ein breiter Wasserstrahl lief auf Alicias Kopf.

»Schaltet die Heizgeräte aus!«, schrie Dylan. »Sie bringen das Iglu zum Schmelzen.«

»Und pustet die Kerzen aus!«, fügte Claire hinzu.

Inzwischen strömte das Wasser auf sie alle herunter.

»Oh mein Gott!«, rief Massie. »Abbrechen, abbrechen!« Sie pustete ihre Kerzen aus. »Jede nimmt sich einen Knautschsessel und einen Teppich und läuft raus!«

»Was ist mit Elchton?«, scherzte Claire, als sie alle draußen waren.

»Frauen und Kinder zuerst«, sagte Massie.

»Diese Unterrichtsstunde war toll.« Alexandra schüttelte sich das Wasser vom Kopf.

»Das war sie wirklich«, stimmte Carrie zu.

»Ich möchte immer noch wissen, wann du diese ganzen Erfahrungen gesammelt hast«, meinte Dylan.
»Genau«, sagte Alicia.
Jetzt war es Massie egal, was sie wollten.
Sie hatte ihnen einen Gegenwert für ihre zwanzig Dollar geliefert und war wieder ganz oben. Ihre Arbeit war erledigt.
»Oh, nein!«, kreischte Livvy, als alle draußen in Sicherheit waren. »Da drüben sind Jungen. Glaubt ihr, sie haben uns gehört?«
In der Ferne spielten Kemp, Plovert, Cam, Josh und Derrington im Licht der Verandaleuchte vor dem Essenspavillon mit einem Eisball Hacky Sack. Das war ein Spiel, bei dem ein kleiner Ball mit den Füßen ständig in der Luft gehalten werden musste.
»Auf keinen Fall, sie sind zu weit weg. Pass auf.« Dylan legte sich die Hände trichterförmig um den Mund und sagte leise: »Hey, Jungs!«
Sie blieben alle stehen und drehten sich zu ihr um.
»Vermutlich trägt der Schall hier in der Wildnis gut.« Sie zuckte die Schultern.
»Was, wenn sie uns gehört haben?«, fragte Alexandra.
»Unmöglich, wir waren drinnen«, entgegnete Massie. »Jetzt lass uns von dem Iglu weggehen, bevor Mr Myner uns erwischt. Wenn er erfährt, dass wir es zum Schmelzen gebracht haben, wird er –«
»Hey, Block!«, rief Derrington. »Wie wäre es jetzt mit dem Kuss?« Die Jungen lachten. »Sieh mal.« Er deutete zum Himmel. »Es ist jetzt dunkel.«

Massie spürte die Hitze der Blicke aller Anwesenden auf ihren kalten Wangen.
»Es ist stillos, es in der Öffentlichkeit zu tun!«, schrie Massie zurück.
»Immer eine Ausrede.« Derrington wandte ihr den Rücken zu.
»Hey, das ist nicht cool«, rief Alexandra. »Bei den Partys in den Ferien hat sie keine Ausrede benutzt!«
Er drehte sich wieder zu ihnen um.
»Und sie ist direkt zum Zungenkuss übergegangen«, fügte Livvy hinzu. »Du hast das Küssen mit geschlossenem Mund gleich weggelassen, worüber beschwerst du dich denn überhaupt?«
Massie wusste es zu schätzen, dass die MUCK-Mädchen ihr zu Hilfe kamen, aber sie mussten damit aufhören. Jetzt.
»Wovon redet ihr?« Derrington kam auf sie zu.
»Kommt schon«, sagte Massie zu ihren Freundinnen. »Lasst uns gehen. Das Letzte, was ihr Mädchen braucht, ist, in den Streit eines Liebespaares hineingezogen zu werden.« Sie nahm Livvy am Arm und steuerte auf ihre Hütte zu. Ihr Herz hämmerte und ihr Mund wurde trocken. Massie fühlte sich plötzlich wie losgelöst von ihrem Körper, als würde sie sich selbst von oben betrachten.
»Massie, wovon reden die?«, fragte Derrington eindringlich. »Hast du einen anderen geküsst?«
Massie krümmte sich innerlich, als sie hörte, wie Derrington sie beim Vornamen nannte. Er musste wirklich sauer sein. »Geht weiter«, forderte sie die Mädchen auf.
»Ich schwöre es, wenn du mit einem anderen Typ herumge-

macht hast, während ich gewartet habe, werde ich –«, fuhr Derrington fort.
Die Mädchen blieben stehen. »Lasst uns gehen!«, sagte Massie mit Nachdruck.
»Wasmeintermitwarten?«,wollte Carrie wissen.
Derrington stand jetzt neben ihnen. Dampfwolken stiegen von seinem Mund auf, als er sich bemühte, zu Atem zu kommen.
»Ich will wissen, wem du einen Zungenkuss gegeben hast.« Derrington blickte Massie tief in die Augen.
»Nur dir.« Massies Stimme zitterte.
»Mir?« Derrington zog die Augenbrauen hoch. *»Ha!«*
Massies Kehle wurde womöglich noch trockener, als sie spürte, wie ihr die Tränen in die Augen stiegen.
»Du meinst, du hast noch nie jemanden geküsst?«, fragte Alicia. »Überhaupt noch nie?«
»Sie hat nicht einmal zugelassen, dass ich ihr einen Kuss auf die Wange gebe.« Derrington löste Massies Strassbrosche mit dem *M* vom unteren Rand seiner Shorts und warf sie in den Dreck. Er hob seinen Timberland-Schuh an und trat das *M* in den kalten, harten Boden, dann drehte er sich um und stürmte davon.
Massie bückte sich, um ihre Brosche zu retten. Sie hoffte, ihr würde eine brillante Erklärung für all das einfallen, bevor sie sich wieder aufrichtete. Aber dem war nicht so.
»Ich möchte mein Geld zurück«, jammerte Carrie. Es war das erste Mal, dass Massie richtig verstand, was sie sagte.
»Du bist eine größere Fälschung als diese Designerhandtaschen auf der Canal Street«, sagte Alexandra.

»Ich liebe diese Handtaschen«, piepste Olivia. »Sie sehen doch wirklich echt aus, oder?«

Alexandra starrte sie an.

»Ich bin keine *Fälschung«*, erwiderte Massie entschieden. »Er lügt, weil er sauer ist.«

»Also bit-te!«, spottete Livvy.

Sie wandte sich ab und ging weg. Carrie, Alexandra und Olivia folgten ihr.

Dylan, Alicia und Claire blieben zurück. Sie starrten Massie an, während die anderen eingeschnappt davonmarschierten. Trotz der kühlen Nachtluft schwitzte Massie unter den Achseln. Sie war mehr als gedemütigt und kämpfte gegen den unwiderstehlichen Drang an, sich auf die Knie fallen zu lassen und um Vergebung zu bitten. Zum jetzigen Zeitpunkt war es ihr egal, wenn sie ihren Status als Alphatier für immer verwirkte, solange sie sie nicht völlig aufgaben.

»Ich weiß, was ihr denkt, und ich kann euch alles erklären.« Massie wusste, dass der einzige Weg, sie zurückzugewinnen, darin bestand, ihnen die Wahrheit zu sagen. Aber konnte sie wirklich zugeben, dass sie sich von Nina bedroht fühlte? Oder dass sie Angst hatte, Derrington zu küssen? Oder dass der Gedanke, nicht mehr ganz oben zu sein, für sie mehr Schrecken barg, als vorzugeben, etwas zu sein, was sie nicht war?

Dylan und Alicia starrten sie an. Sie schüttelten den Kopf wie enttäuschte Eltern und gingen langsam auf sie zu. Claire schob sich mit ihnen vorwärts, aber sie sah eher angespannt als verärgert aus, so als müsste sie dringend auf die Toilette.

Massie warf einen schnellen Blick über die Schulter und hoffte, Mr Myner wäre vielleicht in der Nähe; nur für den Fall, dass die Mädchen dafür sorgen wollten, dass sie sich nie wieder ohne die Hilfe einer Vollzeitkrankenschwester und eines Rollstuhls bewegen konnte. Aber sie waren ganz allein ... umgeben von dichtem Wald ... sodass niemand ihre Schreie hören würde ... oder ihre Überreste finden würde oder –

Plötzlich spürte Massie Dylans Arme um ihren Körper. Sie hielt sie so fest, dass Massie dachte, ihre Lunge würde platzen.

»Ich bin so froh, dass du gelogen hast!« Dylan umarmte Massie ungestüm.

»Wie bitte?« Massie schnaufte, dann wischte sie sich mit Dylans grünem Kaschmirschal über die Augen.

»Ich habe es gehasst, dass du diese ganze Erfahrung mit Jungen hattest, ohne uns davon zu erzählen.«

»Ich auch.« Alicia zog einen Flunsch und stürzte sich ebenfalls in die Umarmung. »Ich war so traurig. Ich dachte tatsächlich, wir würden auseinander driften.«

»Bit-te! Wir driften absolut nicht auseinander.« Massie hätte am liebsten vor Erleichterung geweint. »Ich würde niemals herumknutschen und euch nichts davon erzählen. Ich wollte bloß nicht, dass die anderen Mädchen etwas über die Privatangelegenheiten unseres Schönheitskomitees erfahren, und deshalb habe ich sie von der Fährte abgebracht. Ich habe gedacht, ihr wüsstet, was ich tue. Wenn ich gewusst hätte, dass ihr mir glaubt, hätte ich niemals –«

»Oh, bit-te!« Dylan lachte leise. »Wir haben es natürlich gewusst. Du bist nur so eine gute Schauspielerin, dass wir allmählich darauf reingefallen sind.«

»Ja.« Alicia riss die Augen auf. »Du bist unglaublich.«
Claire lächelte sanft, schüttelte den Kopf und sah auf den See hinaus.
»Ich verspreche euch, dass ich es euch erzähle, wenn es passiert.« Massie legte eine Pause ein und sah zurück zu Derringtons Hütte. »Falls es je passieren wird.«
»Das wird es.« Endlich sagte auch Claire etwas.
»Ja, mach dir keine Sorgen.« Dylan warf den Arm um Massie. »Komm, wir gehen zurück und ziehen uns für das Vorlesen am Feuer um. Wir sorgen dafür, dass du um-wer-fend aussiehst, damit Derrington dich um Verzeihung bittet.«
»Nö, ihr geht schon mal vor.« Massie lächelte. »Mir ist jetzt nicht danach, in der Hütte zu sitzen. Wir treffen uns am Feuer.«
»Bist du sicher?« Alicia klang besorgt.
»Vollkommen.« Massie versuchte vergnügt zu klingen, damit sie nicht argwöhnten, sie hätte Angst, den MUCK-Mädels gegenüberzutreten. »Ich brauche einfach ein bisschen frische Luft. Das ist gut für die Poren.«
Alicia umarmte Massie. Claire und Dylan taten es ihr gleich. Claire war die Erste, die ihren Griff lockerte. »Wir sehen dich am Feuer«, sagte sie.
»Cool.« Massie lächelte, als ihre Freundinnen zurück zur Hütte gingen.
Massie wartete, bis sie außer Sicht waren, bevor sie zurückging. Sie war wütend auf sich selbst, wusste aber nicht genau, warum. War es, weil sie das Bedürfnis hatte, etwas zu sein, was sie nicht war? Oder war es, weil sie so dumm gewesen war, sich erwischen zu lassen?

Sie verkroch sich hinter der Hütte und fand eine einsame Birke, die aussah, als bräuchte sie Gesellschaft. Massie strich mit ihrer kalten Handfläche über die glatte weiße Rinde, hörte aber sofort auf, als sie mit ihren sorgfältig manikürten Fingernägeln hängen blieb. Konnte nicht *irgendetwas* richtig laufen?

Sie lehnte sich an den Baumstamm und ließ sich herunterrutschen, bis sie auf dem kalten Boden neben dem Baum saß. Ihr plötzliches Bedürfnis, zu schreiben, war überwältigend. Massie schälte eine Schicht weißer, papierähnlicher Rinde von dem Baum, zog einen purpurfarbenen Glitzerstift aus der Jackentasche und schüttete ihr Herz aus.

Lagebericht

In	**Out**
Das Schönheitskomitee	Die MUCK-Mädchen
Meinen Mund halten!	Küsse mit geöffnetem Mund
Elchton	Derrington

Als Massie fertig war, faltete sie die Rinde und stopfte sie in die Gesäßtasche ihrer Jeans.

»Psssst«, rief jemand hinter einem Busch in der Nähe hervor.

»Hallo?« Massie hörte ihre eigene Stimme zittern. Spionierten die MUCK-Mädchen ihr nach? Waren sie bewaffnet? »Wer ist da?«

»Ich bin's«, antwortete eine Mädchenstimme.

»Wer ist ich?«

Massie hörte ein vertrautes, heiseres Lachen. Bewirkte das traumatische Erlebnis jetzt schon Halluzinationen bei ihr?

»Kristen?«, flüsterte sie in die dunkle, kalte Nacht.

Kristen trat hinter dem Busch hervor und kicherte. Sie trug ihre grün-weiße OCD-Fußballkleidung.

»Was tust *du* hier?« Massie umarmte ihre Freundin so fest sie konnte.

»Ich habe das Geld, das du mir von MUCK gegeben hast, benutzt, um eine Fahrkarte für die Adirondrack Trailways zu kaufen«, sagte Kristen.

»Was ist mit den ganzen Sonderangeboten zum Presidents' Day?« Massie konnte einem unbeschwerten Sticheln nicht widerstehen.

»Wir haben die ganzen Sachen schon – es ist alles aus der letzten Saison.«

»Woher wusstest du, wo du uns finden kannst?«

»Mein Gedächtnis funktioniert jetzt unglaublich gut«, antwortete Kristen. »Ich habe letzte Woche einen Blick auf euren Reiseplan geworfen und die Adresse des Campingplatzes Forever Wild stand drauf. Und ich habe mich daran erinnert.«

Massie lächelte und umarmte Kristen nochmals, um ihre Tränen zu verbergen. Es war so schön, in der Gesellschaft von jemandem zu sein, der nicht wusste, was gerade vorgefallen war.

»Das gibt's ja nicht, dass deine Mom dich hierher gelassen hat«, sagte Massie. »Sie findet doch schon, dass *mein* Zuhause weit entfernt ist.«

»Na ja ...« Kristen steckte einen Finger in das grüne Puma-Schweißband an ihrem Handgelenk. »Sie denkt, ich bin mit der Fußballmannschaft unterwegs. Niemand darf wissen, dass ich hier bin.«

»Ich weiß, wie du dich fühlst.« Massie blickte über die Schulter, um sicherzugehen, dass die MUCK-Mädchen ihnen nicht hinterherspionierten.

»Wirklich?« Kristen klang angenehm überrascht.

Massie nickte. Kristen lächelte. Sie hätte ihrer Freundin erzählen können, was passiert war, aber warum sollte sie den Augenblick mit noch mehr Gerede verderben? Insbesondere, da sie beide anscheinend so zufrieden waren, zusammen zu sein.

Massie öffnete die Arme und warf sie um Kristen.

Claire hatte Recht gehabt: Manchmal waren keine Worte mehr nötig.

LAKE PLACID, NEW YORK
CAMPINGPLATZ FOREVER WILD

BEI DER HÜTTE DER MÄDCHEN

Montag, 23. Februar
21 Uhr 29

Mr Myner sah von dem Roman auf, legte eine dramatische Pause ein und fuhr fort, aus *Tomahawk* vorzulesen. »›Was taten die Leute in Filmen, wenn sie auf diese Weise gestrandet waren? Oh ja, der Held fand gewöhnlich eine Pflanzenart, von der er wusste, dass sie essbar ist, und damit erledigte sich alles von selbst. Er aß einfach von der Pflanze, bis er satt war, oder benutzte eine niedliche Falle, um ein Tier zu fangen, das er dann über einem raffinierten, kleinen Feuer briet, und schon bald hatte er ein vollständiges Acht-Gänge-Menü. Das Problem ist, dachte Brian und sah sich um, dass nichts außer Gras und Gestrüpp zu entdecken war.‹« Mr Myner schloss das Buch und seufzte. »Eine packende Handlung, nicht wahr?«

Niemand sagte etwas. Sie waren zu sehr damit beschäftigt, ihre Marshmallows zu grillen oder die orangefarbenen Flammen an den brennenden Marshmallows auszupusten.

»Dieses Buch steckt voller geschickter Möglichkeiten, in der Wildnis zu überleben, also hört gut zu«, sagte Mr Myner. »Und ihr werdet morgen Abend mehr davon hören, wenn ich euch wieder etwas über den armen Brian vorlese.«

»Ich glaube, jemand hat Mr Myner als Kind im Wald ausgesetzt«, flüstere Layne Claire ins Ohr.

»Er wünscht es sich zumindest.« Claire kicherte. Ihr Lehrer schwelgte immer noch in der Wirkung des letzten Satzes, als erinnere er sich an eine Zeit, in der Waldnymphen ihm etwas vorsangen, während sie ihm mit Quellwasser die Haare wuschen.

»Mr Myner.« Strawberry hob die Hand. »Haben wir Zeit, noch ein paar Marshmallows zu grillen?«

Ihre Frage zwang ihn seine Aufmerksamkeit wieder auf die Gruppe zu richten.

»Noch zehn Minuten.«

Alle stöhnten.

»Ihr habt einen langen Tag mit einem Orientierungslauf vor euch. Glaubt mir, ihr werdet euren Schlaf brauchen.«

Claire stopfte sich zwei Hershey-Riegel und eine Packung Vollkornkräcker in die Taschen ihrer hellblauen Daunenskijacke.

»Was tust du da?«, wollte Layne wissen. »Ich habe eine Tonne Go-Gurt unter der Hütte versteckt, wenn du Hunger hast.«

»Es ist nicht für mich«, flüsterte Claire. »Es ist für Massie.«

»Ich dachte, sie hätte Bauchschmerzen.« Layne fuhr sich mit den Fingern durch die Knoten in ihrem langen braunen Pferdeschwanz. In ihrer Hand blieb ein Haufen verhedderter Haare zurück, die sie ins Feuer warf.

»Hat sie auch. Aber vielleicht bekommt sie wieder Appetit.

Und wir haben ja nichts Essbares in der Hütte.« Claire erzählte Layne lieber nicht die Wahrheit, nämlich dass Massie sich zu sehr schämte, um sich ihrem Publikum zu stellen.

»Mann, was stinkt hier so?«, rief Plovert. Er wedelte mit der Hand in der Luft und hielt sich die Nase zu.

»Ihh, das riecht wie verbrannte Haare.« Alicia zog sich vom Feuer zurück und setzte sich auf den Baumstumpf neben Josh. Olivia folgte ihr.

Geschickter Schachzug, dachte Claire und wünschte, sie könnte auch einfach aufstehen und sich neben Cam setzen. Nicht dass er es überhaupt gemerkt hätte. Er war zu sehr damit beschäftigt, sich über Strawberry kaputtzulachen, die die blauen Flammen an ihrem Marshmallow auszupusten versuchte.

»Claire, hör auf dich zu quälen«, sagte Layne eindringlich. »Auf keinen Fall würde Cam dich für *die* verlassen. Vertrau mir, zwischen den beiden läuft nichts.«

Strawberry kreischte, als das glühend heiße Marshmallow vom Stock flog und seitlich an ihrem Hals landete. Cam schnippte den klebrigen Klumpen mit dem Zeigefinger auf den Boden.

»Oh mein Gott, er hat sie berührt!«, keuchte Claire. »Hast du das gesehen? Er hat sie am Hals berührt.«

»Er hat nur versucht ihr zu helfen.« Layne verdrehte die Augen.

»Ich muss hier weg.« Claire stand auf und zog die Reißverschlüsse ihrer Jackentaschen zu. Sie hatte das Gefühl, sie würde gleich ohnmächtig werden oder sich übergeben oder beides.

»Ich komme mit dir.« Layne rappelte sich auf. »Ich habe ohnehin Krämpfe.«
Claire fegte die Piniennadeln und trockenen Blätter von ihrer Flanellschlafanzughose. Schnell warf sie aus dem Augenwinkel einen Blick auf Alicia und Josh, wobei sie Josh stumm drängte, den Stock fallen zu lassen, mit dem er gegen seine Timberlands schlug, damit er seine Aufmerksamkeit Alicia widmen konnte. Dann wäre zumindest *dieses* Problem gelöst. Unvermittelt ließ Josh den Stock fallen und pflückte eine Wildblume vom Boden.
Ja!, dachte Claire, als sie den Kopf abwandte, um ihnen etwas Privatsphäre zu geben. Endlich war sie aus dem Schneider.
»Fertig?«, fragte Claire Layne.
»Fertig.« Layne nickte einmal.
Sie wandten Strawberry und Cam, die immer noch über das blöde Marshmallow lachten, den Rücken zu und machten sich auf den kurzen Weg zur Hütte der Mädchen.
»Hey, Claire!«, rief eine Jungenstimme. Ihre Hände wurden feucht und ihr Herz schlug schneller. Was bedeutete es schon, dass die Stimme nicht nach Cam klang? Das hieß nicht notwendigerweise, dass er es nicht war, oder? Vorsichtshalber zauberte Claire ein breites Lächeln auf ihr Gesicht, als sie sich umdrehte. Ein Lächeln, das besagte: »Mir geht's gut ohne dich, vielen Dank.« Massie wäre stolz auf sie gewesen.
»Warte!«, rief die Stimme wieder. Es war Josh, der seine weite, karierte Pyjamahose festhielt, damit sie nicht runterrutschte.

»Oh, das wird gut.« Layne sog den Atem ein. Sie leckte sich die Lippen und grinste, als wäre ihr gerade ein großer Bottich voll Go-Gurt von Chad Michael Murray überreicht worden.

»Vielleicht will er mir erzählen, wie sehr er Alicia liebt.«

»Das bezweifle ich«, antwortete Layne, deren Blick auf die bläulich rötliche Blüte gerichtet war, die Josh zwischen Zeigefinger und Daumen geklemmt hatte.

»Ist das nicht cool?« Josh hielt Claire die Blume hin. »Es ist wohl die einzige Blume auf dem ganzen Campingplatz.«

Claire blickte über die Schulter zu Alicia. Die starrte sie beide sprachlos an und flüsterte dann mit Olivia.

»Sie ist niedlich.« Claire zog Layne am Arm. »Na dann, Gute Nacht.« Sie drehte ihm den Rücken zu und hoffte, dass Alicia verstand, wie desinteressiert sie war.

»Ich habe sie für *dich* gepflückt.« Josh hielt ihr die Blume wieder hin. »Damit du ein Foto davon machen kannst. Du weißt schon, weil du gerne fotografierst und so.«

»Danke, aber ich interessiere mich nicht mehr so sehr für Fotografie«, log Claire. »Außerdem hat Mr Myner meine Kamera, und –«

»Ich nehme sie.« Layne nahm ihm die Blume aus der Hand und steckte sie durch das Gummiband ihres Pferdeschwanzes. »Danke, Josh.« Sie zog Claire am Arm und sie gingen fort.

»Ich fühle mich so mies«, flüsterte Claire, obwohl sie wegen ihres abrupten Abgangs lachen musste. »Unglaublich, dass du ihm einfach die Blume weggenommen hast.« Sie wischte sich die Tränen aus den Augen. Sie fühlten sich auf ihren kalten Wangen warm an. Plötzlich begannen ihre Zähne zu klappern.

»Ist dir wirklich so kalt?«, fragte Layne.

»Ja.« Claire wollte nicht erklären, dass ihr die Zähne immer klapperten, wenn ihre Gefühle sie überwältigten. Wie sollte sie das Bild von Cam und Strawberry, wie sie miteinander am Lagerfeuer lachten, vertreiben?

»Claire!«

»Ja.« Claire sah Layne an, während sie die Treppe zu ihrer Hütte hinaufstiegen.

»Was ist denn?«, fragte Layne.

»Du hast gerade meinen Namen gerufen«, erwiderte Claire.

»Warum sollte ich dich rufen?«, meinte Layne. »Du bist direkt neben mir.«

»Kuh-laire!«

»KUH-LAIRE!«

»Ja!«, flüsterte Claire laut in die Richtung neben der Hütte, wo Massie sich offensichtlich versteckt hielt.

»Komm her!«, rief Massie leise zurück. »Allein.«

»Ich gehe lieber mal.« Claire wünschte, sie müsste Layne nicht so bald verlassen. Sie war die Einzige, die ihre Gedanken von Cam ablenken konnte, zumindest für ein paar Sekunden.

»Klingt, als wären ihre Bauchschmerzen besser geworden.« Layne öffnete die Hüttentür und ging hinein.

»Wo bist du?«, fragte Claire mit normaler Lautstärke.

»Pssst!«, zischte Massie.

Es war Claire klar, dass sie besser geflüstert hätte. Aber sie hatte Angst, nachts allein hinter die Hütte zu gehen, und

dachte sich, ihre Stimme würde vielleicht lauernde wilde Tiere oder entflohene Sträflinge vertreiben.
»Bei dem weißen Baum.«
Claire fuhr mit den Fingern über das splittrige Holz der Hüttenwand, während sie zu Massies Versteck ging. Ohne Taschenlampe war das ihre einzige Hoffnung, nicht mit dem Bein in eine Bärenfalle zu geraten.
Schließlich entdeckte Claire Massie. Der Vollmond ließ ihre schimmernden Lippen glänzen und zeigte Claire den Weg zu ihr. Massie saß auf dem Boden. Sie hatte die Arme um die Knie geschlungen und die Indianerdecken aus ihrem Bett waren um ihre schmalen Schultern drapiert.
»Warum bist du nicht drinnen?« Claire ließ sich auf dem frostigen Boden nieder.
»Mir war klar, dass alle bald zurückkommen würden, und ich brauchte mehr Zeit.« Massie versuchte einen Knoten in eine Piniennadel zu machen. »Wie war es am Lagerfeuer?«
»Langweilig«, log Claire, die genau wusste, was Massie wirklich wissen wollte. »Mach dir keine Gedanken, Derrington hat nichts darüber gesagt, was vorhin passiert ist.«
Massie warf die Piniennadel über ihre Schulter und sah Claire mit traurigen bernsteinfarbenen Augen an. Es entstand ein kurzes Schweigen, während die Mädchen ihre Gedanken wandern ließen.
»Das Einzige, was du verpasst hast, war Cams Flirt mit Strawberry.« Claire schnippte einen festgeklemmten Kiesel aus dem Gummiprofil ihrer Stiefelsohle. »Es war erbärmlich.«
»Auf keinen Fall kann Cam dieses Mädchen gut finden. Sie ist sicher an die drei Meter groß und genauso breit.«

Claire zwang sich zu lachen. »Erzählst du mir bitte von deinem Plan?« Sie wusste, dass sie jammerte, aber es war ihr gleichgültig. Sie war verzweifelt.
»Von welchem Plan?«
»Du hast gesagt, du hilfst mir dabei, einen Plan auszuhecken, wie ich Cam zurückgewinnen kann; als Gegenleistung für den Unterricht im Küssen.« Claire suchte in Massies ausdruckslosem Gesicht nach einem Hinweis auf Erkenntnis. »Du erinnerst dich?«
»So ungefähr.«
Claires Herz begann zu rasen. Versuchte Massie sich aus ihrem Versprechen herauszuwinden?
»Na ja, zuerst musst du mir helfen«, sagte Massie eindringlich. »Ich kann nicht zulassen, dass alle denken, ich wäre eine Lügen erzählende Küssjungfrau. Ich rufe den Notstand aus.«
»Auf keinen Fall.« Claire sprang auf die Füße. »Jetzt bin ich an der Reihe.« Sie steckte die Hände in die Taschen und spürte die Snacks, die sie für Massie gestohlen hatte. Ein plötzlicher Drang, zu weinen, überkam sie. Sie fühlte sich dumm und ausgenutzt. Wieder einmal.
Claire bohrte den Rest ihres Daumennagels in ein Stück Schokolade und stellte sich vor, es wäre Massies Hals. Sie fühlte sich ein bisschen besser, aber nicht viel.
»Okay, okay, beruhige dich«, lenkte Massie ein. »Setz dich hin.«
Claire wandte sich ab. Sollte Massie doch denken, sie wäre sauer und nicht enttäuscht.
»Komm schon.« Massie sah mit aufrichtigem Blick zu ihr

auf. »Es tut mir Leid, ich kann nicht mehr klar denken. Ich habe einen Plan für dich.«

»Wirklich?« Claire wusste, dass Massie nur nett zu ihr war, weil sie es sich nicht leisten konnte, sich noch mehr Feinde zu machen, aber es war ihr egal. Sie würde jede Hilfe annehmen.

»Ja.« Massie klopfte neben sich auf den kalten Boden, bis Claire sich wieder setzte. Als sie sich unter die Decken gekuschelt hatten, enthüllte Massie ihr ihren Plan.

»Du musst Cam zeigen, dass du es wirklich ernst meinst«, sagte Massie.

»Aber ich –«

Massie hielt Claire eine Hand vors Gesicht und fuhr fort. »Du hast bislang noch nicht den vollen Einsatz gezeigt. Du hast ihm nicht gezeigt, wie viel du zu riskieren bereit bist, um ihn zurückzugewinnen. Du weißt schon, wie im Kino.«

»Im Kino?«

»Ja. Weißt du, wenn der Typ sich wie ein Trottel benommen hat und das Mädchen ihn nicht mehr haben will? Er muss immer etwas Verrücktes tun, um ihr zu zeigen, wie ernst er es meint. Dann verzeiht sie ihm. Gewöhnlich singt er etwas Dämliches unter ihrem Fenster und weckt damit ihre Eltern auf. Aber es funktioniert immer.«

»Das ist wahr.« Claire versuchte bereits zu entscheiden, welchen Song sie singen würde.

»Du musst also bloß heute Nacht in die Hütte der Jungs schleichen, Cam in die Augen sehen – entweder in das blaue oder in das grüne, es spielt keine Rolle – und ihm geradeheraus sagen, wie Leid es dir tut.« Massie sah Claire mit einem erwartungsvollen Lächeln an, als wartete sie auf eine Umarmung des Dankes oder ein Dutzend rote Rosen für ihren brillanten Einfall.

Claire wusste nicht, was sie sagen sollte. Dieser Plan war in vielerlei Hinsicht schlecht und sie wusste gar nicht, womit sie beginnen sollte. *In die Hütte der Jungs schleichen? Was, wenn ich erwischt werde? Ich würde mit Sicherheit einen Schulverweis bekommen. Und was ist, wenn Cam mir ins Gesicht lacht? Oder mich ignoriert, wie er es schon die ganze Woche tut?*

»Wie soll ich mich reinschleichen, ohne erwischt zu werden?«

»Das ist einfach.« Massie strahlte. »Du verkleidest dich als Junge. Mr Dingle wird nichts merken. Hast du seine Brille gesehen? Der Typ ist quasi blind.«

»Wir haben nicht einmal genug Mädchenkleidung. Wo sollen wir Jungenkleidung finden?« Claire war fassungslos, dass sie den Plan überhaupt in Erwägung zog. Aber sie wollte ihn nicht durchziehen.

»Du kannst dir Kristens Fußballklamotten ausleihen«, schlug Massie vor.

»Kristens?«

»Sie ist hier«, flüsterte Massie und erzählte dann die vertraulichen Einzelheiten über Kristens Auftauchen. »Ich verspreche dir, es wird funktionieren. Cam mag dich immer noch; er muss bloß erfahren, dass du ihn auch noch magst.«

Für jemanden, der nicht wirklich über Erfahrungen mit Jungen verfügte, wirkte Massie weise.

»Woher weißt du das alles?«, fragte Claire.

Massie tippte sich mit dem Zeigefinger gegen die Schläfe und grinste.

Claire seufzte. »Na gut.« Eins konnte sie mit Sicherheit sagen: Wenn das Cam nicht klarmachte, wie sehr sie ihn mochte, dann würde auch nichts anderes helfen.

Massie warf die Decke von ihren Schultern und richtete sich auf. »Jetzt ich.«

»Äh . . . okay.« Claire versuchte ihre Aufmerksamkeit wieder auf Massie zu richten. »Du musst einfach cool sein. Du weißt schon, lass die MUCK-Mädels nicht denken, dass sie Recht haben. Überzeuge sie, dass Derrington vor seinen Freunden stark wirken wollte, und dann geh hin und küsse ihn wirklich.«

Claire legte eine Pause ein, um in Massies Gesicht zu lesen. Würde sie es ihr abnehmen?

Sie kniff die bernsteinfarbenen Augen zusammen, als würde sie die Idee in Erwägung ziehen, wäre aber noch nicht ganz überzeugt.

»Dann«, fuhr Claire fort, als käme noch mehr, obwohl dem nicht so war. »Daaaann . . .« Sie versuchte Zeit zu schinden, bis ihr etwas einfiel. »Dann arrangieren wir es so, dass die MUCK-Mädels dich und Derrington überraschen, damit sie selbst sehen, wie sehr sie im Unrecht waren.«

Massies Augen wurden groß und die Kinnlade fiel ihr herunter. Ein breites Lächeln breitete sich auf ihrem Gesicht aus, als sie den Mund schließlich wieder zuklappte. »Perfekt.«

Natürlich fand sie den Plan perfekt. Massie hielt es für sinnlos, etwas zu tun, wenn man kein Publikum als Zeuge hatte.

Und da nun ihr erster Kuss als »Auftritt« betrachtet werden konnte, war er es wert.

»Cool.« Claire konnte nicht glauben, dass sie Massie zweimal an einem Abend einen guten Rat gegeben hatte. Es erfüllte sie mit dem Selbstvertrauen, das sie brauchte, um Cam gegenüberzutreten, vielleicht zum letzten Mal.

»Okay.« Claire sprang wieder auf. »Lass uns Kristen und ihre Jungenklamotten suchen.«

Massie seufzte und stand langsam auf. »Los geht's.«

»Oh, das habe ich fast vergessen.« Claire zog die Vollkornkräcker und die Schokolade aus ihren Taschen und hielt sie ihr hin. »Die habe ich für dich geklaut.«

Massie rieb sich den flachen Bauch. »Gib es Kristen. Ich kann nichts essen.« Sie klemmte sich die Decken unter den Arm und schüttelte ihre Haare aus. Als sie sich wieder aufrichtete, hatte sich der Ausdruck in ihren Augen verändert. Sie sah nicht mehr wie ein verängstigtes Eichhörnchen aus. Sie war wieder die Königin des Waldes.

Claire folgte Massie zur Vorderseite der Hütte und schob Zweige und Spinnweben zur Seite.

»Ihhh«, kreischte Massie. »Sieh mal!« Sie bückte sich und hob mit einem Stockende eine weiße Unterhose aus Satin auf. »Was ist das denn?«

»Die gehört mir!«, keuchte Claire.

»Doppelt ihh!« Massie warf die Shorts nach Claire.

Sie flog durch die Luft, direkt in Richtung von Claires Wange, aber sie sprang zur Seite, bevor die Shorts sie berührte.

»Ich meine nicht, sie gehört mir. Ich meine, sie hat mir gehört. Ich habe Layne und Alicia je eine davon gegeben.«

»Nun ja, eine von den beiden hat die Unterwäsche hier draußen hingeworfen.« Massie kicherte.

»Ich habe das Gefühl, ich weiß, wer es war.« Claire ergriff das Etikett mit der Aufschrift Victoria's Secret auf der Innenseite und hob die Shorts auf.

»Was willst du damit tun?« Massie hielt sich die Hand vor den Mund, als müsste sie sich gleich übergeben.

»Ich werde Layne daran erinnern, dass es nicht umweltverträglich ist, Unterwäsche in den Wald zu werfen.« Claire hielt die Hose vor sich und marschierte die Verandatreppe hinauf. Mit dem Fuß trat sie die Hüttentür auf und steuerte direkt auf Laynes Bett zu. Layne saß im Schneidersitz auf ihrer Indianerdecke und schob sich mit dem Ende ihrer Zahnbürste die Nagelhaut zurück. Als sie Claire mit der Unterwäsche auf sich zukommen sah, glitt sie vom Bett und rannte zur Rückwand der Hütte. Claire erwischte sie bei den Schränken und ließ Massie allein vorne zurück, wo diese sich den MUCK-Mädchen stellen musste.

»Layne, du kannst nicht einfach Unterwäsche in den Wald werfen!«, flüsterte Claire aufgebracht. Sie schwenkte das Höschen vor ihrem Gesicht hin und her. »Erstens ist das nicht biologisch abbaubar, und zweitens –«

»Es tut mir Leid, okay?« Layne brach in Tränen aus. »Aber was sollte ich denn tun? Sie dir so zurückgeben?« Sie riss Claire die Shorts aus der Hand. »Oder vielleicht hätte ich sie in den Mülleimer werfen sollen, damit Massie sie finden und sie vor der Hütte der Jungs zur Schau stellen kann?«

»So etwas würde Massie nie tun.«

Layne verdrehte die Augen und wischte sich dann die Tränen mit dem Ärmel ihres weiß-rosafarbenen Hello-Kitty-Nachthemdes ab.

»Sie würde es nicht tun!«, wiederholte Claire mit Nachdruck. Es gefiel ihr nicht, dass Massie für etwas verantwortlich gemacht wurde, mit dem sie nichts zu tun hatte.

»Woher willst du das wissen?«, zischte Layne. »Sie ist nicht gerade der ehrlichste Mensch auf der Welt.«

Plötzlich fiel Claire ein, dass sie Massie mit den MUCK-Mädchen allein gelassen hatte. Wenn Layne schon so viel Groll gegenüber Massie empfand, rissen die anderen ihr inzwischen wahrscheinlich schon die Haare aus.

»Hör mal, ich muss gehen«, sagte Claire. Sie hörte Layne schnaufen und milderte ihre Stimme. Vielleicht war sie etwas zu grob. »Mach dir keine Gedanken wegen der Unterwäsche. Lass sie einfach nicht draußen liegen.«

»Ich werde sie waschen und dir morgen zurückgeben, ich verspreche es«, sagte Layne. »Ich werde sie morgen früh vor dem Frühstück im See waschen.«

»Nein.« Claire hob die Hand. »Bitte nicht. Ich will sie wirklich nicht zurückhaben.«

»'kay.« Layne schniefte. »Tut mir Leid. Ich will bloß nicht, dass alle wissen, dass ich das erste Mädchen in der Klasse bin, die es bekommen hat.«

»Keine Sorge, keiner wird es erfahren.« Claire umarmte Layne und machte sich auf, um Massie zu retten. Aber wie es aussah, brauchte Massie keine Hilfe.

Sie stand mit den Händen in den Hüften am Feuer und starrte hinunter auf Carrie, Livvy und Alexandra, die zusammengedrängt auf einem roten Knautschsessel hockten wie drei Drosseln. Massie schüttelte langsam den Kopf, kniff die Augen zusammen und schürzte die Lippen. *Wie schafft sie es bloß, die Situation umzukehren und den MUCK-Mädchen die Schuld zu geben?* Claire blieb an der Seite stehen und sah Massie bei der Arbeit zu.

»Nun, was habt ihr *gedacht,* was er sagen würde?« Sie stampfte mit dem Fuß auf. Die weißen Quasten an ihren Mokassinstiefeln hüpften. »Wahrscheinlich fühlte er sich betrogen, weil ich euch von unseren intimsten Augenblicken erzählt habe. Ich bin nicht überrascht, dass er es geleugnet hat. Er war überrumpelt und wahrscheinlich ein bisschen verlegen.«

»Tut mir Leid «, piepste Livvy.

»Das sollte es auch.« Massie trat gegen die Seite ihres Knautschsessels, um das Gesagte zu unterstreichen.

»Und jetzt will er nicht einmal mehr mit mir reden«, schmollte sie.

Claire spürte eine Welle der Wärme in sich aufsteigen. Sie befand sich in Gegenwart einer wahren Meisterin.

»Es wirkte bloß ein bisschen seltsam, dass er *alles* geleugnet hat«, sagte Alexandra leise.

»Puh«, schnaubte Massie. »Ich geb's auf.« Sie senkte für eine Sekunde den Kopf. Als sie ihn wieder hob, sah sie äußerst gelangweilt aus. »Kein Wunder, dass ihr drei Kussjungfrauen seid. Ihr seid viel zu unreif für eine Beziehung.«

Das dumpfe Geräusch von Mr Myners schweren Stiefeln mit den Stahlkappen auf der Verandatreppe schreckte alle auf. Die Mädchen rannten zu ihren Betten und schlüpften unter die Decken. Es war fünf Minuten nach der Zeit für »Licht aus«.

Er klopfte einmal an und platzte in die Hütte, bevor jemand ihn hereingebeten hatte.

»Warum höre ich noch Stimmen?« Er lächelte, während er sprach, obwohl er irgendwie verärgert klang. Sein kräftiger Körper blieb unter dem Hirschkopf über dem Türrahmen stehen, während er seinen Kopf nach links und rechts drehte, um sicherzugehen, dass alle Mädchen da waren. Er trug einen weiten cremefarbenen Seemannspulli über einem langen grauen Unterziehshirt und ein Paar verwaschene Levis', keine Jacke und keine Mütze. Claire konnte sich nicht vorstellen, warum ein Bergmensch seines Kalibers an einer Privatschule in Westchester unterrichtete. Warum lebte er nicht irgendwo auf dem Land und arbeitete nebenbei als Model?

Mr Myners Blick blieb an Olivia hängen. Sie hing über der Kante ihres Bettes und flüsterte mit Alicia, starrte dabei aber Claire an. Als sie merkten, dass er sie anstarrte, ließen sich beide zurück in ihre Betten fallen. Claires Zähne fingen an zu klappern. Sie waren ihr und Josh auf die Schliche gekommen. Sie war erledigt.

Sobald das Flüstern aufhörte, verschränkte Mr Myner die Hände hinter dem Rücken und wanderte auf und ab. Seine Stiefel hinterließen schwache matschige Abdrücke auf den weichen weißen Schaffellteppichen, aber er hatte nicht genug Feingefühl, um zu bemerken oder sich gar Gedanken darüber zu machen, dass er die Teppiche beschmutzte. Den Mädchen jedoch war von ihren Müttern und Haushälterinnen beigebracht worden, im Haus niemals Stiefel zu tragen. Und sie mussten über Mr Myners Unwissen spöttisch kichern.

Massie trat von unten gegen Dylans Matratze. Dylan beugte sich wie beiläufig herunter und biss sich auf die Unterlippe, um zu zeigen, wie schwer es ihr fiel, nicht zu lachen. Massie setzte sich auf und sah zu Claire hin, die in dem unteren Bett neben ihrem lag. Claire verdrehte die Augen, damit Massie wusste, dass sie den Grund für das Kichern verstand. Natürlich wäre sie nicht im Bilde gewesen, wenn sie nicht bei den Blocks wohnen und reichlich Zeit mit Kendra Block verbringen würde.

»Wo ist Kristen?« Claire formte die Frage stumm mit den Lippen, als Massies Aufmerksamkeit auf sie gerichtet war.

Massie zeigte auf ihre Matratze.

Claire blieb der Mund offen stehen. Befand Kristen sich tatsächlich unter Massies Bett? Sie wollte sich schon vorbeugen und einen heimlichen Blick darunter werfen, als Mr Myners dröhnende Stimme die Stille unterbrach. Er wirkte so verärgert, dass Claire Angst hatte, sich zu bewegen.

»Da war ich also und bin über das Gelände gewandert, um nach dem Rechten zu sehen, bevor ich mich für den heutigen Abend zurückziehe.« Seine Worten hörten sich wie der Beginn einer neuen Geschichte am Lagerfeuer an. »Als ich einen jämmerlichen Haufen Eis und Schnee bemerkte. *Seltsam,* dachte ich. *Das ist die Stelle, an der mein Iglu gestanden hat.«* Er legte eine Pause ein und ließ den Blick auf der Suche nach einer Reaktion über ihre Gesichter gleiten. Aber die Mädchen gaben ihm nichts. Claire hätte am liebsten Massie oder die MUCK-Mädels angesehen, aber sie ließ den Kopf auf dem Kissen liegen und konzentrierte sich auf die durchhängende Matratze über ihr, während sie versuchte nicht zu lachen.

»Also ging ich langsam näher, um den Haufen zu untersuchen.« Mr Myner ging zur Tür und stieß sie auf. Er trat hinaus, und als er zurückkehrte, hielt er Elchton am Geweih fest.

Massie, Dylan, Alicia und Claire krümmten sich vor Lachen. »Und da fand ich *das.«* Mr Myner spuckte seine letzten Worte förmlich aus. »Er war unter einem Haufen Schnee begraben, und sein Maul war mit Lipgloss bedeckt.«

Die Schultern sämtlicher Mädchen begannen zu zucken. Und gleichzeitig bekamen alle Mädchen in der Hütte einen explosionsartigen Lachanfall, außer Strawberry, die keine Ahnung hatte, was vor sich ging.

»Das ist nicht lustig!«, schnauzte Mr Myner. »Ihr habt nicht nur Eigentum der Hütte gestohlen ...« Er schwenkte Elchton durch die Luft. »Ihr habt auch *mein* Eigentum zerstört. Und deshalb werdet ihr alle morgen früh bei Sonnenaufgang aufstehen, was genau um ...« Er hielt sich sein Handgelenk vors Gesicht und drückte auf einen silbernen Knopf seitlich an seiner Armbanduhr. Es piepste dreimal. »Was genau um 6.40 Uhr ist, und ihr werdet vor dem Frühstück mein Iglu wieder aufbauen.«

Das Lachen schlug schnell in einen Chor des Jammerns, Stöhnens und Klagens um.

»Aber ich habe *nichts* getan«, beteuerte Strawberry.

»Nun ja, wenn du mir nicht erzählen kannst, wer es getan hat, ziehe ich euch alle zur Verantwortung.« Mr Myner tippte mit seinem matschigen Fuß auf den Teppich und wartete auf eine Antwort.

»I-ich weiß nicht, wer das war«, sagte sie zu ihrem daunengefüllten Kissen.

»Dann sehe ich euch alle schön munter morgen früh um 6.40 Uhr«, sagte Mr Myner. »Vergesst eure Handschuhe nicht.« Er grinste schadenfroh. »Hier ist es morgens mächtig kalt.«

»Cole? Co-ooole?«, rief eine Singsang-Stimme von draußen.

»Ih!«, sagte Dylan leise.

Mr Myners Gesichtsausdruck wurde weicher. »Ich komme, Merri-Lee!«, sang er zurück.

Dylan rollte sich auf die Seite und drehte sich zur Wand.

»Äh, ich muss noch den Drehplan für morgen durchgehen. Also macht keinen Ärger, sonst steht ihr morgen um fünf Uhr auf, damit ihr den ersten Bus nach Hause erwischt.« Mr Myner hängte Elchton vorsichtig zurück an den Nagel über dem Kamin, schaltete das Licht aus und ging. Niemand sagte ein Wort, bis das Geräusch seiner schweren Schritte nicht mehr zu hören war.

»Ich muss gleich kotzen«, sagte Dylan. »Gott, wie verzweifelt muss sie sein! Wer ist schon scharf auf einen Geografielehrer?«

»Verzweifelte Mathelehrerinnen«, antwortete Massie. »Und deine Mutter.«

Alle kicherten.

»Sehr lustig«, jammerte Dylan. »Ich schwöre, sobald ich sechzehn bin, lasse ich mich von ihr scheiden.«

Während Dylan sich über ihre Mutter beklagte, und Alicia und Olivia weiterflüsterten, zog Kristen leise ihre

Fußballkleidung aus und reichte sie zu Massie hoch, die sie unauffällig an Claire weitergab. Es war nicht einfach, sich unter einer Lage schwerer Wolldecken aus dem Flanellpyjama zu winden und den Trainingsanzug anzuziehen, aber Claire war fest entschlossen. Sie steckte sich ihre blonden Haare am Hinterkopf fest und strich ihren kurzen Pony nach links, weil Massie immer beharrlich behauptete, es zöge die Aufmerksamkeit auf ihre »gute Seite«.

Als Claire angezogen war, gab sie ihren rosa und grün karierten Flanellpyjama Massie, die ihn für Kristen unter ihr Bett warf. Phase eins des Plans war vollendet. Jetzt musste Claire bloß noch wach bleiben, bis die anderen einschliefen. Dann würde sie sich hinausschleichen.

Irgendwann beim Zählen der Eulenschreie und der Schnarchgeräusche von Strawberry schlief Claire ein. Plötzlich erwachte sie durch das Geräusch von Schritten, die das Holz des Hüttenbodens knarren ließen. Ein prickelndes Gefühl stieg von ihren Fußsohlen her auf. War es ein Bär? Machte Mr Myner einen Kontrollgang? Kam Alicia, um sie zu erwürgen?

Die Hüttentür öffnete sich langsam und wurde wieder geschlossen. Claire kam zu dem Schluss, dass jemand die Toilette aufsuchen musste. Sie würde warten, bis diejenige wieder zurückkehrte, und dann selbst gehen, damit sie sich nicht draußen begegneten.

Irgendwann später – wie viel später wusste Claire ohne ihre Uhr nicht – wachte sie wieder auf. Sie war sauer auf sich selbst, weil sie wieder eingeschlafen war, aber sie war sich sicher, dass wer immer herumgewandert war, entweder weg war oder wieder schlief.

Langsam setzte Claire sich in ihrem Bett auf. Die Federn quietschten ein wenig, wenn sie sich bewegte, aber niemand rührte sich. Langsam stand sie auf und wartete, um zu sehen, ob sie jemanden geweckt hatte.

Nichts.

Sie hob das rechte Bein an und streckte es so weit wie möglich aus, damit ihr Fuß einen Schaffellteppich und nicht das knarrende Holz berührte. Als sie etwas Weiches unter ihren Wollsocken spürte, machte sie einen weiteren Schritt. Sie schlüpfte in ihre Schuhe und setzte ihren Weg durch die Hütte fort, wobei sie leichtfüßig von einem kleinen Teppich zum nächsten hüpfte, so wie sie es immer auf Flusssteinen in Florida getan hatte.

Die kühle Nachtluft war belebend. Sie schärfte Claires Sinne und ließ die dünne Schicht Schweiß trocknen, die sich vor Aufregung auf ihrer Haut gebildet hatte. Sie würde bis drei zählen und dann seitlich von der Veranda springen, um zur Hütte der Jungen zu rennen. Ebenfalls auf drei würde sie die Sache mit Cam bereinigen. Und auf drei würde sie im Namen der Liebe einen Schulverweis riskieren.

Eins ... zwei ... drei ...

LAKE PLACID, NEW YORK
CAMPINGPLATZ FOREVER WILD

HÜTTE DER JUNGEN

Montag, 23. Februar
23 Uhr 48

Der überwältigende Jungengeruch versetzte Claire einen Schock, obwohl sie inzwischen daran hätte gewöhnt sein müssen. Schließlich war es die gleiche muffige Mischung aus Schweiß und abgestandener Luft, die jeden Morgen im Zimmer ihres Bruders Todd herrschte, nur zehnmal schlimmer.

Claire legte sich den dicken, luftdurchlässigen Polyesterärmel von Kristens Fußballtrikot über die Nase und atmete in die verbleibenden Spuren des Duftes, den ihre Freundin benutzte, nämlich Happy von Clinique. Nur so konnte sie verhindern würgen zu müssen.

Wenn Cams berüchtigte braune Lederjacke nicht über dem dicken Holzpfosten seines Bettes gehangen hätte, hätte Claire ihn nie ausfindig machen können. Er hatte sich zu einer kleinen Kugel zusammengerollt und war vollständig mit den schweren Indianerwolldecken zugedeckt, bis auf seinen dicken schwarzen Haarschopf.

Claires Magen flatterte. Sie hatte Cam noch nie schlafend gesehen. Sie hatte ihn nicht einmal liegend gesehen. Es war erregend und gleichzeitig beunruhigend. Es fühlte sich

falsch an, ihn zu beobachten, ohne dass er eine Ahnung davon hatte, so, als würde sie ihm etwas Wertvolles stehlen.
Nachdem Claire tief eingeatmet und langsam und gleichmäßig wieder ausgeatmet hatte, beschloss sie, dass es Zeit war, sich ihren Weg über den mit verstreuten Socken bedeckten Boden zu bahnen. Sie drückte die Handflächen gegen die Tür, um das unvermeidliche Klick! der Klinke beim Schließen zu dämpfen.
Jetzt gab es kein Zurück mehr.
Ein paar Jungen schnarchten. Die unharmonischen Töne erinnerten Claire an ihren Bruder und seinen Freund Klein Nathan, die ihre Instrumente für die Bandprobe stimmten. Aber in diesem Fall wartete Claire, statt sich die Ohren zuzuhalten, ängstlich auf die Geräusche und benutzte sie, um unentdeckt ihr Ziel zu erreichen.
Schnarchen ... Schritt ... Schnarchen ... Schritt ... Schnarchen ... Schritt ... Schnarchen ...
Claire schlich im Zickzack durch ein Minenfeld von matschbedeckten Timberlands, abgenutzten Taschen und ausgerissenen Seiten von Notizblöcken zu Cams Bett hin. In der ganzen Hütte gab es keinen einzigen flauschigen weißen Teppich. Und statt eines gemütlichen Plätzchens am Feuer mit Knautschsesseln und Kissen lagen dort große Felsbrocken, die mit karierten Decken bedeckt waren. Die Hütte war viel gröber und viel weniger gemütlich als ihre.
Ihr Magen machte einen Satz, als sie sich Cams Bett näherte. Würde er sie fortschicken? Ihr mitten ins Gesicht lachen? Seine Freunde aufwecken, damit sie alle sehen konnten, wie verzweifelt und jämmerlich sie war?

Jemand bewegte sich in dem Bett über seinem. Claire erstarrte und hielt den Atem an, bis er wieder ruhig lag.
Als alle ruhig waren, beugte Claire sich vor und stupste Cam an. Er drehte sich zu ihr um und öffnete sein blaues und sein grünes Auge.
»Kumpel!« Er schoss hoch.
Kumpel?
»Was tust du hier?«
Claire setzte sich in der Nähe des Kopfkissens auf den Rand der Matratze.
»Entschuldige, ich wollte dich nicht erschrecken.«
»Claire?«
»Ja.«
»Ich dachte, du wärst Brian Jeffreys.« Cam zwinkerte einige Male, um klar zu sehen.
»Wer?« Es war Claire ziemlich egal, was Cam sagte, solange er nur mit ihr sprach.
»Dieser mädchenhaft aussehende Junge, der den Fußballtrainer immer bittet, ihm eine Chance zu geben. Du siehst genau so aus wie er. Wozu das Outfit?«
Claire hätte vor Begeisterung am liebsten Freudensprünge vollführt. Sie führten eine normale Unterhaltung! Vielleicht war alles in Ordnung. Vielleicht war alles nur ein böser Traum gewesen.
»Ich muss mit dir reden.« Sie drehte das grüne Puma-Schweißband um ihr Handgelenk. »Und Mr Myner hat gesagt, dass jedes Mädchen, das in der Jungenhütte erwischt wird, nach Hause geschickt wird, und deshalb –«
»Nun, wenn Dingle dich hier erwischt, werde ich aus der

Fußballmannschaft geworfen, also gehst du jetzt besser.«
Cam ließ sich wieder ins Bett fallen und verschränkte die Hände hinter dem Nacken.

»Dann schleichen wir uns eben raus. Ich muss dir etwas sagen.«

Cam rührte sich nicht. Er starrte die Matratze über ihm an und atmete tief ein und aus. Er würde es ihr nicht leicht machen.

»Gut.« Claire stand auf. »Ich gehe.« Sie blieb eine Sekunde lang stehen, um Cam eine letzte Chance zu geben, sie zum Bleiben zu bewegen. Er tat es nicht.

Claire holte tief Luft und setzte sich wieder hin. »Sieh mal.« Sie seufzte. »Ich weiß, dass du sauer bist, weil du gesehen hast, wie ich nach dem Fußballspiel letzte Woche Josh geküsst habe, und ich verstehe es auch vollkommen.«

Schweigen.

Claire fuhr fort: »Aber ich habe gedacht, du hättest mich sitzen gelassen. Du hast mich beim Valentinstanz völlig ignoriert, du hast nicht auf meine E-Mails geantwortet und du warst ständig mit Alicias geschmackloser Kusine Nina zusammen. Was sollte ich also tun? Ich war sauer.«

Als die Federn des Bettes über Cam wieder quietschten, hörte Claire auf zu reden. Sie nutzte das Schweigen, um Cams Gesicht zu mustern. Er atmete immer noch tief und gleichmäßig. Falls er Mitgefühl empfand, verstand er es gut zu verbergen.

»Cam, ich hatte keine Ahnung, dass Nina euch diese Lüge mit dem spanischen Fußballfluch aufgetischt hat. Woher sollte ich wissen, dass sie dir erzählt hat, du müsstest mich meiden, um das Endspiel zu gewinnen?«

»Sie hat gesagt, du wüsstest Bescheid.« Cam drehte sich zur Wand um. Seine Stimme klang fern und leicht gedämpft.

»Nun, sie hat ganz of-fen-sicht-lich gelogen.« Claire merkte, dass sie wie Massie klang und beschloss, es weiter durchzuziehen. »Bit-te, Nina war eine Kleptomanin. Sie ist in der Schule mehrfach beim Klauen erwischt worden. Und du willst ernsthaft sagen, dass du ihr mehr glaubst als mir?«

Cam schwieg.

»Cam?« Claire wurde wütend.

Schweigen.

»Cam?«

Schweigen.

Je länger er sie nicht beachtete, desto wütender wurde sie. Schließlich konnte sie dem Druck, der sich in ihr aufbaute, nicht länger standhalten. Und plötzlich explodierte Claire.

»Cam!« Sie schlug ihn auf den Rücken und traf sein knochiges Schulterblatt. Der Schmerz in Verbindung mit ihrem angestauten Frust löste einen Tränenschwall aus.

Sein Rücken begann zu zittern, und sofort vergaß Claire das Pochen in ihrer Hand. »Es tut mir Leid – habe ich dir wehgetan?« Halb weinte und halb flüsterte sie.

Schließlich drehte sich Cam wieder zu ihr um. Er lachte hysterisch. »Sogar Brian Jeffreys schlägt fester zu als du.«

Sobald Claire sein Lächeln sah, weinte sie noch mehr. Cam hatte ihr verziehen.

Seine Augen glitzerten mit diesem neckischen Funkeln, das Claire liebte, als wäre er plötzlich wieder in seinen Körper geschlüpft und hätte den kalten Zombie vertrieben, der während der vergangenen Woche darin gewohnt hatte.

Claire versuchte sich nicht zu bewegen. Sie wollte so lange wie möglich in der Wärme seines Blicks baden, als Entschädigung für die verlorene Zeit. Sie starrten sich an, ohne zu zwinkern, bis jede Zelle in Claires Körper unter Strom zu stehen schien. Sie stellte sich vor, dass das Innere ihres Körpers wie Ketten einer festlichen Weihnachtsbeleuchtung aussah, die rhythmisch an- und ausging, an und aus, an und aus, in perfekter Übereinstimmung mit ihrem Herzschlag.
Obwohl Claire und Cam nicht sprachen, schienen ihre Augen, ihre Körper und ihre Schweißdrüsen auf einer eigenen Frequenz miteinander zu kommunizieren. Sie brauchten keine Worte.
Claire neigte den Kopf leicht nach rechts und hielt ihn eine Sekunde so. Ihr Herzschlag beschleunigte sich, und die Weihnachtsbeleuchtung blinkte schneller.
Langsam beugte Claire sich vor.
Je näher sie Cams vollen Lippen kam, desto mehr senkte sie die Augenlider. Obwohl Claire ihr Ziel nicht sehen konnte, wusste sie, dass sie näher kam, weil der süße Geruch nach Drakkar Noir und Seife stärker wurde. Sie überließ sich ganz ihrem Gefühl und ließ sich in sein unsichtbares Anziehungsfeld ziehen. Sie fiel und beugte sich vor, fiel und beugte sich vor, fiel und –
Endlich war ein Kontakt da. Statt auf Cams perfektem Mund zu landen, lag sie mit dem Gesicht in einem Haufen kratziger Decken. Sie öffnete abrupt die Augen und schnappte nach Luft. Ihre Weihnachtsbeleuchtung ging aus.
Claire drückte ihr Gesicht in die Decken, bis sie keine Luft mehr bekam. Was war gerade passiert? Hatte sie sich die

ganze Kommunikation zwischen ihren Körpern nur eingebildet? War ihre Theorie, dass irgendwann keine Worte mehr nötig waren, falsch? Hatte Cam ihr doch nicht verziehen?

»Tut mir Leid«, sagte er.

Claire hob den Kopf. Ihr war schwindelig, und sie war zu verlegen, um ihn anzusehen. Stattdessen starrte sie auf das abstrakte verschlungene Muster auf seiner Decke, bis es ihr vor den Augen verschwamm.

»Was ist mit Josh?«

»Was soll mit ihm sein?« Claire war über das Stadium der Verärgerung hinaus. Was musste sie sonst noch tun, um zu beweisen, dass sie Cam gern hatte? Das Fußballoutfit, die zurückgesteckten Haare, das heimliche Einschleichen in die Jungenhütte und der Versuch, ihn zu küssen – das alles sollte ausreichen.

»Er steht jetzt auf dich«, flüsterte Cam. »Ich kann ihm nicht sein Mädchen stehlen.«

»Ich bin überhaupt nicht sein Mädchen«, sagte Claire mit Nachdruck. »Ich wünschte, ich könnte diese ganze Sache rückgängig machen. Ich wollte meinen ersten Kuss immer nur von dir bekommen, nicht von ihm. Ich war so verletzt und –«

»Nun, ich wollte *meinen* ersten Kuss von dir bekommen.« Cam legte die Hand auf Claires nacktes Knie. Es fühlte sich an, als schösse ein Blitz aus seiner Handfläche direkt in ihre Venen. Aber die Zeit für ihren Kuss war gekommen und gegangen.

Sie brauchten Worte.

»Wenn du deinen ersten Kuss von mir haben möchtest, warum bist du mir dann aus dem Weg gegangen?« Claire war schockiert über sich selbst, weil sie so direkt war. Aber zum jetzigen Zeitpunkt war es einfacher, die Fragen zu stellen, statt weiter mit ihnen zu leben.

»Ich habe mir unseren ersten Kuss romantischer vorgestellt«, flüsterte Cam und sah sich in der Hütte um. »Nicht etwas, was wir vor einem Haufen schlafender Typen tun.«

»Ich höre dir zu.«

Yeah! Der romantische Cam war wieder da.

»Außerdem siehst du wie ein Junge aus und irgendwie turnt mich das ab.«

Claire boxte ihn gegen den Arm und er boxte zurück. Sie bogen sich beide vor Lachen. Cam hielt Claire den Mund zu, damit sie nicht die anderen Jungen aufweckte. Bevor er die Hand wegzog, atmete sie tief ein und stahl sich einen letzten Hauch von Drakkar Noir für den Rückweg.

»Ich gehe jetzt besser.« Plötzlich schmerzte Claires Körper vor Erschöpfung.

»Komm morgen nach dem Abendessen zum Powwow-Klotz«, flüsterte Cam. »Oh, und bitte sag nicht, dass dies das Ende ist. Ich kann erst wieder glücklich sein, wenn ich dich küsse.«

Claire keuchte. Ihre Arme und Beine überzogen sich sofort mit Gänsehaut. »Das ist die letzte Zeile des Gedichtes, das ich dir geschickt habe.«

Cam zog ein zusammengefaltetes Blatt unter seinem Kopfkissen hervor. »Ich weiß.«

»Du hast es bekommen?«

Er lächelte und wedelte es vor ihrem Gesicht hin und her, als wollte er sagen: »Natürlich, du Dummerchen. Und ich liebe es.«

Claire fühlte sich, als wäre ihre Welt gerade von Schwarz-Weiß auf Farbe umgestellt worden, wie in *Der Zauberer von Oz.* Sie konnte kaum noch still sitzen.

»Um es zum romantischsten Kuss der Geschichte zu machen, sollten wir morgen den ganzen Tag nicht miteinander sprechen. Es wird sein, als wären wir eine Braut und ein Bräutigam an ihrem Hochzeitstag«, schlug Cam vor.

Claires Zähne begannen zu klappern. »Sehr gerne.«

»Frierst du?«

»Kein bisschen.« Sie strahlte.

»Okay.« Cam grinste. »Sagen wir um sieben?«

»Bis morgen Abend um sieben.« Claire stand auf und lächelte auf ihn hinunter.

Dann erfüllte plötzlich ein vertrauter Nicht-Jungen-Duft die Luft. Es war eine würzige Mischung aus Vanille und Schokolade und ...

Es war Alicias Angel-Parfüm.

Ist sie hier? Hat sie mich sagen hören, dass ich Josh geküsst habe? Auf keinen Fall, richtig? Aber was ist, wenn doch?

Claire drehte sich um und rannte so schnell sie konnte aus der Hütte. Sie kümmerte sich nicht um knarrende Holzbohlen, Jungen, die wach werden könnten, oder die Gefahr, von Mr Dingle erwischt zu werden. Das Einzige, was ihr durch den Kopf ging, war Alicia und wie rachsüchtig sie sein würde, wenn sie wüsste, dass Claire Josh geküsst hatte.

Als Claire in ihre Hütte zurückkehrte, verkroch sie sich sofort unter ihren Decken. Sie war zu verängstigt, um nachzusehen, ob Alicia in ihrem Bett war. Sie wollte es gar nicht wissen. Stattdessen kniff sie die Augen zu und betete zu Gott, dass einer dieser Briarwood-Jungs im Schlaf Angel-Parfüm gefurzt hatte.

LAKE PLACID, NEW YORK
CAMPINGPLATZ FOREVER WILD

HÜTTE DER MÄDCHEN

Dienstag, 24. Februar
5 Uhr 50

»Aufstehen, los geht's, Ladys!« Mr Myner stürmte zur Hüttentür herein und schaltete das Licht an. Die Mädchen kniffen die Augen zusammen, bis ihre Pupillen sich an die blendende Helligkeit gewöhnt hatten. Er zog den Reißverschluss seines gelben *Ich-weiß-was-du-letzten-Sommer-getan-hast*-Regenmantels auf und enthüllte einen einteiligen, eng anliegenden Unterzieh-Overall.

Draußen war es noch dunkel. Und das Gefühl, vor dem Rest der Welt auf zu sein, erinnerte Massie an Urlaube mit ihren Eltern in St. Barts. Es war immer dunkel, wenn ihr Vater sie weckte und sie drängte sich zu beeilen, damit sie ihren frühen Flug nicht versäumten. Gleichgültig, wie sehr Massie sich auf den Strand gefreut hatte, zu genau diesem Zeitpunkt hätte sie ihren Urlaub dafür hergegeben, noch ein paar Minuten länger mit Bean unter der warmen Decke bleiben zu können.

Als Mr Myner jetzt durch die Hütte trampelte, den Mädchen die Decken wegriss und darauf bestand, dass sie aufstanden, hatte Massie dasselbe Gefühl, nur schlimmer. Denn er entführte sie nicht auf eine tropische Insel, wo sie am Pool Fruchtcocktails trinken und iPod-Spielelisten vergleichen konnte. Er zwang sie vor Sonnenaufgang mitten in den frostigen Wäldern ein Iglu für ihn zu bauen. Massie nahm sich vor, sich mit Alicias Vater wegen einer möglichen Klage zu beraten.

»Alle auf die Beine.« Mr Myner klatschte in die Hände.

Claire schob sich aus dem unteren Bett und rieb sich die Augen. Massie wusste nicht, ob sie lachen und schreien sollte. Sie trug immer noch Kristens Fußballkleidung.

»Claire.« Massie tat, als müsste sie husten. »Claire!«

Massie deutete mit dem Kinn auf Claires Fußballshorts. Claire wirkte verwirrt.

»Jungenklamotten«, hustete Massie.

Claires Gesichtsausdruck veränderte sich sofort, als hätte ihr gerade jemand einen Eimer kaltes Wasser ins Gesicht geschüttet. Schnell zog sie eine Decke von ihrem Bett und wickelte sich darin ein. Massie seufzte und wandte sich wieder Mr Myner zu.

»Hört ihr dieses Geräusch?« Er legte die Hand ans Ohr und neigte den Kopf zur Seite, als hörte er einen seltenen Vogelruf.

Massie konnte nicht das Geringste hören. Der Regen auf dem Holzdach übertönte jedes andere Geräusch. Außerdem schlief ihr Trommelfell noch.

»So in etwa«, log Strawberry. Die auf ihrem Kopf aufgetürmten Haare neigten sich etwas nach links. Sie sah wie ein hellrotes Schokohütchen von Hershey's aus.

»Es ist ein Geräusch, das euch glücklich machen wird«, sagte Mr Myner. »Es regnet und deshalb seid ihr aus dem

Schneider. Alle zurück ins Bett. Ich komme nach meinem Morgenspaziergang wieder, um euch zu wecken.« Er schaltete das Licht aus und verschwand mit einem letzten Rascheln seines Regenmantels in der Dunkelheit.

»Dafür musste er uns aufwecken?«, stöhnte Dylan und legte sich ein Kissen auf den Kopf.

Sekunden später war es still in der Hütte. Alle Mädchen außer Massie waren wieder eingeschlafen. Sie starb vor Neugier, was mit Claire und Cam passiert war. Und, was wichtiger war, war Derrington wach gewesen? Hatte er etwas über sie gesagt? Hatte ein anderer Junge etwas über sie gesagt?

Massie drehte ihr Kissen mit der kalten Seite nach oben und legte sich wieder hin. Wie sollte sie einen weiteren Tag überstehen in dem Bewusstsein, dass einige der größten Loser an der Schule sie für einen Loser hielten? Die natürliche Ordnung des Universums war auf den Kopf gestellt. Und Massie konnte nicht ruhen, bis sie wiederhergestellt war.

Leise schob sie die Decken von sich und schlüpfte in ihre lavendelblauen Angorahausschuhe. Massie ging auf Zehenspitzen durch den Raum und gab sich größte Mühe, die MUCK-Mädchen nicht zu wecken. Nicht ohne einen Plan, der sie zur Gewinnerin machen würde. Als sie den Kamin erreichte, kletterte sie über die Knautschsessel auf den Kaminsims. Langsam hob sie Elchton von seinem Nagel und tat ihr Möglichstes, ihn auf dem Boden abzusetzen, ohne sich selbst mit seinem Geweih die Augen auszustechen. Sie hatte ihn beinahe sicher auf den Boden bugsiert, als eine Unterhose aus dem Hohlraum hinter seiner Schnauze fiel und auf Massies Brust landete.

»Igitt!«, schrie sie unterdrückt auf. Elchton krachte auf den Boden. Zum Glück wurde sein Fall durch einen gemütlichen Wildlederknautschsessel abgemildert. Massie hob ihn am Geweih hoch, ergriff die Unterhose mit spitzen Fingern und schlich auf Zehenspitzen zu den Betten zurück.

Massie stand eine Sekunde vor Claire und beobachtete, wie ihre Brust sich hob und senkte, während sie schlief. Die Sache mit Cam musste gut gelaufen sein, sonst hätte Claire nicht so friedlich ausgesehen. Claires Liebesleben durfte nicht besser sein als ihres. Sie musste die Probleme mit Derrington so bald wie möglich lösen.

Sie hängte die Unterhose über Elchtons Geweih und senkte sein Gesicht, bis er Nase an Nase mit Claire war. Als Claire sich nicht bewegte, stupste Massie sie sanft mit Elchtons haarigen Lippen an.

Sie riss die blauen Augen auf. »Ahhhhhhh!«, kreischte sie. Massie ließ Elchton auf das Bett fallen und hielt Claire den Mund zu. Alle wachten auf und sahen sich in der Hütte um. Massie kauerte sich zusammen, bis die Mädchen sich wieder zum Schlafen hinlegten.

Bis dahin hatten Claires Nerven sich beruhigt und die beiden Mädchen vergruben ihre Gesichter in den Decken und Kissen und lachten hysterisch.

»Was tust du da?« Claire formte ihre Frage stumm mit den Lippen.

»Komm mit nach draußen, wir müssen reden.«

»Jetzt?« Claire zögerte.

»Ja.«

»Es regnet.«

»Es hat aufgehört«, log Massie. »Komm schon, sonst werfe ich dir diese Unterhose ins Gesicht.« Sie nahm mit spitzen Fingern das Satinhöschen auf und ließ es über Claires Nase baumeln.

»Fies.« Claire schlug nach Massies Hand. »Ich bringe Layne um.« Sie nahm die Unterhose und ließ sie auf dem Weg zur Tür auf Laynes Kopf fallen.

Es regnete von der Seite, als die Mädchen auf die Veranda traten. Aber die jägergrüne Segeltuchmarkise schützte sie vor dem Regen.

»Wie ist es letzte Nacht gelaufen?«, fragte Massie, obwohl sie die Antwort bereits kannte.

»Um-wer-fend!«, antwortete Claire. »Dein Plan war perfekt.«

Massie lächelte. Mehr wollte sie gar nicht hören. Soweit es sie betraf, konnten sie sich jetzt ihrem Problem zuwenden.

»Ich bin wieder im Spiel«, fuhrt Claire fort. »Cam ist endlich über die ganze Josh-Geschichte weg. Wir werden sogar heute Abend um sieben Uhr einen ersten Kuss zur Versöhnung austauschen.«

»Perfekt«, sagte Massie. »Nun können wir uns um Derr...«

»Weißt du, ob Alicia letzte Nacht die Hütte verlassen hat?«

Massie zuckte die Schultern. Sie war verärgert, dass Claire immer noch von sich selbst sprach. Jetzt war Massie an der Reihe.

»Weil ich das Gefühl habe, sie war dabei, als ich mit Cam gesprochen habe, was bedeutet, dass sie alles gehört hat, was ich über Josh gesagt habe.«

Massie zuckte wieder die Schultern und starrte ins Nichts.

Die Sonne schickte sich eben an, sich einen Platz am bedeckten Himmel zu erobern. Mit jeder Sekunde, die verging, war der Whiteface Mountain besser zu sehen, und seine Ränder wurden schärfer, wie bei der Entwicklung eines Polaroidfotos. Aber es gab keine leuchtenden Gold- oder Orangetöne zu bewundern. Keine rosafarbenen Bänder, die ein warmes Glühen der Dämmerung eines neuen Tages auf den Lake Placid warfen. Es war ein grauer, milchiger Morgen, was Massie gerade recht war. Sie war zu aufgewühlt für Schönheit. Sie hätte sich dadurch nur noch schlechter gefühlt, als sie es ohnehin schon tat.

»Bist du sicher, dass du *nichts* über Alicia weißt?«, drängte Claire.

»Das Einzige, was ich weiß, ist, dass ich deine Hilfe brauche!«, zischte Massie. »Jetzt bin ich dran, Kuh-laire. Du hast es versprochen.«

»Äh, okay.« Claire war anscheinend überrascht über die Dringlichkeit in Massies Stimme. »Kein Problem. Ich muss bloß eine Minute nachdenken.«

»Nicht nötig.« Massie hob die Hand. »Ich habe den Plan schon ausgearbeitet.«

»Oh.« Claire verschränkte die Arme vor der Brust.

»Du brauchst nichts weiter tun, als die MUCK-Mädchen direkt nach dem Abendessen zu dem Baum hinter der Hütte zu bringen.«

»Warum?«

»Weil ich dort Derrington küssen werde.« Massie spürte ein Ziehen im Magen, als sie die Worte aussprach. Zwar war sie fest entschlossen, diesen Schritt endlich zu tun, aber der Gedanke machte sie trotzdem noch nervös. »Ihr werdet dazustoßen, wenn wir uns gerade küssen, dann reagiere ich sauer auf dich, weil du unsere Privatsphäre verletzt hast. In der Zwischenzeit sehen die Mädchen, wie wir es tun, und sie werden sich dafür entschuldigen, mich eine Lügnerin genannt zu haben; und Derrington und ich haben die Tat vollbracht und alles wird wieder normal werden. Es ist perfekt.«

»Ja, ausgenommen der Teil, wo du sauer auf mich bist«, scherzte Claire.

»Biiiitte.« Massie drückte die Handflächen wie zum Gebet aneinander.

»Kein Problem«, meinte Claire. »Aber können wir es zu einer anderen Zeit durchziehen?«

»Warum?«

»Weil ich mich um sieben Uhr mit Cam zu unserem Kuss treffen soll.«

»Dann triff dich um acht mit ihm«, sagte Massie kurz angebunden. »Ich brauche den Termin um sieben Uhr, weil dann alle mit dem Essen fertig sind und durch die Gegend streifen. Deshalb wird es natürlich wirken.«

»Aber ich *kann* die Uhrzeit mit Cam nicht ändern«, sagte Claire mit Nachdruck.

»Warum nicht?« Massie stampfte mit ihrem angorabekleideten Fuß auf.

»Weil Cam und ich heute nicht miteinander sprechen werden«, erklärte Claire. »Wir warten bis sieben Uhr heute Abend. So ist es romantischer.«

»Kuh-laire!« Massies Stimme schnappte über. »Mein Ruf hängt davon ab!«

Claire schaute auf ihre roten Socken und wackelte mit den Zehen.
»Kuh-laire?« Massie hob Claires Kinn an und zwang sie ihr in die Augen zu sehen. »Ich kann nicht warten.«
»Okay, na gut, hoffentlich kann Cam es«, sagte sie leise.
»Bitte?«, fragte Massie, obwohl sie Claire klar und deutlich verstanden hatte.
»Nichts«, erwiderte Claire.
»Gut, dann ist es also abgemacht?«
Claire öffnete den Mund zu einer Antwort, aber Massie drehte sich auf dem Absatz um und ging zurück in die Hütte, bevor Claire auch nur ein weiteres Wort sagen konnte.

LAKE PLACID, NEW YORK
CAMPINGPLATZ FOREVER WILD

ESSENSPAVILLON

Dienstag, 24. Februar
13 Uhr 40

Das gewöhnlich lebhafte Geplauder beim Mittagessen war leicht gedämpft, teilweise, weil die Geräusche im Prasseln des Regens untergingen, aber hauptsächlich, weil alle zu nass waren, um über etwas anderes zu reden als darüber, wie nass sie waren.

Claire zupfte den knusprigen Speck aus ihrem Speck-Salat-Tomaten-Sandwich und knabberte an dem getoasteten Sauerteigbrot. Nach einem durchweichten Vormittag, an dem sie mithilfe von Ästen und leuchtend orangefarbenem Segeltuch Unterstände gebaut hatten, hätte sie eigentlich das Doppeldeckersandwich und die würzigen Pommes frites verschlingen müssen, aber ihr war der Appetit vergangen. Wie konnte sie essen, wenn die Chance bestand, dass Alicia ihr Geständnis bezüglich Josh belauscht hatte? Außerdem musste sie Cam noch die Nachricht zukommen lassen, dass ihr Rendezvous warten musste, bis Massie ihr gesellschaftliches Leben wieder geregelt hatte. Und es ihm zu sagen, würde ihr romantisches Schweigegelübde brechen. Es war alles zu deprimierend, sogar für einen Teller voll heißer Pommes frites.

Massie neigte den Kopf zur Seite. »Was hat es damit auf sich, dass Alicia und Olivia dort drüben am Jungentisch sitzen?«

»Weiß nicht.« Claire war so glücklich, Alicia für eine Weile aus dem Weg zu haben, dass sie sich nicht die Mühe machte, über den Grund nachzudenken.

Dylan beugte sich über den Tisch und flüsterte mit Massie. »Hey, hat Kristen wirklich die Nacht unter deinem Bett verbracht?«

Massie sah sich um, um sicherzustellen, dass niemand ihnen zuhörte, dann nickte sie.

»Das ist schlimmer, als lebendig begraben zu sein.« Dylan zog ein kleines, mit Majo bedecktes Salatblatt aus ihrem Sandwich und rollte ein Pommesstäbchen darin ein.

»Findest du?«, fragte Claire. »Wie kann es schlimmer sein, unter einem Bett zu liegen, als lebendig begraben zu sein?« Sie wusste, dass sie eine Überreaktion auf Dylans Bemerkung zeigte, aber in der letzten Zeit hatte Claire sich gefühlt, als wäre sie lebendig begraben, weil sie zwischen Alicia, Massie, Cam und Josh stand; es war ein gutes Gefühl, jemanden zusammenzustauchen.

»Na ja, erst mal ...« Dylan stopfte sich die Salat-Pommes in den Mund. »Sie musste die Nacht unter Massies Hintern verbringen.« Sie lachte laut los und ein Stück Pommes frites schoss aus ihrem Mund und landete auf ihrem Unterarm.

Massie lachte auch und wurde dann ernst. »Wir müssen ihr etwas zu essen bringen. Ich habe schon einen von Laynes Go-Gurts stibitzt, aber sie hat gesagt, sie musste davon zweimal aufstoßen und sich übergeben. Wahrscheinlich stirbt sie inzwischen vor Hunger.«

»Und vor Langeweile«, fügte Claire hinzu. »Was tut sie den ganzen Tag da?«
»Wanderkarten studieren«, antwortete Massie.
»Worüber reden denn die Girlys?« Merri-Lee setzte sich auf den Stuhl neben ihrer Tochter. Die Kamera mit ihrer blendenden Leuchte folgte.
»Mom«, flüsterte Dylan. »Musst du uns beim Essen filmen lassen?«
»Was ist schlecht daran?« Merri-Lee zog die grüne Chiffon-Schärpe über ihrer Safarijacke von Ralph Lauren enger. Ihr Taille war so schmal, sie sah aus wie Größe 36.
»Alles!« Dylan schob ihren Teller weg und verschränkte die Arme vor der Brust.
Die MUCK-Mädchen gingen hinter Dylan, blickten direkt in die Kameralinse und winkten. Ein namenloser Nicht-Fußballspieler stieß einen anderen namenlosen Nicht-Fußballspieler vor die Kamera und rannte dann hysterisch lachend davon.
»Oh, hört nicht auf zu schwatzen, nur weil ich aufgetaucht bin.« Merri-Lee trug eine frische Schicht roten Chanel-Lippenstift auf ihre geschürzte Lippen auf. Sie schob die Kappe wieder auf den Lippenstift und wandte sich ihrer Tochter zu. »Worüber habt ihr denn geredet?«
»Du willst es wirklich wissen?«, fragte Dylan mit einem teuflischen Glitzern in den Augen. Sie blickte direkt in die Kamera und lächelte träge. »Wir haben darüber gesprochen, wie peinlich es ist, dich beim Flirten mit Mr Myner, meinen Geografielehrer, zu beobachten.«
Claire spürte, wie ihre Augen groß wurden. Hatte Dylan das wirklich gerade gesagt?

Merri-Lee lächelte lieblich und legte sich ihre perfekt manikürte Hand aufs Herz. »Danke, Darling.« Sie drehte sich zu ihrer Crew um. »Okay, Cut. Wir sollten ein paar schöne Regenaufnahmen des Lake Placid machen.«

Der Kameramann schaltete die Leuchte aus und ging zur Tür, wobei er den Toningenieur – der durch ein Kabel mit der Kamera verbunden war – mit sich zog.

»Nein, also wirklich!« Merri-Lee stand auf und ging.

Dylan, Massie und Claire kicherten hinter vorgehaltener Hand.

Dann drehte sich Dylan auf dem Gummiabsatz ihrer rosafarbenen Mokassins um. »Ich werde das kleine Eichhörnchen in unserer Hütte besuchen«, sagte sie zu niemand Bestimmtem.

»Oh, ich komme mit dir.« Massie stopfte ein Sandwich in die Tasche ihrer kurzen armeegrünen Bomberjacke und folgte Dylan zum Ausgang.

»Äh, ich komme in einer Minute nach!«, rief Claire ihnen hinterher, obwohl es die beiden anscheinend nicht ein bisschen interessierte. Sie setzte sich wieder an den Tisch und war dankbar eine Minute für sich zu haben, in der sie sich einen Weg überlegen konnte, damit die Sache mit Cam nicht entzweiging. Aber es war schwierig, weil Carrie sie anstarrte. Und noch schwieriger, sobald Alexandra, Layne und Livvy sich zu ihr setzten.

»Was wollt *ihr* denn alle hier?«, fragte Claire Layne.

»Ich hab's doch gewusst.« Layne zog sich ihre Ohrenschützer mit Leopardenmuster vom Kopf und ließ sie sich um den Hals baumeln. »Du bist immer noch sauer wegen der Unterwäsche, stimmt's?«

»Nein«, erwiderte Claire nachdrücklich. »Ich möchte bloß, dass du sie in einen ganz normalen Mülleimer wirfst.«

»Wir haben uns hierher gesetzt, weil Livvy ihre Traubenlimonade über unseren ganzen Tisch verschüttet hat, und das Letzte, was wir brauchen können, ist noch mehr Nässe.« Alexandra lehnte sich auf der Bank zurück und wrang ihre langen, glatten braunen Haare aus. Regenwasser tropfte auf den Boden.

»Es war ein Missgeschick.« Livvy kaute mit den oberen Schneidezähnen auf ihrer Unterlippe, offensichtlich weil das Lipgloss so gut schmeckte.

Claire sah hinüber zum Tisch der Jungs. Momentan war sie mehr daran interessiert, Alicia zu beobachten als Cam.

Alicia sagte etwas zu Olivia und beide sahen zu Claire hin. Als Alicias und ihr Blick sich trafen, spürte Claire, wie sich ihr ganzer Körper versteifte. Sie zwang sich Alicia zuzulächeln und war erleichtert, als Alicia ihr zuwinkte. Und sie *lächelte,* was nur eins bedeuten konnte: Sie war letzte Nacht nicht da gewesen. Sie wusste nichts von Claire und Josh.

Plötzlich fiel Claire ein, wie sie Cam über die Änderung des Plans informieren konnte, ohne ihr Schweigegelübde zu brechen. Sie starrte zu Alicia hinüber, bis diese wieder zu ihr hinsah, und gab ihr ein Zeichen, zu ihr zu kommen.

Alicia stand vom Jungentisch auf und glitt durch den Raum. Sie schwenkte die Hüften mit jedem Schritt, den sie tat. Ihre enge marineblaue Stretchkordhose von Sevens betonte ihren knackigen Po und unterstrich ihren sexy Gang. Falls es Alicia bewusst war, dass die Jungen sie anstarrten, wusste sie es gut zu verbergen.

»Hey, was gibt's?« Sie blieb stehen und sah auf Claire hinunter und in ihrer Stimme war nichts Unfreundliches zu entdecken.
Claire suchte nach Anzeichen für Unaufrichtigkeit, bevor sie fortfuhr. Aber Alicias braune Augen funkelten vor Wärme und Liebenswürdigkeit. Die einzige Sache, die Claire verdächtig fand, war, wie gut Alicia trotz des Regens aussah.
»Geht es um Dylan?« Alicia klang ernsthaft besorgt. »Ist sie sauer, weil Olivia und Plovert miteinander abhängen? Ich meine, ich weiß, dass sie zusammen beim Valentinstanz waren, aber Dylan hat geschworen, sie wäre nicht hinter ihm her, weil er nach Selbstbräuner riecht.« Sie sprach schneller als gewöhnlich und das machte Claire ein wenig nervös. »Sag mir die Wahrheit, ist sie deshalb gegangen?«
Claire stand auf und ging näher auf Alicia zu. Sie wollte nicht, dass die MUCK-Mädchen ihre Unterhaltung belauschten. »Nein, sie hat nicht mehr an Plovert gedacht, seit ihre Mutter hier angekommen ist. Sie ist gegangen, um Kristen etwas zu essen zu bringen.«
»Oh, cool.« Alicia drehte sich zu Olivia um und gab ihr mit in die Höhe gerecktem Daumen das Zeichen, dass alles in Ordnung war. »Worum geht es denn dann?«
»Ich habe mich gefragt, ob du Cam eine Nachricht von mir geben könntest.« Claire trat von einem Fuß auf den anderen.
»Klar.« Alicia zog eine Tube mit pfirsichfarbenem Lipgloss hervor und rieb sie über ihre Lippen, während Claire Folgendes auf eine Serviette schrieb:

C.

Es ist etwas dazwischengekommen. Können wir uns um 19.30 Uhr statt 19 Uhr am Powwow-Klotz treffen? Wenn es dir passt, ignoriere mich. Wenn nicht, schick mir eine Nachricht. Kann es kaum erwarten.

C.

Claire faltete die Serviette zu einem kleinen, kompakten Quadrat und drückte sie Alicia in die Hand. Sie sah zu, wie Alicia zurück zum Tisch der Jungen schlenderte, und wartete auf ein Zeichen von ihr, dass Cam die Notiz bekommen hatte. Sobald Claire das bestätigende Nicken gesehen hatte, setzte sie sich wieder und stürzte sich auf ihr Sandwich. Ganz plötzlich hatte sie Heißhunger.

LAKE PLACID, NEW YORK
CAMPINGPLATZ FOREVER WILD

DUSCHGEBÄUDE

Dienstag, 24. Februar
18 Uhr 39

Gib mir eine Note zwischen eins und zehn«, forderte Massie Claire auf, während sie die Stufen des Duschgebäudes hinaufeilten. Der Regen hatte endlich aufgehört, aber der Boden war noch nass. Die Luft roch nach einer Mischung aus frisch gemähtem Gras und Regenpfützen.

»Zehn.«

»Das sagst du bloß so.« Massie schob die Träger ihres smaragdgrünen Satinhemdes hoch und zog den Knoten ihrer kurzen cremefarbenen Kaschmirjacke, die vorne zu binden war, fest.

»Tue ich nicht. Du siehst um-wer-fend aus.« Claire warf einen Blick über die Schulter, wahrscheinlich um zu kontrollieren, ob Mr Myner nirgends zu entdecken war. »Diese neue True-Religion-Jeans steht dir super.«

»Sie gehört Alicia.« Massie verdrehte die Augen.

Sie vermisste eindeutig ihre mit Haarconditioner getränkte Garderobe, die gestern Morgen sicher bei der Reinigung in Westchester eingetroffen war, dank FedEx.

»Nun, du solltest sie fragen, ob du sie behalten kannst«, schlug Claire vor. »Sie steht dir wirklich großartig.«

»Danke.« Massie zog die Tür des Duschgebäudes auf und blickte über die Schulter, um zu sicher zu sein, dass niemand ihnen folgte.

Wenn Mr Myner – der Holztrottel, wie Massie ihn getauft hatte – sie dabei erwischte, wie sie sich früher vom Abendessen davonstahlen, würde er sich irgendeine abartige Strafe für sie einfallen lassen. Vielleicht würde er sie diesmal um drei Uhr nachts aufwecken, damit sie die Nadeln der Fichten abstaubten.

»Kuh-laire, die Zehn ist für besondere Anlässe reserviert.« Massie hielt Claire die Tür auf. »Wenn du damit anfängst, eine Zehn an normalen Tagen zu vergeben, was machst du dann bei Partys oder Bällen? Was soll es da noch für eine Steigerung geben?«

»Okay, ich gebe dir eine Neun.« Claire seufzte.

»Wirklich?« Massie rannte zu den breiten Spiegeln, die die Wände über den Marmorwaschtischen bedeckten. »Was kann ich tun, um eine Zehn zu bekommen?«, fragte sie ihr Spiegelbild.

»Du könntest dich entspannen.« Claire schob ihren kurzen, französischen Schulmädchenpony auf die andere Seite. »Oh Mann, das darf nicht wahr sein. Ich stehe kurz vor meinem ersten Kuss von Cam und sehe *so* aus!«

Massie spürte, wie eine Woge der Verärgerung durch ihren Körper rollte. »Claire, waren deine Eltern Einsiedlerkrebse?«

»Äh, nein.« Claire kniff sich in die Wangen, bis sie rosig waren.

»Warum kümmerst du dich dann nur um dich selbst?«, sagte Massie.

»Wie bitte?«

»Kuh-laire, in genau . . .« Massie schaute auf ihr Handgelenk und schlug sich dann auf den Oberschenkel, als ihr wieder einfiel, dass der Holztrottel ihre Coach-Armbanduhr konfisziert hatte. »In etwa zehn Minuten werde ich meine Kussjungfräulichkeit verlieren. Du bist schon geküsst worden, gleichgültig, wie sehr ihr, du und Cam, so tun wollt, als wäre es nicht so. Können wir uns jetzt bitte auf mich konzentrieren?«

»Tut mir Leid.« Claire stopfte ihr Lipgloss in die Hosentasche ihrer klassisch geschnittenen Gap-Jeans.

»Unglaublich, dass du Derrington nie geküsst hast«, sagte ein hallende Stimme aus einer der Duschkabinen.

Massies Körper erstarrte. Sie war so nervös wegen ihres ersten Kusses, dass sie ganz vergessen hatte nachzusehen, ob jemand da war. Wie hatte sie bloß so unvorsichtig sein können?

»Ich bin's nur.« Die Stimme wurde von einem vertrauten, heiseren Lachen begleitet.

»Was tust du hier drinnen?«

Kristen tappte barfuß in den Umkleidebereich. Ihr Körper war in ein dickes grünes Badetuch gewickelt und ihre kurzen, nassen Haare standen wild in die Luft. »Übrigens, was sagt ihr zu diesen beheizten Fliesenböden? Ich brauche noch nicht einmal Hausschuhe.«

»Kristen!« Massie stampfte mit dem Fuß auf. »Was tust du hier drinnen?«

»Ich könnte *euch* dieselbe Frage stellen!« Kristen zog ein Wattestäbchen aus einem Glasbehälter vor dem Spiegel. Ihr

Mund stand offen, und ihre Augen wurden glasig, während sie das Wattestäbchen in ihrem Ohr drehte. »Das Abendessen ist erst um sieben Uhr vorbei.« Sie lächelte stolz. »Ich habe euren Zeitplan auswendig gelernt. Ich habe auch alle Wanderkarten studiert und kenne jetzt die meisten Vogel- und Tierarten, die dort erwähnt sind.«

Massie verdrehte die Augen. Sie hatte es so satt, immer den Problemen von anderen Leuten zuzuhören. Sie hatte selbst eine sehr wichtige Sache vor sich, aber das kümmerte anscheinend niemanden.

»Mir ist so langweilig.« Kristen nahm einen schwarzen Kamm und kämmte sich die kurzen Haare zurück. »Hier gibt es alles. Ich würde am liebsten nie mehr abreisen, wenn ich mich nicht die ganze Zeit unter einem Bett verstecken und Go-Gurt und Reste essen müsste.«

»Ja, das nervt.« Massie versuchte mitfühlend zu klingen, aber sie konnte an nichts anderes als an Derrington denken und wie weit sie den Kopf vor dem Kuss nach rechts neigen sollte.

»Das Schlimmste ist, dass erst morgen Abend wieder ein Bus zurückfährt.« Kristen seufzte ihr Spiegelbild an.

»So?« Massies Kiefermuskulatur versteifte sich. Sie würde Kristen am liebsten sagen, sie solle die Klappe halten, damit sie klar denken konnte, aber sie bekämpfte dieses Bedürfnis mit aller Macht. Schließlich hatte das Mädchen die vergangenen zwei Tage auf einem Holzboden gelegen und hatte es dringend nötig, sich abzureagieren.

»Ich kann nicht zu früh zu Hause auftauchen.« Kristen wandte sich vom Spiegel ab und sah Massie an, als wäre diese nicht ganz bei Verstand. »Meine Eltern rechnen erst am Freitag mit mir.«

»Sag ihnen, das Fußballspiel wurde abgesagt, weil jemand sich verletzt hat«, schlug Claire vor.

Oh! Warum sind alle so besessen von Kristen und ihren lahmen Eltern? Können wir bit-te weitermachen?

Massie spürte, wie wieder Ärger in ihr aufstieg. Er war stärker und schneller als zuvor. Selbst ihre Haarwurzeln schmerzten von dem Druck. Sie konnte es nicht länger aushalten.

»Kuh-risten!« Massie drehte sich vom Spiegel weg und sah ihrer Freundin direkt in die Augen. »Bit-te! Ich versuche mich in die richtige Stimmung zu bringen und ich kann mich jetzt nicht mehr um deine nervigen Eltern und deine blöden Gedächtnisfähigkeiten kümmern. Versuch doch einmal an jemand anderes als dich selbst zu denken.«

Kristens grüne Augen füllten sich sofort mit Tränen.

»Tut mir Leid.« Kristen sammelte ihre Klamotten ein und stampfte barfuß zur Tür. »Aber ich hatte den Eindruck, dass ihr, du und Derrington, euch bereits geküsst habt. Du erinnerst dich?«

»Ich weiß. Es tut mir Leid, dass ich gelogen habe.« Massie fühlte sich schrecklich, weil sie ihre Freundin verletzt hatte. Sie wollte ihr alles erklären, aber das musste jetzt warten. Die Uhr tickte.

»Wie auch immer.« Kristen eilte hinaus.

»Was wirst du also den MUCK-Mädchen erzählen?«, fragte Massie Claire, sobald die Tür zugeknallt worden war.

Claire war zu verblüfft, um zu antworteten. Sie dachte noch

an Kristen und ihre Tränen, aber Massie hatte einfach keine Zeit, sich darum Gedanken zu machen. Nicht heute Abend. Warum konnte das niemand verstehen?

»Kuh-laire!« Massie knallte ein Plastikdöschen Zahnseide mit Vanillegeschmack auf den Marmorwaschtisch. Sie war so frustriert, dass sie am liebsten geheult hätte. »Was wirst du den Mädchen erzählen?«

»Äh.« Claire hörte auf an ihrem Nagelbett zu zupfen und sah Massie an. »Okay, sorry.« Sie räusperte sich und richtete sich auf. »Ich werde ihnen erzählen, dass ich gesehen habe, wie du dich mit Derrington hinter die Hütte der Mädchen geschlichen hast, und dass wir euch nachspionieren sollten.«

»Und du bist sicher, dass du sie schnell dorthin bringen kannst?« Massie fing an auf und ab zu gehen.

»Ganz bestimmt.« Claire nickte bekräftigend.

Das leise Plätschern der Wellen, die gegen den schmalen sandigen Strand des Sees schlugen, wurde plötzlich von dem Lärm der Schüler und Schülerinnen übertönt, die aus dem Essenspavillon strömten. Das Abendessen war vorüber und die Freizeit hatte offiziell angefangen. Alle konnten fünfundvierzig Minuten lang tun und lassen, was sie wollten, bis Mr Myner mit dem Vorlesen von *Tomahawk* am Feuer fortfahren würde.

Massie atmete tief ein und hielt die Luft an, solange sie konnte. Als sie wieder ausatmete, entspannten sich schließlich ihre Schultern.

»Du bist eine Sexgöttin in drei . . . zwei . . . eins«, sagte sie sich. Als der Countdown vorbei war, hob sie den Kopf und trug eine letzte Schicht Cinnabon-Glossip-Girl auf, wobei sie darauf achtete, eine Extraportion auf ihre Unterlippe zu geben, damit sie voller wirkte. »Okay, los geht's.«

Das Gewicht des dicken Lipglosses auf ihrem Mund sorgte dafür, dass sie sich sicher fühlte, so, als trüge sie eine Schutzschicht. »Ich gehe Derrington holen. Sobald du uns hinter der Hütte verschwinden siehst, bringt du die Mädchen dorthin.«

»Verstanden.« Claire drehte sich zum Spiegel um und zupfte an ihrem kurzen Pony herum.

Massie verdrehte die Augen und stieß die Tür des Duschgebäudes auf.

Ich schwöre, dachte Massie bei sich, als sie die Treppen des Duschgebäudes hinunterstieg, *wenn Claire es versaut, weil sie so auf ihren Kuss von Cam fixiert ist, ist sie für mich gestorben.*

In der Luft lag eine feuchte Kühle und Massie steckte die Hände in die Seitentaschen ihrer schwarzen Satin-Bomberjacke, um sie zu wärmen. Ihre Fingerknöchel berührten eine scharfe Kante ihrer M-Brosche und sie ritzte sich die Haut auf. Sie hatte vergessen, dass die Brosche in der Tasche war. Ganz plötzlich fühlte sie sich in den demütigenden Augenblick zurückversetzt, als Derrington die Brosche von seinen Shorts abgerissen und in den Matsch geworfen hatte. Die Erinnerung reichte aus, um in ihr den Wunsch zu erwecken, den Plan aufzugeben und mit Kristen in den nächsten Bus der Adirondack Trailways zu steigen. Was, wenn er so sauer war, dass er sich weigerte, mit ihr hinter die Hütte zu gehen? Was, wenn Claire die Mädchen dorthin brachte und er sie anschrie? Was, wenn er sie wirklich nicht mehr gern hatte? Wie lange würde sie brauchen, um über ihn wegzukommen? Würde sie sich so bemitleidenswert wie Claire aufführen oder würde sie den Fall von gebrochenem Herzen in Anmut und Würde durchstehen? Massie schlug sich den Gedanken aus dem Kopf und hoffte, sie käme nie in die Lage, das herauszufinden.

Sie trat aus dem Lichtschein vor dem Duschgebäude und versteckte sich im Schatten, während sie ihre Freundinnen beobachtete, die vor dem Essenspavillon flirteten und kicherten.

Olivia und Alicia versuchten abwechselnd mit Ploverts Krücken zu gehen, während Josh ihn stützte, damit er nicht hinfiel. Kemp und Derrington versuchten Dylan und die MUCK-Mädels zu überreden Blätter zu essen, Layne spielte Hacky Sack mit den Jungen, die nicht in der Fußballmannschaft waren, und Cam ging mit einem breiten Lächeln im Gesicht zum Powwow-Klotz. Massie fühlte sich wie eine Außenseiterin, eine jämmerliche Möchtegern. Und das war inakzeptabel.

Sie trat aus der Dunkelheit und ging mit langen zuversichtlichen Schritten auf Derrington zu, ohne sich noch einmal umzusehen.

»Hey, Livvy wird für zwanzig Dollar einen Zweig essen«, verkündete Dylan, als Massie sich zu ihrem Kreis gesellte.

»Super.« Massie ergriff Derringtons Hand und zog ihn mit sich, ohne ein weiteres Wort zu sagen.

»Was machst du da?« Derrington schüttelte seinen Arm frei und blieb auf halbem Wege zwischen seinen Freunden und der Mädchenhütte stehen. Seine Stimme war ernster, als Massie sie bislang gehört hatte. Normalerweise wäre er viel ausgelassener gewesen, aber er war eindeutig verwirrt und hatte vielleicht sogar ein bisschen Angst.

»Ich *muss* mit dir reden«, sagte Massie mit Nachdruck. Sie versuchte es dringend zu machen, damit er ihr aus Neugier folgen musste, obwohl er böse auf sie war.

»Oh, *jetzt* willst du mit mir reden?«

»Was soll das heißen?«, fragte Massie, obwohl sie es wusste. Sie dachte an ihre Mir-ist-zu-schlecht-um-zu-reden-Vorstellung im Bus und all die andere Male seit ihrer Ankunft auf dem Campingplatz, wo sie es vermieden hatte, mit Derrington allein zu sein.

»Wo willst du hin?«

»Ich möchte gerne ungestört sein«, säuselte Massie und schenkte ihm ein Sexgöttinnenzwinkern. Wo waren die MUCK-Mädchen? Warum hatten sie das nicht gesehen?

»In Ordnung.« Derringtons Gesichtsausdruck wurde weicher. Er streckte die Hand aus, sodass Massie sie wieder ergreifen konnte. Sie ließ nicht los, bis sie zu ihrer Birke hinter der Hütte der Mädchen kamen.

Massie lehnte sich an den Baum und schob Derrington vor sich, sodass sie sich gegenüberstanden. Auf diese Weise würden die Mädchen sie von vorne sehen, wenn sie sich näherten.

»Also?« Er hakte die Finger in die Gürtelschlaufen seiner Khaki-Shorts ein und schaukelte auf den Absätzen seiner Timberlands vor und zurück.

Massie hatte keine Ahnung, was sie als Nächstes sagen sollte. Sie dachte daran, ihm zu erklären, warum sie ihn ignoriert hatte, und zog in Erwägung sich für ihre Lüge gegenüber den MUCK-Mädels hinsichtlich ihrer gemeinsamen Kussgeschichte zu entschuldigen. Aber nichts erschien ihr angebracht. Derrington sah zu um-wer-fend für eine ernsthafte Unterhaltung aus. Er nickte mit dem Kopf zum Rhythmus einer rätselhaften Melodie, die offensichtlich in seinem Kopf spielte, und hörte erst auf, als er die Jungen in der Ferne lachen hörte.

»Ich frage mich, was da passiert ist.« Derringtons schmutzig blonde Haare wehten um seine funkelnden braunen Augen. Er sah aus wie ein eifriger, kleiner Hund, der darauf wartet, dass man ihn zum Spielen hinauslässt.

War das der Moment, von dem Claire gesprochen hatte? Es musste so sein, denn Massie hatte keine Ahnung, was sie sagen sollte. *Ich werde meinen ersten Kuss bekommen in drei... zwei... eins,* sagte sie sich. Dann neigte sie den Kopf ein bisschen nach rechts.

»Was?«, fragte Derrington.

»Was was?«, wiederholte Massie mit immer noch seitlich geneigtem Kopf.

»Du siehst verwirrt aus«, sagte er.

Sie hob den Kopf ein wenig, als sie merkte, dass sie ihn vielleicht zu stark geneigt und ihm einen falschen Eindruck vermittelt hatte.

»Ich bin nicht verwirrt«, antwortete Massie leise. »Au contraire.«

Sie senkte die Augenlider, bis Derringtons Gesicht verschwamm. Dann bewegte sie sich langsam, ganz langsam auf ihn zu. Massie steckte eine Hand in die Tasche und drückte ihr M-Brosche. Die scharfen Spitzen taten ihr weh, als sie sich in ihre Handfläche bohrten, aber der Schmerz lenkte sie von ihrem heftig schlagenden Herz und ihren verschwitzten Achseln ab. Sie drückte die Brosche noch stärker.

Denk an den Dimmerschalter in deinem Zimmer.

Denk an den Dimmerschalter in deinem Zimmer.

Denk an den Dimmerschalter in deinem Zimmer.

Massie dachte, sie hörte Derrington kichern, und öffnete die Augen. Aber sein Mund war weich und entspannt, fast als würde er schlafen. Als Massie seinem Gesicht näher kam, spürte sie das warme Kitzeln seines Atems oberhalb ihrer Lippen. Sie befand sich in seinem Luftraum und war nur noch Millisekunden von der Landung entfernt.

Wo war Claire?

Aber Mädchen hin oder her, Massie konnte nicht aufhören. Sie steckte zu tief drin. Und jetzt einen Rückzieher zu machen, wäre, als würde man jemanden auffordern nicht einzutauchen, nachdem er bereits vom Sprungbrett abgesprungen war.

Schließlich berührten sich ihre Lippen. Und dann pressten sie sich aneinander. Mit jeder vergehenden Sekunde wurde der Druck stärker, bis Massies Schneidezähne sich anfühlten, als würden sie ihr nach hinten gedrückt. Aber es war ihr egal. Immer noch besser, als Elchton zu küssen. Zumindest hatte Derrington keine Barthaare.

Massie ließ die *M*-Brosche los und zog langsam die Hände aus den Taschen. Sie legte sie sanft auf Derringtons Hüften, als würden sie eng tanzen. Er schob seine Finger durch ihre Gürtelschlaufen und wippte zum Rhythmus der Melodie in seinem Kopf vor und zurück.

Wo ist Claire?

Massies Kopf fühlte sich an, als würde er bald vor Sauerstoffmangel platzen, und sie wusste nicht, wie lange sie noch die Luft anhalten konnte.

Beeil dich, Kuh-laire!

Als Massie dachte, sie würde ohnmächtig werden, zog Derrington sich zurück und schnappte nach Luft. Massie suchte in seinem Gesicht nach Anzeichen für höchstes Vergnügen. Sie sehnte sich danach, ein liebendes Funkeln in seinen Augen oder ein zufriedenes Lächeln auf seinem Gesicht zu sehen. Aber sie sah nur, wie er sich mit dem Handrücken das glänzende Cinnabon-Gloss von den Lippen wischte.

Habe ich es falsch gemacht? War der Cinnabon-Geschmack zu süß? Wäre traditionelle Minze besser gewesen? Claire ist an allem schuld, weil sie mir das Küssen mit einem blöden Elch gezeigt hat.

Massie blickte über Derringtons Schulter, aber es war niemand da. Jetzt müssten sie mit dem Kuss von vorne beginnen. Aber der Gedanke war gar nicht so schrecklich. Sie freute sich richtig darauf. Massie neigte wieder den Kopf zur Seite und beugte sich langsam vor. Aber Derrington trat einen Schritt zurück.

»Block.« Seine Stimme zitterte.

»Ja.« Massie klimperte mit den Augen. Sie wollte hübsch und mädchenhaft aussehen, wenn er sagen würde: »Ich liebe dich.«

»Ich . . .« Er machte eine Pause und sah auf seine Stiefel hinunter. Er trat ein paar Mal leicht gegen den Baum, bevor er fortfuhr: »Ich, äh –«

»Was ist denn?« Massie versuchte geduldig zu klingen, aber er musste es sagen, bevor die Mädchen auftauchten, damit sie ihn wieder küssen konnte.

»Ich, äh, ich denke, dass wir nicht mehr miteinander gehen sollten.«

»Bitte?«

Massie klangen die Ohren. Alles um sie herum begann sich zu drehen und ihr Mund schmeckte nach metallischen Pennys. Geschah das wirklich? Vielleicht küssten sie sich immer noch und der Sauerstoffmangel in ihrem Gehirn verursachte Wahnvorstellungen.

»Du bist so launisch«, sagte Derrington. »Ich weiß nie –«

Massie hörte Schritte auf Laub knirschen. Sie wurden lauter und kamen näher. Es war Claire mit den Mädchen. Ohne einen weiteren Gedanken griff sie nach Derringtons Kopf. Sie ließ das Neigen des Kopfes, das Senken der Augenlider und die sanfte Landung aus und ging geradewegs auf seine Lippen los.

Derrington war so überrascht, dass er das Gleichgewicht verlor und rückwärts in den Schnee fiel. Massie wusste, dass seine nackten Beine vor Kälte taub sein mussten, aber sie beschloss sich später darüber Gedanken zu machen, sobald die Zuschauer wieder verschwunden waren.

Die MUCK-Mädchen sagten *Pssst* zueinander und kicherten. Massie hatte nur eine Wahl. Sie warf sich auf Derrington und setzte den Kuss auf seine Lippen fort. Je mehr er sich wehrte, desto fester drückte sie sich auf ihn. Und als Massie ihn nicht länger festhalten konnte, hob sie den Kopf und blickte an Derrington vorbei. Sie riss die bernsteinfarbenen Augen auf und öffnete den Mund in der Hoffnung, dass die Mädchen in dem schwachen Licht ihren entsetzten Gesichtsausdruck erkennen konnten.

»Kuh-laire!«, kreischte Massie. »Was tust du hier? Kann ich denn nie meine Ruhe haben?«

Die Mädchen rannten sofort davon und ließen Claire allein zurück, um das mit Massie zu klären.

»Sorry.« Claire versuchte bedauernd zu klingen.

»Verschwinde einfach.« Massie zwinkerte ihr zu.

Als alle weg waren, stand Massie auf. Sie fühlte sich leicht und ihr war schwindelig. Sie streckte die Hand aus und half Derrington auf die Beine. Die Rückseite seiner nackten Beine war gerötet. Aber Massie konnte bloß an die schockierten Gesichter denken, als die Mädchen sie auf ihm gesehen hatten. Ihr Plan hatte perfekt funktioniert.

»Tut mir Leid.« Massie lockerte ihre Haare auf. »Sie können so unreif sein.«

Derrington sagte kein Wort. Er war zu sehr damit beschäftigt, sich die Kniekehlen zu reiben.

Massie fragte sich, ob er immer noch wollte, dass sie nicht mehr miteinander gingen. Vielleicht hatte er seine Meinung geändert. Da sie nun endlich das Küssen hinter sich gebracht hatten, hatte sie keinen Grund mehr, ihn zu meiden. Im Gegenteil, jetzt würde sie ihn am liebsten ständig sehen.

»Äh, warum hast du das getan?« Derrington zupfte an einem Ast, der über seinem Kopf hing.

»Ich ...« Sie machte eine Pause. Sie konnte schließlich nicht geradeheraus sagen: »Ich musste dich küssen, um meinen Ruf wiederherzustellen.« Und Massie war sich jetzt auch gar nicht mehr sicher, ob das der einzige Grund dafür gewesen war. Es hatte ihr gefallen, Derrington zu küssen.

»Nun?«

»Ich hatte gehofft, ich könnte damit deine Meinung ändern«, flüsterte Massie für den Fall, dass eins der Mädchen noch zuhören sollte.

»Warum?«, fragte Derrington. »Du magst mich doch gar nicht.«

»Das ist so un...« Massie stampfte mit dem Fuß auf.

»Un-*was?*« Er riss ein Blatt in zwei Hälften.

»Unwahr.« Massies Stimme schnappte über. »Du bist es doch, der *mich* nicht mag, du erinnerst dich?« So hatte sie sich die Unterhaltung nach ihrem ersten Kuss nicht vorgestellt und plötzlich ergab Claires übertriebenes Verhalten in Bezug auf Cam einen Sinn. Es brachte einen total durcheinander, wenn die Dinge nicht nach Plan verliefen, insbesondere erste Küsse.

»Warum sagt du das?« Derrington zerdrückte das Blatt und warf es auf den Boden.

Die Sache fing an, ihr auf die Nerven zu gehen. »Weil du gesagt hast, du wolltest nicht mehr mit mir gehen.«

»Oh.« Derrington blickte Massie an, als sähe er sie zum ersten Mal. Sein Gesichtsausdruck wurde weicher und seine Augen leuchteten auf. »Das war vorher.«

»Bevor wir uns geküsst haben?« Massie fand es seltsam, *geküsst* laut auszusprechen. Es war irgendwie peinlich.

Derrington wurde rot. »Nein, bevor ich wusste, dass du mich magst.«

Massie zog die Augenbrauen zusammen, dankbar, dass sie sie direkt vor der Exkursion noch gewachst hatte.

»Ich habe diese Sachen bloß gesagt, weil ich dir zuvorkommen wollte.« Derrington biss sich auf die Unterlippe. »Ich dachte, du wolltest nichts mehr von mir.«

»Nein«, antwortete Massie. »Ich wollte bloß, dass unsere Beziehung nicht in der Öffentlichkeit stattfindet. Du weißt ja, wie sehr ich es hasse, im Zentrum der allgemeinen Aufmerksamkeit zu stehen. Es ist manchmal so nervig.«

Massie griff in ihre Jackentasche und zog die M-Brosche heraus. »Willst du das zurückhaben?« Sie bewegte die Brosche hin und her wie ein Hologramm, sodass er die Strasssteine im Mondlicht glitzern sehen konnte.

Derrington streckte die Hand aus und wackelte mit dem Po. Er schloss die Faust um die Brosche, dann befestigte er sie am unteren Rand seiner Shorts.

Dann beugte er sich ohne ein Wort vor und gab Massie einen langen Dankeschönkuss. Es war so schön, dass Massie beschloss diesen Kuss für sich zu behalten.

LAKE PLACID, NEW YORK
CAMPINGPLATZ FOREVER WILD

POWWOW-KLOTZ

Dienstag, 24. Februar
19 Uhr 25

In dem Augenblick, in dem die MUCK-Mädels Massie auf Derrington liegen sahen, wusste Claire, dass ihre Mission erfüllt war. Sie war frei und konnte sich mit Cam treffen.

Endlich!

Sie hatte tausend Fragen an Massie, beispielsweise: *Was habt ihr auf den Boden gemacht, du und Derrington? Hat dir dein erster Kuss gefallen? Warst du nervös? Und war mein Timing in Ordnung?* Aber das würde bis später warten müssen. Sie wartete seit Wochen darauf, Cam zu küssen, und da die Zeit nun endlich gekommen war, würde Claire nichts mehr dazwischenkommen lassen. Nicht einmal Massie Block.

Alle befanden sich jetzt in den Hütten und zogen ihre Pyjamas für das abendliche Vorlesen an. Außer Mr Myner und Mr Dingle, die Holz und Zweige ins Feuer warfen, damit es in hellen Flammen stand, wenn alle kamen. Merri-Lee kauerte auf einem Baumstumpf neben ihnen und trank ein Glas Weißwein.

»Ist alles in Ordnung, Claire?« Mr Myner beugte sich vor und zerbrach einen Ast über seinem männlichen Knie. Er warf beide Hälften in das schwelende Feuer.

»Ja«, zirpte Claire und lief an ihnen vorbei. Ihr war klar, dass sie eigentlich stehen bleiben sollte, aber das war fast unmöglich. Zu viel Energie pulsierte durch ihren Körper.

»Wohin rennst du dann?«, fragte Mr Myner. »Das Abendprogramm fängt in fünfzehn Minuten an.«

»Äh, ja, ich weiß.« Claire lächelte. »Ich habe nur meine Handschuhe im Essenspavillon vergessen und will sie holen.«

»Soll ich dich begleiten? Dort drüben ist es ziemlich dunkel.«

Claires Fußsohlen kribbelten. In wenigen Sekunden würde sie mit Cam allein sein, umgeben von Dunkelheit. Die Vorstellung war gleichzeitig erregend und Angst einflößend, wie Achterbahn fahren.

»Nein, es ist in Ordnung.« Claire eilte weiter, bevor er darauf bestehen konnte, sie zu begleiten. »Ich weiß genau, wo sie liegen.«

»Okay, ruf einfach, wenn du Unterstützung brauchst.« Er lächelte wie ein furchtloser Superheld.

»Du bist so mutig, Cole.« Merri-Lee kicherte.

»Ih«, sagte Claire vor sich hin. Es war noch abstoßender, Dylans Mutter mit ihrem Geografielehrer flirten zu sehen, als Layne beim Ablecken des Randes eines leeren Go-Gurts zuzusehen.

Sobald Claire außer Sicht war, zwang sie sich, langsamer zu werden. Sie wollte nicht keuchend und verschwitzt ankommen. Außerdem war es besser, lässig und selbstbewusst zu wirken. Claire lehnte sich an die lackierte Holzwand des Essenspavillons und trug eine frische Lage Lippenbalsam mit Kirschgeschmack auf. Nachdem sie ihren Pony aufgelockert und sich in die Wangen gekniffen hatte, war sie bereit. Leichtfüßig ging sie mit graziösen Schritten durch das Gras auf den Powwow-Klotz zu. Sie wollte wie ein wunderschöner Engel vor Cam auftauchen. Nicht wie eine sexbesessene Furie. Sie versuchte ihren Atem zu beruhigen, indem sie so lange wie möglich die Luft anhielt und dann langsam durch die Nase ausatmete.

Je näher Claire kam, desto sicherer war sie sich, dass sie den perfekten Ort ausgewählt hatten. Der Klotz bot einen Blick auf den Lake Placid und wurde vom silbernen Licht des Mondes erhellt, das von der glasähnlichen Oberfläche des Wassers reflektiert wurde. Es war der beste Platz überhaupt.

Claire, die jetzt nur noch wenige Schritte entfernt war, konnte Cams sitzende Silhouette ausmachen. Sie hatte das dringende Bedürfnis, zu rennen, aber irgendwie gelang es ihr, sich zurückzuhalten. Cams Oberkörper wirkte ein wenig breiter als gewöhnlich, und Claire nahm an, dass er die Schultern hochgezogen hatte, um warm zu bleiben. Als sie näher kam, hörte sie seine leise Stimme. Sie lächelte. Er führte Selbstgespräche. Weil sie Cam kannte, vermutete sie, dass er ein romantisches Gedicht probte, dass er eigens für sie geschrieben hatte.

»Das wollte ich schon seit langem tun«, hörte Claire ein Mädchen sagen.

»Wirklich?« Cam klang überrascht.

»Ja!« Das Mädchen schob sich näher und beugte sich langsam vor.

Er machte keinen Versuch, sie zurückzustoßen.
Jeder Muskel in Claires Körper verkrampfte sich, außer ihrem Herz. Es schlug schneller als je zuvor, als würde es gleich aus ihrer Brust ausbrechen und auf die Schlampe eintrommeln, die sich an ihrem Freund heranschmiss. Und Claire würde sich ihrem Herz nicht in den Weg stellen.
»Cam, hör auf! Was tust du denn da?« Es war Claire egal, wie verzweifelt dieser Ausbruch sie wirken ließ, oder wer sie hörte.
Cams Kopf schoss herum und er sprang auf die Füße. Das Mädchen stand langsam auf und blieb dicht neben ihm stehen. Der Mondschein beleuchtete sie von hinten, sodass es fast unmöglich war, ihre Gesichter auszumachen. Aber Claire nahm an, dass es Strawberry war. Wer sollte es sonst sein?
Aber als das Mädchen sich Claire zuwandte, erkannte sie sofort ihre Silhouette: die dicken, vollen Haare . . . die schmale Figur . . . den großen Busen . . .
»Alicia?«, flüsterte Claire leise.
»Genau.« Es tat ihr anscheinend nicht im Geringsten Leid.
»So sollen wir also wieder zusammenkommen?« Claire war sich selbst nicht sicher, an wen ihre Frage gerichtet war. Sie konnte leicht auf beide passen.
»Jetzt weißt du, wie ich mich fühle.« Alicia stemmte die Hände in die Hüften und Lichtstrahlen fielen durch die Lücken zwischen ihren Armen. Die dramatische Beleuchtung ließ sie wie eine böse Hexe aussehen.
»Wie bitte?«
»Du hast Josh geküsst, obwohl du wusstest, dass ich ihn

gern habe«, sagte Alicia. »Und jetzt weißt du, wie sich das anfühlt.«
»Warte, du hast mich benutzt?«, fragte Cam Alicia. Er klang ein bisschen verletzt.
Die beiden Mädchen beachteten ihn nicht.
»Alicia, ich hätte Josh nie geküsst, wenn ich gedacht hätte, dass er dir noch etwas bedeutet. Du hast mir bei dem Spiel erzählt, dass du über ihn weg bist.« Claire hörte, wie ihre Stimme zitterte. »Außerdem mag ich ihn nicht einmal. Ich habe ihn noch nie gemocht.«
»Nun, mir bedeutet Cam nichts, aber deshalb fühlst du dich jetzt auch nicht besser, oder?«, sagte Alicia.
»Vielen Dank.« Cam fuhr sich mit den Händen durch seine gewellten schwarzen Haare und trat von Alicia weg.
Claire war hin- und hergerissen zwischen dem Wunsch, ihn zu trösten und ihn zu treten.
»Warum hast du mitgespielt?« Claire richtete ihren Ärger jetzt auf Cam. »Wolltest du dich auch rächen? Denn Josh zu küssen war ein Fehler, okay? Ein Fehler! Es tut mir Leid. Was muss ich sonst noch tun, um es zu beweisen?« Die Tränen strömten aus Claires blauen Augen. Sie zwinkerte sie weg, aber sie rannen ihr trotzdem die Wangen hinunter.
»Ich soll auf Rache aus gewesen sein?« Cam ging einen Schritt auf Claire zu. »Ich dachte, *du* wolltest dich rächen.«
Sie ging rückwärts. »Ich? Warum?«
»Weil du heute Abend nicht gekommen bist.« Cam senkte die Stimme. Er klang nicht mehr verärgert. Es war schlimmer. Er klang untröstlich.
»Wovon redest du?« Claires Stimme war höher als normal.

»Ich habe Alicia eine Notiz für dich gegeben. Darin stand, dass ich eine halbe Stunde später kommen würde.«

Niemand sagte ein Wort. Plötzlich war sonnenklar, was geschehen war.

»Ooops.« Alicia hielt sich die Hand vor den Mund. »Ich muss vergessen haben, die Nachricht zu übergeben. Mein Fehler.« Sie hüpfte zu den Büschen und gesellte sich zu Olivia, die sich dorthin gehockt und hinter einer Kiefer versteckt hatte. Die Mädchen brachen in lautes Gelächter aus und gingen im Stechschritt zur Hütte, weil Alicia es ablehnte, zu rennen.

»Claire, es tut mir Leid.« Cam tat einen weiteren Schritt auf sie zu. »Es ist nichts passiert. Es war ein großes Missverständnis.«

Aber Claire wollte seine Entschuldigungen nicht hören. Sie wusste, was sie gesehen hatte, und konnte es nicht mehr ertragen, ihn anzusehen.

»Wo gehst du hin?«, rief Cam ihr nach.

Der Rhythmus ihrer Schritte auf dem Boden, der sich mit ihren ungleichmäßigen Atemzügen zwischen den Schluchzern vermischte, bildete eine Melodie, auf die Claire sich konzentrieren konnte, um die Verzweiflung in Cams Stimme zu verdrängen.

Sie versteckte sich neben ihrer Hütte und wartete darauf, dass die Tränen zu fließen aufhörten. Sie hätte sich gerne im Duschgebäude Wasser ins Gesicht gespritzt, aber dort würde es wahrscheinlich von Mädchen wimmeln, die sich für das Abendprogramm fertig machten; und sie hatte keine Lust, den Grund für ihre Tränen zu erklären. Genau genommen, wünschte sie, jemand könnte ihn ihr selbst erklären. Je mehr Claire darüber nachdachte, desto mehr erinnerte die Situation sie an das, was sie mit Josh getan hatte. Sie hatte seinen Annäherungsversuchen nachgegeben, weil Cam sie verletzt hatte und sie das Gefühl haben wollte, geliebt zu werden. Und eigentlich war es genau das, was Cam mit Alicia gemacht hatte. Er hatte gedacht, Claire hätte ihn versetzt. Er war verletzt und verwundbar und ...

Ein Stück weißes Satin unter einem Dreckhaufen erregte plötzlich Claires Aufmerksamkeit. Sie trat die Blätter zur Seite und fand wieder einmal ihre Unterwäsche. Nur dass die Entdeckung sie diesmal zum Lachen brachte. Was hätte sie sonst tun sollen, nach allem, was passiert war?

Vorsichtig öffnete Claire die Hüttentür und spähte hinein. Wartete Alicia auf sie? Erzählte sie den Mädchen gerade, was geschehen war? Würden sie sie auslachen?

Aber niemand nahm Notiz von Claire, als sie schließlich eintrat. Alle saßen zusammengedrängt auf Massies Bett, verpassten Elchton eine grüne Schlammgesichtsmaske und wiederholten die Einzelheiten des horizontalen Lippenkusses für die unglücklichen Mädchen, die das Ganze verpasst hatten.

Claire gelang es, unbemerkt in den hinteren Teil der Hütte zu gelangen, wo sie ihren Flanellpyjama anzog. Sie atmete erleichtert auf, als sie feststellte, dass Alicia und Olivia nicht da waren.

Claire und Layne saßen beim abendlichen Lagerfeuer ganz hinten. Von dort aus konnte Claire ab und zu einen Blick auf Cam erhaschen, der den ganzen Abend zu Boden starrte und mit dem Reißverschluss seiner Lederjacke spielte. Alicia und Olivia saßen so weit wie möglich von ihm entfernt und taten so, als würden sie Mr Myners Lesung aus *Tomahawk* lauschen, während sie sich in Wirklichkeit darauf konzentrierten, sich gegenseitig die Haare zu flechten. Massie saß neben Derrington und kicherte, während die MUCK-Mädchen jede ihrer Bewegungen beobachteten.

Claire konnte es gar nicht erwarten, in ihr Bett zu kriechen und für die nächsten zehn Stunden abzutauchen.

Als schließlich das Licht ausgemacht wurde, schliefen alle schnell ein. Die kalte, frische Luft und der lange mit Aktivitäten angefüllte Tag machten es fast unmöglich, wach zu bleiben. Claires Körper fühlte sich schwer und wund an, weil sie den ganzen Abend geweint hatte, und sobald ihr Kopf das Gänsedaunenkissen berührte, versank sie in der weichen Umarmung.

Wenige Augenblicke später öffnete sie die Augen und sah sich um. Draußen war es noch dunkel, und benebelt vom Schlaf fragte sie sich, warum sie wach geworden war.

»Claire«, flüsterte ein Mädchen. Sie saß auf Claires Bettkante und hatte glänzendes Lipgloss der Geschmacksrichtung Donut, schwarzen Eyeliner und tonnenweise Rouge aufgetragen. Ihr welliges Haar war mit Strasshaarspangen aus dem Gesicht gesteckt, und sie trug eine cremefarbene Kaschmirjacke, die vorne zu knoten war. Die Jacke hing um ihre breiten Schultern und der Rest ihres Oberkörpers war nackt. Claire setzte sich auf, um zu prüfen, ob außer ihr noch jemand sah, was sie sah.

»Schhhh, ich bin's«, sagte das Mädchen. Da bemerkte Claire ihre Augen. Eines war grün und das andere blau.

»Cam?«, flüsterte Claire.

»Nenn mich Camille«, sagte er mit vorgetäuschter Fistelstimme.

Claire kicherte. Er sah wie eine Transvestitenversion von Massie aus. Bei der Vorstellung, wie dieser um-wer-fende Fußballstar vor dem Spiegel Lipgloss auftrug, konnte sie ihm unmöglich weiter böse sein. Offensichtlich war er zu Massie gegangen und hatte ihr sein Herz ausgeschüttet, denn ansonsten hätte sie ihm niemals ihre kostbare, vorne zu knotende Jacke geliehen. Und da war er nun, als Mädchen verkleidet, und setzte seinen Stolz und seinen Platz in der Fußballmannschaft aufs Spiel, nur für sie.

»Hier.« Cam zog eine Tüte mit Gummifüßen und sauren Gummischlangen aus der Tasche seines Denim-Minirockes.

»Wo hast du die denn aufgetrieben?« Claire hätte am liebsten die Arme um ihn geworfen. Es war Wochen her, seit er ihr zuletzt Süßigkeiten mitgebracht hatte. Sie machte die Plastiktüte auf und steckte die Hand hinein.

»Ich habe sie von zu Hause mitgebracht und unter meiner Matratze versteckt«, gestand Cam schüchtern. »Weißt du, für den Fall, dass wir uns versöhnen.«

»Das heißt, du wolltest dich auch versöhnen?«

Cam nickte und lächelte strahlend, außer Stande, cool zu tun.

»Warum hast du mich dann ignoriert?« Claire schlug ihm spielerisch auf den Arm.

»Weil ich nicht sicher war, ob du Josh nicht doch gern hast«, sagte Cam. »Du weißt schon, bis ein Typ in meiner Hütte aufgetaucht ist und die Dinge klargestellt hat.«

Wieder einmal hatte Massie Block Recht gehabt.

Claire zog ein rotes, saures Gummi aus der Tüte und steckte es sich in den Mund. Dann nahm sie einen orangefarbenen Gummifuß und fütterte ihn damit. Sie sahen einander mit einem breiten Grinsen beim Kauen zu. Sobald sie die Süßigkeiten hinuntergeschluckt hatten, wischte Cam sich mit dem Handrücken die glänzenden Lippen ab und neigte den Kopf leicht nach rechts. Claire tat dasselbe. Und ohne Zögern beugten sie sich vor.

Cams Lippen waren weich und voll und süß. Sein Kuss fühlte sich nicht kalt und fremd wie Joshs Kuss an. Es war, als würde sie eine Jeans anprobieren und feststellen, dass sie wie für sie gemacht war.

Je länger ihre Lippen sich berührten, desto heißer wurden Claires Wangen, bis sie sich fragte, wie lange sie noch küssen konnte, bevor ihr der Kopf explodierte.

Schließlich zog Cam sich zurück, um zu atmen. »Ich gehe jetzt besser, bevor ich aus der Fußballmannschaft fliege.«

»Okay«, versuchte Claire zu sagen, aber kein Laut kam über ihre Lippen. Sie konnte ihm bloß zusehen, wie er sich in Massies Mokassinstiefeln entfernte, und musste kichern.

Ihr erster Kuss von Cam war ganz anders gewesen, als sie ihn sich vorgestellt hatte.

Er war viel besser gewesen. Und das Warten hatte sich gelohnt.

LAKE PLACID, NEW YORK
CAMPINGPLATZ FOREVER WILD

ESSENSPAVILLON

Mittwoch, 25. Februar
7 Uhr 29

Kann mir bitte jemand die Butter reichen?« Claire weigerte sich Alicia direkt zu fragen, obwohl die silberne Butterschale neben deren Teller stand.

Alicia ignorierte sie und fuhr fort Ketschup auf ihr Eiweiß zu geben.

»Die Butter, bitte!«, sagte Claire beharrlich.

Alicia schenkte sich ein Glas frisch gepressten Orangensaft ein. »Möchtest du auch welchen?«, fragte sie Olivia, die neben ihr saß.

»Gerne.« Olivia lächelte und hielt Alicia ihr Glas hin.

Claire stand auf und stampfte auf die andere Seite des Tisches. Sie beugte sich über Alicias Schulter und nahm die Butterschale. Der glockig geschnittene Ärmel ihres grauen Kapuzensweaters streifte Alicias Wange. Sie entschuldigte sich nicht.

Claire bewegte sich mit einem Selbstvertrauen, das Massie noch nicht an ihr gesehen hatte. Sie reckte ihr Kinn in die Höhe, zog die Schultern zurück und hatte einen furchtlosen Ausdruck in den Augen, als würde sie von einem unsichtbaren Kraftfeld beschützt, das sie tun ließ, was sie wollte.

»Kuh-laire, was ist los?«, flüsterte Massie Claire ins Ohr,

sobald sie sich wieder hingesetzt hatte. »Du benimmst dich so un-Claire-isch.«

Claire strahlte. »Wir haben es letzte Nacht getan!«

»Wirklich?« Massie zwang sich zu einem Lächeln. Sie freute sich für Claire, fragte sich jedoch, warum man ihr die große Neuigkeit nicht unmittelbar danach erzählt hatte. War sie die Erste, die es wusste, oder war es Layne? Wem sonst hatte Claire es noch vor ihr erzählt?

»Äh, soll ich es geheim halten?« Massie riss ihre bernsteinfarbenen Augen weit auf und hoffte, dass ihr unschuldiger Gesichtsausdruck ihre wahren Gefühle verbarg. »Oder wissen es schon alle?«

»Niemand weiß es bis jetzt.« Claire trank einen Schluck Traubensaft.

Massie seufzte. »Das ist klasse.« Diesmal war ihr Lächeln echt. »Erzähl mir alles. Lass keine Einzelheit aus.«

Während Claire von Cams romantischem Besuch als Camille mitten in der Nacht berichtete, legte Massie sich die jagdgrüne Stoffserviette auf den Schoß und nahm ihr silbernes Besteck in die Hand. Mit einer raschen Bewegung zerschnitt sie ihre Eggs Benedict. Das leuchtende Eigelb ergoss sich über den knusprigen Schinken, floss von dem gerösteten englischen Muffin und tropfte auf den weißen Teller. Das Ganze erinnerte sie an die Jackson-Pollock-Gemälde bei Alicia zu Hause, bei denen auch viel mit Farbe gespritzt worden war. Sie spießte das abgeschnittene Stück mit der Gabel auf und stopfte es sich in den Mund, dankbar, dass ihr Appetit zurückgekehrt war. Ihre Kleidung fing an, an den falschen Stellen herunterzuhängen.

Sie hob die grüne Serviette an den Mund und tupfte sich die Mundwinkel ab, wobei sie sich große Mühe gab, ihr Glück bringendes Cinnabon-Gloss nicht wegzuwischen. Derrington saß am Nachbartisch und schleuderte gerade ein Messer voll Traubengelee nach Kemp. Massie wandte sich schnell ab, bevor er sie dabei erwischen konnte, wie sie ihn beobachtete. Wie lange würde es wohl bis zu ihrem nächsten Kuss dauern? Würden sie es auch tagsüber tun? Oder würde es eine Angelegenheit für die Zeit nach dem Abendessen bleiben? Und was würde passieren, wenn sie nach Westchester zurückkehrten? Massies Magen machte wieder zu und sie schob ihren Teller zur Seite.

»Es sieht so aus, als würde bei allen um mich herum etwas Interessantes passieren, nur bei mir nicht.« Dylan drehte ihre langen roten Locken im Nacken zu einem Knoten zusammen.

Claire errötete, als ihr klar wurde, dass Dylan alles gehört hatte, was sie über Cam gesagt hatte. »Ich hatte auf jeden Fall vor, es dir zu erzählen.«

»Darum geht es nicht.« Dylan lehnte sich über den Tisch, sodass sie Claire und Massie ins Gesicht sehen konnte. »Es ist nur so, dass ich so gestresst wegen meiner Mom und Mr Myner war, dass ich keine Zeit mehr hatte, mich um Chris Plovert zu kümmern.«

»Na und?« Massie zuckte die Schultern. »Es ist immer noch Zeit.«

»Absolut.« Claire legte Dylan die Hand auf die Schulter. »Wir können einen Plan für dich entwerfen, ihn heute Abend nach dem Essen zu küssen. Das ist unsere Spezialität.« Sie zwinkerte Massie zu.

»Was ich brauche, ist ein Plan, um Olivia loszuwerden.« Dylan starrte die kecke Blondine am anderen Ende des Tisches an. »Plovert ist total in sie verknallt.«
»Woher willst du das wissen?«, sagte Massie eindringlich, obwohl sie wusste, dass Dylan Recht hatte.
»Gestern Abend hat er mich gebeten, für ihn herauszufinden, ob Olivia sich für jemanden interessiert.« Dylan schlug mit ihrem Löffel auf ihren Stapel Pfannkuchen mit Sirup.
»Oh.« Massie schob ihren Kompassanhänger auf ihrer goldenen Halskette hin und her.
»Ich bitte um Aufmerksamkeit!«, verkündete Mr Dingle, der vorne im Raum stand.
Massie war dankbar für die Unterbrechung. Sie wollte Dylan gerne helfen sich besser zu fühlen, aber sie hatte keine Ahnung, wie. Alle wussten, dass Plovert hinter Olivia her war. Er lief ihr hinterher wie ein hungriger Bär, seit sie aus dem Bus gestiegen waren.
»Achtung, bitte!« Mr Dingle schob die Brille mit den dicken eckigen Gläsern nach oben und verschränkte dann die Hände hinter dem Rücken, als würde er dort etwas verstecken. »Ru-he!«
Es wurde still im Raum, abgesehen vom Klirren und Klimpern von Besteck auf Tellern.
Sobald ihm alle zuhörten, enthüllte Mr Dingle, was er versteckt hatte. Alle brachen in hysterisches Gelächter aus, als er einen Zweig in die Höhe hielt, von dem ein Satinunterhöschen baumelte.
»Ich habe das an einem Baum am Anfang des Geißblattweges hinter der Mädchenhütte gefunden«, sagte er. »Und das

Schlimmste dabei ist, dass es nur knapp neben dem Nest einer unschuldigen Schneeeule hing.«

Wieder explodierten alle im Raum vor Lachen. Claire wurde brennend rot und blickte Layne an. Aber Layne merkte es nicht. Ihr Gesicht war in ihrem Rucksack vergraben. Sie tat, als würde sie etwas ausgesprochen Wichtiges suchen.

»Gefärbter Satin stellt nicht nur eine große Gefahr für die Umwelt dar ...« Mr Dingle nahm seine Brille ab. Mit seinen runden, glänzenden Augen suchte er die Menge ab. »Sondern ich hatte auch gehofft, dass ein paar Tage in der Wildnis euch gelehrt haben würden, die Natur zu respektieren.« Er schwenkte den Stock mit der Unterwäsche wie eine zerrissene Kriegsflagge. »Ich will wissen, wer dafür verantwortlich ist.«

Im Raum herrschte Schweigen, abgesehen von ein paar falschen Beschuldigungen vom Tisch der Jungen.

»Wenn niemand sich meldet, müsst ihr alle dafür büßen.« Mr Dingle setzte seine Brille wieder auf und schob sie mit dem Zeigefinger in die richtige Position. »Wie klingt zehn Kilometer wandern ohne Mittagessen?«

Das Gemurmel schwoll an, bis alle in voller Lautstärke durcheinander redeten.

»Claire, ist das nicht deine Unterwäsche?«, rief Alexandra vom anderen Mädchentisch. »Du hast doch etwa zehn Paar davon.«

»Sie hat Recht«, sagte Carrie. »Claire ist die Einzige, die normale Slips trägt. Wir tragen alle Stringtangas.«

Die Jungen bogen sich vor Lachen und fingen an Cam zu boxen. Er wurde dunkelrot und schlug zurück.

Claire sank in sich zusammen und rieb sich die Stirn.
Massie starrte Layne an und drohte ihr stumm sich zu melden, sonst würde etwas passieren.
»Äh, ich weiß, wer es war«, sagte Layne leise.
»Lauter«, zischte Massie zwischen den Zähnen hervor.
Claire sah Layne besorgt an. Natürlich wollte sie nicht, dass ihre Freundin so gedemütigt wurde. Layne stand schon genug unter Druck wegen ihrer verrückten Outfits und ihrer abstoßenden Essensgewohnheiten. Wenn herauskam, dass sie schmutzige Unterwäsche auf einem Baum versteckt hatte, würde sie sich nie mehr davon erholen. Es wäre der letzte Nagel in ihrem gesellschaftlichen Sarg, bildlich gesprochen.
»Ich weiß, wer es war.« Claire sprang auf die Füße.
Im Raum herrschte Stille. Massies Herz schlug heftig. Sie brachte es nicht über sich, Claire anzusehen, obwohl sie schrecklich gerne mitbekommen wollte, was als Nächstes passierte.
»Die Unterwäsche gehört *ihr.*« Claire zeigte auf Alicia.
»*Was?*«, kreischte Alicia. Sie schlug sich mit der Hand gegen die Brust. »Wovon sprichst du?«
Alle fingen an zu flüstern.
»Alicia, ist das wahr?«, wollte Mr Dingle wissen.
»Nein«, antwortete Alicia mit Nachdruck. Ihr Gesicht wurde so rot wie Claires Traubensaft. »'türlich nicht!«
»Denn wenn du lügst, müssen alle im Raum zehn Kilometer wandern, ohne –«
»Es stimmt«, warf Livvy ein. »Ich habe gesehen, wie Claire ihr ein Paar geliehen hat, als wir ankamen.«
»Ich habe es auch gesehen«, sagte Alexandra.

»Ich auch«, rief Layne. Als niemand hinsah, formte sie unhörbar mit den Lippen ein »Dankeschön« an die Adresse von Claire.

»Ih, warum sollte ich mir von Claire Unterwäsche ausleihen?«, schrie Alicia. »Ich denke, ich kann mir selbst welche leisten.«

»Du hast sie dir ausgeliehen, erinnerst du dich nicht?« Offensichtlich versuchte Olivia ihr zu helfen. »Es war am Tag der Anreise. Wir haben ausgepackt und Claire hat dir –«

Alicia rammte Olivia den Ellbogen in den Magen.

»Aua!«, heulte Olivia. »Was soll das denn?«

Alicia starrte Olivia an, bis dieser schließlich aufging, dass sie ihrer Freundin einen schlechten Dienst erwiesen hatte.

»Oh mein Gott, es tut mir soooo Leid!«, flüsterte sie.

Massie war zu schockiert, um einzugreifen. Sie konnte nicht glauben, dass Claire den Mut gehabt hatte, Alicia die Schuld in die Schuhe zu schieben. Aber andererseits hatte Alicia es auch verdient, weil sie sich an Cam herangemacht hatte. Aber hatte Alicia es Claire nicht bloß heimgezahlt, weil sie Josh geküsst hatte? Die Situation war zu kompliziert, um sich auf eine Seite zu schlagen, selbst für Massie. Sie steckte sich ein Stück Bratkartoffel in den Mund und schlug die Beine übereinander. Es tat gut, zuzusehen, wie zur Abwechslung das gesellschaftliche Leben von jemand anderem zusammenbrach.

Es dauerte nicht lange, bis die Jungen zu singen begannen »Alicia Riveras Unterwäsche«, immer wieder.

»Sie gehört nicht mir!« Alicia sprang auf.

Aber der Gesang übertönte ihre Stimme.

»Vielen Dank!«, schrie Alicia Claire zu, bevor sie sich umdrehte und das Weite suchte. Es war das erste Mal, dass Massie sie rennen sah.

»Komm zurück, Alicia!«, rief Mr Dingle. Aber Alicia lief an ihm vorbei und geradewegs zur Tür hinaus.

»Ich sehe besser nach, ob sie okay ist.« Olivia warf ihre Serviette auf den Tisch und jagte ihrer Freundin nach.

»Ich auch.« Dylan stopfte sich zwei Bagels und ein paar Scheiben Käse in die Taschen ihrer Bomberjacke. »Für Kristen«, sagte sie, als sie Massies angewiderten Blick bemerkte. »Ich bin dran, ihr Essen zu bringen.«

Massie grinste. Sie fühlte sich leicht und äußerst stressfrei, als wäre sie auf einem Spa-Urlaub. Das Ganze war ganz und gar nicht ihr Problem.

Der Gesang wurde lauter.

»ALICIA RIVERAS UNTERWÄSCHE!
ALICIA RIVERAS UNTERWÄSCHE!
ALICIA RIVERAS UNTERWÄSCHE!
ALICIA RIVERAS UNTERWÄSCHE!«

»Es reicht jetzt!«, schrie Mr Dingle. Er warf den Stock und die schmutzige Unterwäsche in den Mülleimer. Der Gesang wurde zu einem Flüstern und hörte schließlich ganz auf.

»Ich fühle mich schrecklich«, verkündete Claire leise.

»Erklär es mir.« Massie trank einen Schluck Orangensaft und steckte sich eine weitere Bratkartoffel in den Mund. Sie hatte das Gefühl, als würde sie einen Film sehen. Sie verstand vollkommen, warum Claire Schuldgefühle hatte, weil sie einem unschuldigen Mädchen die Schuld in die Schuhe geschoben hatte, aber sie wollte nicht, dass die Vorführung zu Ende war. Warum sollte man ein perfektes Feuer löschen, wenn man mehr Holz darauf werfen und beim Verbrennen zusehen konnte?

»Ich weiß ganz sicher, dass Layne es getan hat, nicht Alicia«, flüsterte Claire. »Ich war einfach so wütend auf sie, weil sie versucht hat Cam zu küssen.«

Massie riss sich ein Stück Baguette ab und tunkte es in das Glas mit dem Himbeergelee.

»Ich muss zu ihr gehen und mich entschuldigen«, meinte Claire eindringlich.

»Erzähl mir, warum du so empfindest.« Massie ahmte den Seelenklempner nach, zu dem sie gehen musste, wenn sie nächtliche Panikanfälle hatte.

»Es ist einfach so.« Claire stieg über die Bank, nahm ihre babyblaue Daunenjacke und eilte zum Ausgang.

Massie wandte sich wieder dem Tisch zu. Layne starrte sie ausdruckslos an.

»Gut gemacht, Layne ... der Blutfleck.« Massie zog die Augenbrauen hoch und zeigte die Andeutung eines Lächelns.

Layne stieß ihren Stuhl zurück und rannte Claire nach.

Massie blickte nach links, dann nach rechts und suchte jemanden, mit dem sie zusammen über ihre Bemerkung lachen konnte. Aber niemand war da. »Ich komme!«, rief sie. Dann rannte sie aus dem Essenspavillon, bevor jemand merkte, dass man sie allein zurückgelassen hatte.

Sie erwartete die Mädchen vor der Tür streiten zu sehen, aber der Campingplatz war seltsam friedlich. Der Wind hatte sich gelegt und die kalte Luft war nicht mehr beißend. Jetzt fühlte sie sich bloß noch sauber und frisch an. Massie war plötzlich traurig, als ihr aufging, dass es ihr letzter Tag auf diesem Campingplatz war. Diese Woche hatte sich als die beste Woche überhaupt erwiesen ... für sie.

Es erschien ihr am logischsten, zuerst im Duschgebäude nach ihren Freundinnen zu suchen, weil weinende Mädchen gewöhnlich zum nächstbesten Waschbecken liefen. Aber der hohe, schrille Schrei aus der Hütte der Mädchen belehrte sie eines Besseren.

»Ich hasse dich!«, hörte sie Dylan brüllen.

Massie erhöhte ihre Geschwindigkeit. Sie konnte es nicht aushalten, auch nur eine weitere Sekunde zu versäumen. Sie rannte die Verandatreppe hinauf und nahm immer zwei Stufen auf einmal. »Was ist los?«, fragte sie, als sie die Tür aufstieß.

Der warme, würzige Geruch des prasselnden Feuers erinnerte sie an ihr Wohnzimmer, wenn ihre Eltern Besuch hatten. Aber Moment – wer hatte das Feuer angezündet? Kristen würde nie einen derartig dummen Fehler begehen, oder doch?

Es dauerte nicht lange, bis alles einen Sinn ergab. Mr Myner und Merri-Lee lagen aneinander geschmiegt auf der Couch vor dem Kamin und Dylan stand mit leuchtend rotem, tränenüberströmtem Gesicht vor ihnen. Claire, Olivia und Alicia standen mit offenem Mund hinter ihr. Massie ging auf Zehenspitzen zu ihnen hinüber.

»Ich muss meine Pfannkuchen wieder auskotzen!«, schrie Dylan sie an und rieb sich den Bauch.

»Pickles, warte.« Merri-Lee machte sich von Mr Myner los und stand auf. »Du bist hier völlig auf dem Holzweg.«

»Du musst es ja wissen!«, spottete Dylan höhnisch grinsend. »Du bist ja offensichtlich eine Expertin in puncto Holzwegen.«
»Gute Erwiderung«, sagte Massie im Flüsterton. Der Rest der Mädchen nickte zustimmend.
Dylan lächelte leicht unter Tränen. Dann wurde ihr Gesichtsausdruck sofort wieder hart. Sie marschierte zu Massies Bett hinüber und zog die Bagels und den Käse aus der Tasche. »Hier ist dein blödes Frühstück, Kristen.« Sie hielt das Essen unter das Bett, bis Kristens Hand auftauchte und es nahm.
Mr Myner stand auf und strich sich mit den Händen über die Vorderseite seiner Levis. »Kristen ist hier?«
»Was tust du bloß?«, fragte Massie Dylan stumm.
»Als hätten *sie* ein Recht, uns etwas über Regeln zu predigen«, schluchzte Dylan. Sie stopfte die Hände in die Jackentasche und rannte hinaus.
»Wo ist sie?« Mr Myner stemmte die Hände in die Hüften und stützte ein Bein auf einem Knautschsessel auf.
»Draußen.« Olivia zeigte auf die offene Tür. »Sie ist gerade hinausgegangen.«
»Nicht Dylan!«, blaffte Mr Myner. »Kristen!«
»Oh.«
»Hi.« Kristen rollte sich langsam unter dem Bett hervor. Ihre kurzen blonden Haare waren am Hinterkopf platt gedrückt und strubbelig. Eine graue Staubmaus hing an ihrem Nacken.
»Wie lange bist du schon hier?«, verlangte Mr Myner zu wissen.

»Ein paar Tage.« Kristens Stimme zitterte, als sie aufstand.
»Und du lebst unter diesem Bett?«
Massie wusste nicht, ob er schockiert, böse oder beeindruckt war.
Kristen nickte.
»Das wird ja zu einer echten Survival-Story«, sagte Merri-Lee. »Wo ist meine Filmcrew?« Sie drückte auf eine Schnellwahltaste an ihrem Handy und wippte mit einem nackten Fuß, während sie auf Antwort wartete.
»Keine Kameras«, sagte Mr Myner mit Nachdruck. Er nahm Merri-Lee das Handy aus der Hand und ließ es zuschnappen. »Das hier ist sehr ernst.« Er ließ Kristen nicht aus den Augen. »Wissen deine Eltern, wo du bist?«
Kristen blickte auf den flauschigen weißen Teppich unter ihren Füßen.
»Kristen!«, schrie er.
Sie zuckte zusammen, schwieg aber weiterhin.
»Diese Aktion kostet dich mindestens ein paar Wochen Suspendierung von der Schule«, sagte Mr Myner. »Also fängst du besser an zu reden, bevor es noch schlimmer wird.«
»Nein, bitte nicht!«, flehte Kristen. »Ich bin nur hergekommen, weil ich lernen wollte und mir die 1 500 Dollar nicht leisten konnte.«
»Oh, diese Story ist gut genug, um sogar Oprah Winfrey vor Begeisterung verrückt zu machen!« Merri-Lee wandte sich Mr Myner zu und drückte die Handflächen aneinander, als wollte sie beten. »Bitte, lass mich meine Crew holen.«
Ein Ausdruck höchsten Abscheus huschte über sein Ge-

sicht. »Ich lehne es ab, diese Bitte mit einer Antwort zu würdigen.«

Merri-Lee lächelte kokett und kitzelte ihn unterhalb der Rippen. »Ist *das* nicht eine gute Antwort?« Sie kicherte, weil sie sich selbst so schlau fand.

Mr Myner schlug ihre Hand weg und wandte sich wieder an Kristen. »Was du getan hast, war in vielerlei Hinsicht falsch –«

»Bitte, Mr Myner.« Kristen fing ungehemmt zu weinen an. »Wenn ich suspendiert werde, verliere ich mein Stipendium und meine Eltern werden –«

»Daran hättest du vorher denken sollen.« Er löste sein Handy von der Seite seiner Levis. »Rektorin Burns«, sagte er, und das Handy begann automatisch ihre Nummer zu wählen.

»Das ist so unfair!« Kristen schob sich an Mr Myner vorbei und rannte zur Tür hinaus.

»Ich werde sie holen.« Ohne nachzudenken, raste Massie hinter ihrer Freundin her.

»Nein, das tust du nicht!«, stieß Mr Myner barsch hervor. »Komm sofort zurück!«

»Massie, komm zurück!«, rief Claire. »Du bringst dich in Schwierigkeiten.«

»Das stimmt –«, bestätigte Mr Myner. »Und zwar in große Schwierigkeiten.«

»Ich hole sie.« Claire eilte hinaus.

»Oh, bit-te!«, schrie Alicia. »Als ob sie auf dich hören würden! Keine Sorge, Mr Myner, ich werde sie finden. Sie werden mir viel eher zuhören als Kuh-laire. Bin gleich zurück.«

Massie lehnte an ihrer Birke und wartete darauf, dass Claire und Alicia sie einholten. Aber Alicia sah sie nicht und schrie immer wieder: »Massie, warte! Massie, warte!«, bis sie und Claire Massie hinter der Hütte fanden.

»Beeilt euch.« Massie wusste nicht genau, was sie tun sollte. Alles, was sie wusste, war, dass ihre besten Freundinnen ihre Hilfe benötigten.

»Wir müssen zurückgehen!«, keuchte Claire. »Sonst bringt Mr Myner uns um.«

»Tu, was du willst, aber ich werde meine Freundinnen in der Not nicht im Stich lassen«, sagte Massie.

»Ich auch nicht.« Alicia grinste schief.

Claire kaute auf ihrem Daumennagel und blickte zurück zur Hütte.

»Dylan? Kristen?«, rief Massie in Richtung der verbotenen Wanderwege, die sich nur wenige Meter entfernt befanden. »Seid ihr dahinten?«

»Massie?«, flüsterte Dylan. »Ist das eine Falle?«

»Nein, das ist keine Falle. Bit-te!« Massie sah ernsthaft beleidigt aus.

»Wer ist bei dir?«, rief Kristen.

»Ich, Alicia und vielleicht Claire«, sagte Massie. »Falls sie nicht zu Mr Myner zurückläuft.«

Claire nahm den Daumen aus dem Mund und verschränkte die Arme vor der Brust. Sie war dabei.

»Sagt mir, wo ihr seid«, knurrte Massie. »Bevor er uns findet.«

»Bärentatzenweg«, antwortete Kristen.

»Wir sind schon unterwegs.«

»Warte!« Claire hielt Massie an der Schulter fest. »Wenn wir ohne Aufsicht dorthin gehen, fliegen wir von der Schule. Das hat Mr Myner uns am ersten Tag gesagt, erinnerst du dich?«

Massie starrte sie an. »Was kann er schon tun? Uns *alle* rausschmeißen? Bit-te. Wir sind die beliebtesten Mädchen des ganzen Jahrgangs. Die Schule wäre so lahm ohne uns, und das weiß er ganz genau.«

»Ich weiß, aber –«

»Dann geh doch einfach!«, schnauzte Alicia sie an. »Es will dich ohnehin niemand dabeihaben.«

Claire warf Alicia den bösesten Blick zu, zu dem sie in der Lage war. Dann schob sie sich zwischen ihnen hindurch und ging voraus zum Bärentatzenweg.

Kristen und Dylan saßen ein paar Meter entfernt nebeneinander auf einem umgefallenen Baumstamm. Die Gesichter beider Mädchen waren mit Wimperntusche und Eyeliner verschmiert. Massie wollte sich erst über sie lustig machen, überlegte es sich aber anders.

»Pickles!«, rief Merri-Lee vom Beginn des Wanderweges.

»Määä-dels!«, stimmte Mr Myner ein. »Lasst uns darüber reden!«

»Beeilt euch!«, sagte Kristen lautlos. »Hier entlang.«

»Woher weißt *du* das?«, flüsterte Massie.

»Ich habe die Wanderkarten im Kopf.« Kristen hob den Zeigefinger an die Lippen und bedeutete ihnen dann sich zu beeilen.

Sie folgten Kristen etwa zwanzig Minuten lang wortlos tief in den Wald hinein. Schließlich hielten sie an, um Alicia die

Chance zu geben, sie einzuholen. Sie hielt ihre Brüste fest, damit sie nicht so hüpften, als sie auf sie zueilte.

»Wo sind wir?« Alicia blickte sich um. »Der Wanderweg ist seit einer Ewigkeit zu Ende.«

Große, kahle Bäume umgaben sie von allen Seiten. Obwohl sie keine Blätter hatten, versperrten sie die Sicht auf den Himmel. Der Boden war mit abgebrochenen Ästen, welken Blättern und dickem Moos bedeckt, das Massie an das Putting Green des OCD-Golfplatzes erinnerte. Sie fühlte sich abgeschnitten von allem so mitten in der Natur. Einerseits war es gemütlich und wie in einem Kokon, andererseits kam sie sich vor wie in einem Sarg, in dem man sie lebendig begraben wollte.

»Äh.« Kristen fuhr sich mit den Händen durch die kurzen blonden Haare.

»Was meinst du damit, *ähhh?«*, wollte Alicia wissen.

»Gebt mir nur eine Minute.« Kristen streckte einen Finger in die Höhe. »Ich finde mich gleich wieder zurecht.«

»Das wäre auch besser.« Dylans Stimme klang flach und monoton, wie die eines Roboters. »Denn hinter diesem Baum ist etwas mit großen schwarzen Augen, und es sieht uns direkt an.«

Massie spürte, wie ihr das Herz in die Hose rutschte, bevor sie überhaupt sah, wovon Dylan sprach.

»Keiner bewegt sich«, flüsterte Kristen. »Sonst greift es uns an.«

»Was ist es denn?«, hörte Massie sich fragen. Ihre Stimme klang fern und seltsam, als gehörte sie einer anderen Person, jemandem, der gleich sterben würde.

»Ich glaube, die lateinische Bezeichnung lautet *Ursus arctos*«, murmelte Kristen.
»Und die Übersetzung?«, fauchte Dylan.
»Grislibär«, hauchte Claire an Kristens Stelle.
»Oh mein Gott, was tun wir bloß?« Alicia ergriff Claires Arm, ließ aber sofort wieder los, als sie merkte, was sie getan hatte.
»Kauert euch nieder und tut so, als wärt ihr ein kleines, nicht bedrohliches Nagetier«, sagte Kristen leise.
»Was?«, fragte Dylan kurz angebunden.
»Psssst«, zischten die anderen.
»Tu es einfach.« Kristen kauerte sich hin. Sie streckte die Hände aus und krümmte ihre Finger, sodass sie wie kleine Eichhörnchenpfoten aussahen. »Ich habe es in dem Survival-Führer gelesen.«
Die Mädchen konnten nicht mitreden, denn keine von ihnen hatte sich die Mühe gemacht, das dicke Skript zu lesen. Massie erinnerte sich sogar daran, es benutzt zu haben, um ihre Lipglosstube zu reinigen, wenige Minuten bevor sie sich mit Derrington getroffen hatte.
Eine nach der anderen kauerte sich nieder. Massie drückte die Augen fest zu, krümmte ihre Hände zu kleinen Pfoten und dankte Gott, dass sie wenigstens nicht sterben würde, ohne zu wissen, wie es war, einen Jungen zu küssen.

LAKE PLACID, NEW YORK
NICHT GANZ SICHER, WO GENAU

Mittwoch, 25. Februar
Es fühlt sich an, als könnte es Zeit fürs Mittagessen sein

Niemand hat etwas zu essen dabei, richtig?«, flüsterte Kristen.

Die Mädchen hockten da wie Eichhörnchen und versuchten das wilde Tier, das sie hinter einem Baum hervor anglotzte, zu überlisten.

»Ich wünschte, ich hätte was dabei«, erwiderte Dylan flüsternd. »Und wenn ich gewusst hätte, dass wir uns verirren und den Rest unseres Lebens in den Adirondacks verbringen würden, hätte ich meine Pfannkuchen aufgegessen.«

»Psssst«, machte Massie, die den Tränen nahe war.

Unauffällig steckte Claire den Zeigefinger in ihre ausgebeulte Jackentasche. Sie schloss die Faust um die halb geleerte Tüte mit Gummischlangen und sauren Stäbchen, die Cam ihr gegeben hatte, um sie vor dem hungrigen Tier zu schützen, das sie überfallen würde. Sie hoffte, dass jemand die Süßigkeiten in ihrer Hand entdecken würde, wenn man ihre verstümmelten Leichen fand. Es wäre ein Detail, das die Presse traurig und entzückend finden würde. Cam würde den Zeitungsartikel lesen und wissen, dass er in ihrem letzten Stunden bei Claire gewesen war. Wenn sie nur ihrer Familie den gleichen Trost spenden könnte. Der Gedanke an ihre weinenden Eltern brach ihr das Herz. Aber die Vorstellung, dass Todd ihr Zimmer übernahm, nachdem sie es endlich nach ihren Wünschen eingerichtet hatte, erfüllte Claire mit genügend Wut, um dem Raubtier die Stirn zu bieten. Wenn sie dem Schönheitskomitee mutig gegenübertreten konnte, dann konnte sie es auch mit einem wilden Tier aufnehmen.

Langsam nahm Claire die Tüte aus der Tasche, wobei sie sie vor Dylan versteckte, die in der letzten halben Stunde ständig wegen ihres Hungers gejammert hatte. Auf keinen Fall würde sie es schaffen, den Knoten mit einem Finger zu lösen, und deshalb bohrte sie stattdessen ein Loch in die Tüte, zog ein Gummi durch die Öffnung und legte es sich auf die Handfläche. Alle beteten mit geschlossenen Augen, sodass niemand sah, wie Claire die Süßigkeit warf. Sie warf sie absichtlich weit links von dem Tier, damit es dem Essen folgen und sie in Ruhe lassen würde. Aber das Gummibärchen traf einen Baum und flog nicht einmal in die Nähe des anvisierten Zieles.

»Oh mein Gott, habt ihr das gehört?« Dylan öffnete die Augen. »Jemand schießt auf uns!«

»Niemand schießt«, flüsterte Kristen. »Wahrscheinlich war es nur eine herunterfallende Eichel.«

»Bist du sicher?«

»Absolut.«

Sie schlossen wieder die Augen und fuhren fort zu beten.

Claire wiederholte den gesamte Vorgang. Diesmal jedoch

nahm sie zwei Stücke statt einem, falls sie ihr Ziel wieder verfehlen sollte.

Der zweite Wurf war noch jämmerlicher als der erste. Claire hatte keine Ahnung, wo die Süßigkeit gelandet war.

»Das hier ist für die Liebe«, sagte Claire sich, als sie den Arm zum dritten Mal nach hinten bog. Sie stellte sich Cam in der Verkleidung als Camille vor und erinnerte sich daran, wie er sich zu ihr gebeugt hatte, um ihr einen Kuss zu geben. Die Erinnerung erfüllte sie mit Kraft und Entschlossenheit. Diesmal warf sie mit mehr Kraft, als sie zu haben geglaubt hatte.

Plötzlich rannte die Bestie davon, als wäre ein paar Zentimeter von ihren Vorderfüßen entfernt eine Landmine explodiert.

»Es ist weg«, verkündete Claire.

»Oh mein Gott, was war das?« Alicia öffnete ihre großen braunen Augen.

»Es sah aus wie Bambi«, gurrte Kristen. »Ich glaube, es war ein kleines Rehkitz.«

»Sind die nicht Vegetarier?«, fragte Claire.

Niemand gab eine Antwort.

Claire wollte ihnen eigentlich unbedingt erzählen, wie sie ihr Leben gerettet hatte, aber dann würden sie wissen, dass sie saure Stäbchen und Gummischlangen hatte. Und sie zu teilen stand außer Frage.

»Es war Gott«, behauptete Massie. »Ich habe inständig gebetet und es hat funktioniert.

»Gut gemacht.« Alicia tätschelte Massie den Rücken.

»Na ja, was auch immer es war, es war unsere einzige Hoffnung auf ein anständiges Mahl.« Dylan stand auf und klopfte sich die trockenen Blätter von den Knien.

»Du hörst dich wie Brian aus *Tomahawk* an«, meinte Massie.

»Wer?«

»Ich glaube, er ist einer der Jungen bei der Exkursion, der nicht in der Fußballmannschaft ist.« Alicia drehte ihre Haare oben auf dem Kopf zu einem Dutt zusammen und steckte einen Zweig durch, damit er an Ort und Stelle blieb.

»Oh, richtig.« Dylan dachte darüber nach und sagte dann: »Aber warte, wenn er nach Tomahawk geht, was tut er dann auf einer Exkursion von OCD- und Briarwood-Schülern?«

»Nein.« Massie verdrehte die Augen. »Brian ist die Hauptperson aus dem Buch *Tomahawk,* aus dem Mr Myner uns vorgelesen hat.«

»Oh, ich liebe den Roman«, strahlte Kristen. »Ich habe ihn vor etwa vier Jahren gelesen . . .« Ihre Stimme verlor sich. »Vielleicht werde ich ihn auswendig lernen.«

»Nun, wird darin erwähnt, wie man wieder zurückfindet, wenn man sich verlaufen hat?«

»Ich erinnere mich nicht.« Kristen hatte wieder in den Navigationsmodus umgeschaltet. »In diese Richtung.« Sie zeigte nach rechts und schlug sich durch den dichten Wald. Kristen war die Einzige, die sich in den letzten paar Tagen für die Wanderkarten interessiert hatte.

»Warum ist noch keine Hilfe geschickt worden?«, jammerte Dylan.

»Im Ernst«, stimmte Kristen zu. »Man sollte denken, dass deine Mutter mit einem Team von berühmten Rettungshunden hier draußen unterwegs wäre.«

»Bit-te, sie ist doch viel zu sehr damit beschäftigt, mit Mr Myner zu kuscheln.« Dylan sah mehr als angewidert aus, so, als hätte man sie gezwungen weiße Deoreste aus den haarigen Achselhöhlen des Geografielehrers zu lecken.

»Wir werden erfrieren, wenn uns nicht bald jemand rettet.« Claire pustete sich warme Luft auf die frierenden Finger.

»Die Erinnerung an das Schmusen mit Cam gestern Abend hält mich *warm«*, sagte Alicia.

Claire spürte, wie ihr Rücken sich versteifte, und sie blieb stehen. Sie starrte Alicia in die Augen und fragte sie stumm: »Du bist nicht nur dorthin gegangen, oder?«

Alicia antwortete, indem sie sich auf die Unterlippe biss und langsam nickte.

»Warum seid ihr zwei stehen geblieben?«, rief Massie über die Schulter zurück.

»Wir müssen weiter nach Osten gehen, wenn wir je wieder herausfinden wollen. Es sieht aus, als würde es schon dunkel werden«, fügte Kristen hinzu.

Claire und Alicia ignorierten sie und starrten sich weiterhin in die Augen.

»Ach ja?« Claire wollte sich zurückhalten zu sagen, was sie im Begriff zu sagen war, aber es war zu spät. Ihr gesunder Menschenverstand war nicht mehr Herr ihrer Worte, sondern nur noch Zorn. »Nun, ich habe die Erinnerung an Küsse von Josh und Cam, um *mich* warm zu halten.«

»Tatsächlich?« Alicia verschränkte die Arme vor der Brust und trat von einem Fuß auf den anderen. »Zumindest habe ich Haare über der Stirn, die *mich* wärmen.«

Claire widerstand dem Bedürfnis, an ihrem kurzen blonden Pony zu zupfen.
»Das ist ja großartig, denn ich haaabe ...« Claire versuchte Zeit zu schinden, während sie nach etwas Schlechtem an Alicias Aussehen suchte. Aber es war nicht leicht. »Ich habe ... ich habe Platz in meinem *Pulli*, um *mich* zu wärmen.«
»Du wirst bald keinen Platz mehr in diesen Gap-Jeans haben, wenn du weiterhin Süßigkeiten isst, wenn du glaubst, dass wir nicht hinsehen.« Alicia blickte Dylan an, als sie das sagte.
Claires Körper zitterte vor Wut.
»Du hast etwas zu essen?« Dylan war zu begeistert, um aufgebracht zu sein.
»Gib her.« Massie streckte die Hand aus.
Claire griff in ihre Tasche und zog die Tüte heraus. Sie spürte ein Brennen hinter ihren Augenlidern und flehte sich selbst an nicht zu weinen. Sie würden denken, es wäre, weil sie ihren geheimen Essensvorrat aufgeben musste, aber damit hatte es nicht das Geringste zu tun. Claire wollte nicht, dass sie Cams Geschenk zu etwas völlig Banalem machten, indem sie es Essen nannten. Die Gummiwürmer und sauren Stäbchen waren viel mehr als das. Sie waren Liebesbeweise – *ihre* Liebesbeweise.
Massie hielt Claire die offene Hand unter die Nase. Claire klatschte die Tüte in Massies Hand und sah weg.
»Also ehrlich, Claire.« Kristen klang enttäuscht. »Wie würde es dir gefallen, wenn ich selbst den Weg hier herausfinden würde und euch alle im Dreck liegen ließe, um zu sterben?« Sie versenkte die Hand in der offenen Tüte, die Massie herumreichte.

»Das würde ich zu gerne erleben.« Dylan kaute auf einer grünen Gummischlange.

»Was denn?«

»Wie du den Weg hier herausfindest.« Dylan kaute weiter. »Denn ich glaube, du bist genauso ahnungslos wie wir alle.«

»Wirklich?« Kristen trat einen Schritt auf Dylan zu und zeigte mit dem Finger auf ihr Gesicht. »Dann führ *du* uns doch.« Sie setzte sich auf einen umgestürzten Baumstamm und schlug die Beine übereinander.

»Auf keinen Fall«, bettelte Alicia. »Dyl, ich habe dich zum Fressen gern, aber du kannst uns nicht hier herausführen. Du weißt nicht einmal, wo Osten ist.«

»Niemand weiß das.« Massie drehte sich ihre Halskette um den Finger.

»Du weißt es«, sagte Claire leise.

»Häh?« Massie sah verärgert aus.

»Du weißt, wo Osten ist.«

Massie stemmte die Hände in die Hüften. »Was soll das heißen?«

»Es heißt, dass du einen Kompass um den Hals hast.« Claire deutete auf die Goldkette, an der Massie den ganzen Vormittag gespielt hatte.

»Bitte?« Massie sah nach unten. »Oh yeah.« Sie kicherte.

Claire hätte die anderen gerne daran erinnert, dass sie sie bereits zum dritten Mal gerettet hatte, aber es war zu spät. Die Mädchen umarmten bereits Massie und hüpften auf und nieder, während sie sie Heldin nannten.

»Okay, okay.« Sie stieß sie weg. »Passt auf, dass er nicht

zerbricht.« Massie zog sich die Halskette über den Kopf und schloss die Hand darum.
»Lass mich sehen.« Kristen war offensichtlich begierig zu sehen, ob sie sie in die richtige Richtung geführt hatte.
»Erst wenn alle sich wieder versöhnen.« Massie versteckte die geschlossene Faust hinter dem Rücken.
Das Lächeln auf den Gesichtern verblasste schnell.
»Los.« Massie deutete mit dem Kinn auf Dylan. »Warum fängst du nicht an?«
»Warum ich?«
»Weil du es warst, die als Erste hier hinausgerannt ist.«
»Na ja, niemand hat euch gesagt, ihr sollt mir nachlaufen.«
»Also gut.« Massie zog eine Grimasse. »Dann fange ich an. Es tut mir Leid, dass ich dir gefolgt bin. Es tut mir wirklich, wirklich Leid. Das kannst du mir glauben.«
Alle kicherten. Sogar Dylan brachte ein Lächeln zu Stande.
»Dylan, es tut mir Leid, dass ich gesagt habe, du wüsstest nicht, wo Osten liegt«, brachte Alicia vor. »Ich bin sicher, du weißt es.«
»Schon vergessen.« Dylan machte eine wegwerfende Handbewegung, als wäre es keine große Sache gewesen.
»Kann ich jetzt bitte den Kompass sehen?«, sagte Kristen.
»Noch nicht.« Massie blickte Claire und Alicia an.
Alicia wandte sich ab.
»Kuh-laire.« Massie verschränkte die Arme vor der Brust und tippte ungeduldig mit dem Fuß auf.
»Gut.« Claire wusste, dass Massie Recht hatte. Es war Zeit, diese Fehde zu beenden, und sie hatte auf jeden Fall eine Menge Sachen, für die sich entschuldigen musste; warum

sollte sie also nicht den ersten Schritt tun? Zumindest würde sie mit einem reinen Gewissen hier draußen sterben, falls es dazu kommen sollte.

»Alicia, es tut mir Leid, dass ich Josh geküsst habe, aber ich habe ehrlich geglaubt, du hättest gesagt, du wärst über ihn weg.« Alicia schwieg und so fuhr Claire fort. »Und ich habe es bloß getan, weil ich so sauer war, dass Cam Nina mochte. Ich habe nie versucht ihn dir wegzunehmen. Ich schwöre es.«

»Warum hast du es mir nicht einfach gesagt? Ich habe mich die ganze Woche wie ein HL benommen, als ich herausfinden wollte, wen er mag.«

»Vermutlich hatte ich Angst, dass du böse auf mich sein könntest.« Claire hob den Blick, um Alicia anzusehen, obwohl sie schreckliche Angst davor hatte, was sie in ihren Augen lesen würde. »Oder dass du versuchen würdest dich an mir zu rächen.«

»Aber bit-te, das sieht mir doch überhaupt nicht ähnlich.« Alicia klimperte mit übertriebener Unschuld mit den Wimpern.

Claire blickte die anderen an und hoffte auf ein wenig Unterstützung. Alle sahen weg. »Sieht es dir wirklich so wenig ähnlich, Rache zu nehmen?«

Alicia kicherte nervös. Ihr Wangen wurden leuchtend rot. Claire merkte, dass sie Alicia in Verlegenheit brachte. Das Gefühl war zu schön, um damit aufzuhören. »Ich hätte dir gerne von Josh erzählt, wenn ich auch nur eine Sekunde geglaubt hätte, du würdest versuchen mich zu verstehen. Aber das tust du nicht gerne, stimmt's? Es gefällt dir besser, zu planen und zu intrigieren und –«

»Das reicht.« Alicia hielt Claire die Hand vors Gesicht. »Was hast du von mir erwartet, Kuh-laire? Dass ich mich dafür bedanke, dass du mir in den Rücken gefallen bist? Dass ich dir dein Messer zurückgebe, falls du mir damit noch einmal in den Rücken fallen willst?«

Alicia hatte völlig Recht. Claire hatte ihre Freundin betrogen und hatte sich mehr Gedanken wegen der Bestrafung als wegen der Tat an sich gemacht. War es, weil es ihr so schwer fiel, sich die hübsche und beliebte Alicia als Opfer vorzustellen? Oder war Claire zu sehr mit ihren eigenen Gefühlen beschäftigt gewesen, um es überhaupt zu versuchen? So oder so, sie wusste, dass sie Unrecht gehabt hatte.

»Es tut mir wirklich Leid, Alicia, wirklich. Ich wollte dir nicht wehtun.« Die Tränen in Claires Augen bewiesen, dass sie dieses Mal tatsächlich meinte, was sie sagte, und zwar aus den richtigen Gründen.

»Es ist okay.« Alicias Stimme klang verzeihend. »Es tut mir Leid, dass ich Cam benutzt habe, um mich an dir zu rächen.«

»Freunde?« Claire blickte auf. Sie breitete die Arme aus.

»Auf keinen Fall!«, fuhr Alicia sie an. »Nicht nach dieser Nummer mit der Unterwäsche.«

Das hatte Claire völlig vergessen.

»Alicia Riveras Unterwäsche!«, sang Dylan.

»Das ist nicht lustig!« Alicia stampfte mit dem Fuß auf.

»Irgendwie schon.« Massie hielt sich die Hand vor den Mund.

Alle außer Alicia lachten. Aber ihre Mundwinkel zuckten, als wollte sie ebenfalls lachen.

»Du musst versprechen, allen zu erzählen, dass es nicht meine Unterwäsche war«, sagte Alicia nachdrücklich.
»Versprochen.«
»Dann verzeihe ich dir.« Alicia lächelte.
»Danke.« Claire erwiderte das Lächeln.
»Weltfrieden?« Massie hob ihren kleinen Finger hoch. Die Mädchen versammelten sich um sie und standen in dem engen Kreis, verbunden durch die eingehakten kleinen Finger.
»Weltfrieden«, wiederholten sie einstimmig.
»Kann ich jetzt den Kompass sehen?« Kristen wippte auf den Zehenspitzen auf und nieder.
»Ja.« Massie reichte ihn ihr.
Kristen prüfte die Nadel, dann bewegte sie das runde Gesicht von einer Seite zur anderen. »Ooops«, sagte sie halb laut. Sie wandte sich nach links. »Sind alle bereit?«
»Hast du absichtlich versucht uns in die Irre zu führen, damit du nicht zurückgehen musst?«
»Ich mag zwar Angst vor meinen Eltern haben, aber ich habe noch mehr Angst davor, zu verhungern«, antwortete Kristen.
»Macht euch keine Sorgen«, versicherte Alicia ihnen. »Mein Vater wird das alles in Ordnung bringen.«
»Meiner auch«, warf Massie ein.
»Meiner auch«, log Claire. Das Einzige, was ihr Vater tun könnte, wäre, sie durch einen lustigen Tanz oder ein Lied mit dem Mund voller Kekse aufzuheitern.
»Super, dann können wir ja starten.« Kristen wischte sich die Augen und führte sie auf dem Weg zurück, auf dem sie gekommen waren.

»Seht mal, Abdrücke von hohen Absätzen.« Alicia zeigte auf den weichen Boden. Dylan, glaubst du, deine Mutter ist hier draußen und sucht uns?«
»Das sind Rehfährten.« Kristen verdrehte die Augen.
»Menschen essen Rehe, wisst ihr«, merkte Dylan an.
»Ich würde lieber meinen Arm essen als ein süßes, kleines Reh.« Massie legte sich die Hand aufs Herz.
»Ich hätte auch nichts dagegen, deinen Arm zu essen«, meinte Dylan.
»Wie bitte?« Alicia kicherte.
»Es ist wahr«, sagte Dylan. »Wenn ich einen von uns essen müsste, um zu überleben, würde ich mir Massie aussuchen.«
»Danke!« Massie lächelte stolz.
»Warum sie?« Kristen klang beleidigt.
»Weil kein Fett an ihr ist, aber sie ist auch nicht zu dünn«, erläuterte Dylan. »Sie wäre wie eine Wachtel oder ein kleines Hühnchen.«
»Was passt dir an mir nicht?«, jammerte Kristen.
»Ein bisschen zu muskulös.« Dylan tat den absurden Vorschlag schnell ab. »Du wärst zu zäh.«
»Damit kann ich umgehen«, erwiderte Kristen. »Eigentlich will ich auch gar nicht gekocht werden.«
»Hört sich aber an, als wolltest du doch«, zog Massie sie auf.
»Und Claire.« Dylan tippte sich gegen die Schläfe. »Du würdest ein hübsches, kleines Dessert abgeben.«
»Danke.« Claire war sich nicht sicher, ob man ihr gerade ein Kompliment gemacht hatte oder nicht, aber sie war dankbar, dass man sie einbezogen hatte.

»Hey, mag denn niemand mein Brustfleisch?« Alicia öffnete ihre Jacke und enthüllte kurz ihren eng anliegenden Pulli. Alle brachen in Lachen aus.
»Oh mein Gott, ich muss gleich in die Hose machen.« Alicia beugte sich vor und hielt sich die Blase.
»Hock dich einfach hin«, schlug Kristen vor.
»Ih, auf keinen Fall!« Alicia verdrehte die Augen.
»Pinkel in die Hose«, schlug Dylan vor. »Es wird wieder trocknen.«
»Du bist ekelhaft.« Massie schlug ihrer Freundin spielerisch auf den Arm.
»Vielleicht.« Dylan grinste. »Aber zumindest ist mir warm.« Sie hob ihre lange olivgrüne DKNY-Jacke hoch und enthüllte einen großen, nassen Fleck im Schritt.
»Ih!«, brüllten alle und rannten weg; sogar Alicia lief.
»Kommt zurück und umarmt mich.« Dylan streckte die Arme aus und jagte ihnen hinterher. Je lauter sie kreischten, desto mehr lachte sie. »Ihr könnt dem Pipi-Monster nicht entkommen!«, schrie sie immer wieder. »Urinalarm! Kommt zurück!«
Die Mädchen rannten so schnell sie konnten. Sie erstickten fast vor Lachen und stolperten beinahe übereinander, als Dylan sie direkt aus dem Wald trieb.
Plötzlich waren sie wieder auf dem Campingplatz und wussten nicht einmal, wie sie dorthin gelangt waren.
»Urin, Urin!«, rief Dylan, die sich ein paar Meter hinter ihnen befand. Sie hatte keine Ahnung, dass ihre Opfer jetzt an der Feuerstelle standen, während Mr Myner sie angewidert betrachtete.

Er hielt den Blick auf sie gerichtet, während er in sein Walkie-Talkie sprach. »Ich habe die vermissten Mädchen, over.«
»Sind sie alle wohlbehalten und in Sicherheit? Over«, fragte die Stimme zurück.
Mr Myner wollte gerade antworten, als Dylan aus dem Wald schoss. Sie rannte auf den Zehenspitzen, hatte die Arme über den Kopf gereckt und die Beine zur Seite gespreizt, als würde sie einen lustigen Hühnertanz aufführen.
»Kommt und umarmt das Pipi-Monster!«, schrie sie. Sie blieb in dem Augenblick stehen, in dem sie merkte, dass alle sie anstarrten.
Kristens heiseres Lachen war das einzige Geräusch, das danach zu hören war.
Schließlich brach Mr Myner nach einem langen, unbehaglichen Anstarren das Schweigen. »Habt ihr eine Ahnung, wie viele Leute nach euch gesucht haben?«
»Pickles!« Merri-Lee drückte ihre Tochter so fest sie konnte.
»Ih!«, sagte Alicia leise.
Bei dem Gedanken, wie Merri-Lee sich an das Pipi-Monster drückte, konnte die Mädchen sich kaum noch zusammenreißen.
»Wo ist meine Crew?« Sie ließ ihre Tochter los und blickte sich auf dem Campingplatz um. »Warum hat niemand unsere Wiedervereinigung gefilmt?«
»Bist du okay?« Cam eilte zu Claire.
»Ja.« Claire senkte den Blick und versuchte schwach und hilflos auszusehen.
Eine Gruppe Mädchen umgab Massie, bis Derrington auf-

tauchte. Dann traten alle zurück, um dem glücklichen Paar Zeit zu geben, sich gebührend zu begrüßen.

»Mädchen, geht schnell zum Essenspavillon und esst etwas, bevor alles abgeräumt ist«, befahl Mr Myner.

»Klasse, Sie sind der Beste!«, platzte Dylan heraus, die vorübergehend den Groll vergessen hatte, den sie gegen ihn hegte.

Die Mädchen umarmten Mr Myner und dankten ihm endlos für sein Mitgefühl.

»Bitte kommt in zwanzig Minuten in meine Unterkunft«, sagte er und weigerte sich sie ebenfalls zu umarmen. Seine steife, stoische Haltung erinnerte Massie an die großen Bäume, die den ganzen Vormittag auf sie heruntergestarrt hatten.

»Kapiert!«, schrie Massie.

Die Mädchen rannten zum Essenspavillon und schlangen alle Reste des Mittagessens, die sie kriegen konnten, hinunter.

»Vielleicht hat es sein Gutes, dass er in meine Mutter verliebt ist«, meinte Dylan.

»Ich weiß, was du meinst«, sagte Alicia zustimmend. »Er wird uns aus der Patsche helfen.«

»Ich wette, wenn du ihn Dad nennst, vergisst er, dass das Ganze überhaupt passiert ist«, kicherte Massie.

Claire lachte auch, weil sie wusste, dass das Schlimmste hinter ihr lag. Sie hatte Cam geküsst, hatte sich wieder mit Alicia versöhnt und hatte schließlich aus dem Wald gefunden. Zumindest erschien es ihr so.

LAKE PLACID, NEW YORK
CAMPINGPLATZ FOREVER WILD

MR MYNERS UNTERKUNFT

Mittwoch, 25. Februar
14 Uhr 11

Das haut mich jetzt um.« Dylan fand den grüngelben Hermès-Seidenschal ihrer Mutter hinter dem Lederpolster auf Mr Myners Couch.

»Ih.« Alicia zuckte zusammen, als sie das sah.

Massie fand noch andere Dinge außer Merri-Lees Schal beunruhigend. Es war insgesamt unheimlich, in Mr Myners Hütte zu sein. Es roch nach einer Mischung aus Irischer-Frühling-Seife und angebranntem Kaffee.

Hinter ihnen stand in der Mitte des Raumes sein Himmelbett. Es war nur halb gemacht. Seine blau-rot karierte Tagesdecke war planlos hochgezogen worden, jedoch weder glatt gestrichen noch untergeschlagen worden. Und auf dem Kissen sah man noch die Vertiefungen, wo sein großer Kopf und seine dicken Haare die ganze Nacht geruht haben mussten. *Ih!* Obwohl er besser aussah als die meisten Lehrer, war die Vorstellung, wie er schlief, grenzwertig abstoßend. Redete er im Schlaf? Schnarchte er? Hatte er morgens starken Mundgeruch? Massie schüttelte diese Gedanken so schnell wieder ab, wie sie gekommen waren. Sie hatte Sehnsucht nach dem pudrigen Parfümduft in der Hütte der Mädchen.

»Glaubt ihr wirklich, er ist draußen und ruft unsere Eltern an?«, schniefte Kristen.
»Ich weiß, dass er in engem Kontakt mit Dylans Mutter steht.« Massie konnte sich nicht zurückhalten.
»Halt die Klappe.« Dylan warf Massie den Schal ins Gesicht.
Claire wickelte sich die leere Süßigkeitentüte um die Hand. Ihr Finger nahmen unterschiedliche Purpurschattierungen an und Massie sah weg.
»Kann ich den benutzen?« Kristen schnaufte und griff nach Merri-Lees Schal. Massie reichte ihn ihr, ohne zu zögern.
»Beruhige dich, Kristen.« Dylan rieb ihrer Freundin den Rücken. »Wir werden keinen Ärger bekommen. Er will uns bloß eine Lektion erteilen.«
Kristen tupfte sich die Augen. »Also glaubt ihr nicht, dass er wirklich jemanden anruft?«
»Ich wette, er tut es«, spekulierte Alicia. »Aber meine Eltern werden *ihm* die Schuld geben, nicht mir. Er hat uns verloren. Daran müsst ihr denken.«
Kristen brach in Tränen aus. »Schon, aber ich sollte doch gar nicht hier sein. Meine Mom glaubt, ich wäre bei einem Fußballspiel.«
Die fünf Mädchen schlugen die Beine übereinander und setzten sich gerade hin, als sie Mr Myner die Stufen zu seiner Hütte hinaufstapfen hörten.
»Pssst.« Massie beugte sich vor und schlug Kristen auf den Oberschenkel. »Dylans Dad kommt.«
»Daaaaad!«, rülpste Dylan.
Die Mädchen bogen sich vor Lachen, als er hereinkam.

»Das ist gut, Ladys, lasst alles heraus.« Er machte die Tür hinter sich zu. »Denn vielleicht werdet ihr nie wieder lachen.«

Er schenkte sich eine Tasse aus der schwarzen Cappuccino-Maschine auf dem kleinen Minikühlschrank ein. Dann hob er den braunen Keramikbecher an die Nase und genoss das Aroma, als befände er sich in einem Maxwell-House-Werbespot. Eine Minute lang fragte Massie sich, ob er ihre Anwesenheit vergessen hatte. Sein lässiges Verhalten machte sie allmählich nervös.

Mr Myner stellte die Tasse auf dem Kaminsims ab, schnürte seine Wanderschuhe auf und stellte sie ordentlich neben die Tür. Der Dampf seines Kaffees stieg in Streifen und Wirbeln auf, wehte davon und löste sich auf. Er hatte keine Ahnung, wie gut es ihm ging.

Schließlich schob Mr Myner seine Hand durch den Henkel seines Kaffeebechers und machte es sich in dem hellbraunen Ledersessel am Kamin bequem. Nach einem lauten, schlürfenden Schluck stellte Mr Myner die übereinander geschlagenen Beine wieder nebeneinander und drehte sich zu den Mädchen auf der Couch um.

»Was ihr heute getan habt, war sehr gefährlich«, begann er; er hörte sich an wie ein besorgter Vater. Er war nicht böse, nur besorgt. Massie spürte, wie die Anspannung in ihren Schultern nachließ. Das Schlimmste war vorüber.

»Aber was mir auch zu denken gibt, ist, wie lange ihr gebraucht habt, um den Rückweg zum Campingplatz zu finden.« Seine Augen wurden schmal und die Muskeln seitlich an seinem Kiefer arbeiteten. »Man stelle sich vor, dass wir drei Tage damit verbracht haben, zu lernen, wie man sich in der Wildnis zurechtfindet, und ihr verirrt euch auf einem markierten Wanderweg.« Er strich sich mit der Hand über die Stirn. »Ich habe es satt.«

Massie hob die Hand. »Ich glaube, wir hätten leichter zurückgefunden, wenn sie nicht unsere Handys einkassiert hätten.« Sie sah die anderen um Bestätigung heischend an. Sie nickten zustimmend. »Ich meine, wir hätten auf jeden Fall angerufen – aber wir konnten nicht.«

»Die Idee, Miss Block, war, euch beizubringen, wie man ohne diese Dinge überlebt«, fauchte er. »Was meine Meinung nur noch unterstützt. Der ganze Unterricht hat bei euch nichts gebracht.«

»Ich habe die Wanderkarten studiert«, warf Kristen ein. »Ich wusste, dass wir nach Osten gehen mussten.«

»Warum habt ihr dann fünf Stunden gebraucht, um uns zu finden?« Mr Myner fuhr sich mit der Hand durch die Haare. »Wenn ihr nach Osten gegangen wärt, hättet ihr fünf Minuten gebraucht.« Er machte eine Pause. »Und was genau tust du überhaupt bei dieser Exkursion?«

Kristen tupfte sich mit dem Hermès-Schal die Augen.

»Ich habe euch vor den Folgen gewarnt, wenn ihr allein in den Wald geht, nicht wahr?«

Niemand sagte ein Wort.

»Wenn euch Mädchen etwas zugestoßen wäre, sähe sich die OCD so vielen Gerichtsverfahren gegenüber, dass die Schule für immer ihre Tore schließen müsste.«

»Gut, dass wir okay sind.« Massie versuchte positiv zu klingen. »Richtig?«

»Ja, Massie.« Mr Myners Stimme klang gezwungen, als gäbe er sich große Mühe, sie nicht anzuschnauzen. »Aber ich fürchte, ihr müsst trotzdem den Preis für den Verstoß gegen die Regeln bezahlen. Schließlich müssen wir ein Exempel für die anderen Schüler statuieren. Deshalb habe ich mit Rektorin Burns gesprochen und wir sind einer Meinung.« Er holte tief Luft. »Ihr werdet alle mit sofortiger Wirkung von der OCD ausgeschlossen.«

Die Mädchen schnappten nach Luft. Sie hatten mit einem Vortrag über Verantwortungsbewusstsein und vielleicht Nachsitzen gerechnet. Aber *das?* Keinem fiel eine Antwort ein.

»Sie meinen vorübergehend suspendiert?« Massie wurde es übel. Seine Worte drangen nicht richtig zu ihr vor.

»Nein, ich meine ausgeschlossen.«

»Äh, finden Sie nicht, dass das ein bisschen zu hart ist?«, fragte Massie aufgewühlt. »Unsere Eltern werden das niemals akzeptieren.«

»Sie wurden bereits verständigt«, erwiderte Mr Myner sofort. »Wir haben einen Bus organisiert, der euch heute Nachmittag nach Hause bringt. Sie werden auf euch warten, wenn er ankommt.«

Dylan stand auf und stemmte die Hände in die Hüften. »Wenn ich nicht durch Sie und meine Mutter so traumatisiert gewesen wäre, wäre ich überhaupt nicht davongelaufen.« Sie starrte ihn an. »Haben Sie Rektorin Burns das auch erzählt? Haben Sie ihr gesagt, dass ich traumatisiert war? Oder haben Sie das schon vergessen?«

»Deine Mutter ist kein Mitglied des Lehrkörpers und wir

sind beide erwachsene Menschen«, erwiderte Mr Myner mit ruhiger Stimme. »Wir haben jedes Recht, einander Gesellschaft zu leisten.«

»Nun, jetzt wird sie Sie fallen lassen«, sagte Dylan leise, als sie sich wieder setzte.

»Mein Vater wird dagegen vorgehen«, sagte Alicia und versuchte so zu klingen, als hätte sie keine Angst. »Er wird Sie verklagen, weil sie uns verloren haben, die OCD, weil sie uns ausgeschlossen hat, und die Adirondacks, weil sie keine besseren Wanderwege angelegt haben.«

»Und wegen Diskriminierung der Armen«, fügte Kristen hinzu.

»Der Armen?« Mr Myner schüttelte verwirrt den Kopf.

»Ja«, schluchzte Kristen. »Wenn ich nicht arm wäre, hätte ich nicht heimlich herkommen müssen und wäre dementsprechend auch nie erwischt worden und ich hätte niemals weglaufen müssen –«

Mr Myner hob die Hand. »Es reicht. Der Bus wird in fünfunddreißig Minuten hier sein, also geht lieber schnell in eure Hütte und packt eure Sachen zusammen.«

»Was ist mit dem Zeug, das Sie uns bei unserer Ankunft gestohlen haben?«, fragte Massie.

»Es wird alles im Bus sein.«

»Es tut mir Leid«, piepste Claire. Es war ihr erstes Wort, seit er den Raum betreten hatte.

»Mir auch«, sagte Mr Myner. »Es gibt nichts Traurigeres als eine verschwendete Erziehung.«

Massie stand auf und der Rest der Mädchen tat es ihr nach. Sie war zu schockiert, um den Gedanken zu akzeptieren, dass sie die OCD nicht mehr besuchen würde. Es musste etwas geben, was ihre Eltern tun konnten, richtig? Sie hatte sich selbst in der Vergangenheit schon aus schlimmeren Situationen herausmanövriert – wie schwierig konnte dies sein? Diese Fragen würden später beantwortet werden müssen. Im Moment fühlte sie sich schwerfällig und müde, wie nach einem größeren Weinanfall. Und ihr Gehirn war langsam und betäubt. Ja, später.

Mr Myner hielt den Mädchen die Tür auf. Eine nach der anderen ging an ihm vorbei und trat hinaus in die Kälte. Alle standen vor den Stufen der Veranda, um zu sehen, ob sie in Ordnung waren. Selbst die Jungen, die nicht in der Fußballmannschaft waren, wirkten betroffen. Wären ihre Kleider nicht schmutzig, ihre Haare nicht platt gedrückt und ihre Zukunft ruiniert gewesen, hätte Massie sich wie eine Berühmtheit gefühlt, die gerade aus der Drehtür des Ritz-Carlton schritt.

»Was ist passiert?« Derrington überreichte ihr eine Faust voll Wildblumen. Von der trockenen Winterluft waren sie ein bisschen braun und verwelkt, aber die Geste war zehn Punkte wert.

Massie nahm die Blumen und schnupperte daran. Ein scharfkantiges Blatt pikste sie in die Lippe, und wehmütig erinnerte sie sich an Elchton und seinen steifen Barthaare. Sie war in den vergangenen drei Tagen so weit gekommen. Und jetzt das.

»Wir sind von der Schule ausgeschlossen worden«, verkündete Massie ihrem Publikum.

»Was?« Derringtons Stimme schnappte über. »Du machst Witze, stimmt's?«

Er merkte schnell, dass es nicht so war, als er Kristens purpurrotes Gesicht und ihre verquollenen Augen sah.
»Hey, was macht sie denn hier?«, rief jemand.
Sekunden später waren die Mädchen umringt, wurden voller Mitleid umarmt und mit Worten der Unterstützung und Solidarität ermutigt.
»Lasstunsstreiken!«, rief Carrie.
»Yeah!«, schrien alle.
»Damit kommen sie nicht durch.« Layne boxte in die Luft.
Massie fühlte sich besser als den ganzen Tag. Sie liebte es, wie alle sich wegen ihr vereinten. »Wir sagen der Macht den Kampf an!«
»Wir sagen der Macht den Kampf an!«, antworteten sie.
Massie sah sich nach ihren Freundinnen um und hoffte, sie würden sich genauso aufgemuntert fühlen wie sie. Aber sie hatten ihre eigene Art und Weise, mit der Angelegenheit umzugehen.
Claire stand mit Cam abseits der Gruppe. Er wischte ihr mit dem Daumen die Wangen ab. Dylan schrie ihre Mutter an und bat sie etwas zu unternehmen. Kristen schlug an Mr Myners Tür und flehte ihn an, es sich noch einmal zu überlegen und Alicia und Olivia umarmten Josh und Plovert zum Abschied. Schließlich öffnete Mr Myner die Tür. Kristen fiel zu Boden und umklammerte seine Beine.
»Bitte, nehmen Sie es zurück«, bettelte sie. »Ich werde alles dafür tun. Ich werde den gesamten Globus auswendig lernen, wenn Sie wollen. Sogar die Längen- und Breitengrade. *Alles.*«
»Steh auf, Kristen.« Sein Ton war kühl und gemessen. »Ihr

habt noch dreiundzwanzig Minuten, um eure Sachen zu packen.«

»Baummensch!«, schrie Kristen ihn an. Sie wischte sich die Nase ab und rannte zur Hütte.

»Mädchen, der Bus wartet!«, sagte Mr Myner. »Los!«

Massie sah sich ein letztes Mal um.

Es war das letzte Mal, dass sie diese Gesichter sehen würde.

Verwendete Abkürzungen:

IM – Instant Message:	Kurze Nachricht zwischen verschiedenen Internetnutzern, die gerade online sind. Sie werden im Gegensatz zu E-Mails in Echtzeit zugestellt.
XOXO – hugs'n'kisses:	Schlussformel für SMS, wörtlich: Umarmung und Küsse

Lisi Harrison

Die Glamour Clique

Die Partyqueen

Um weiterhin die Königin der Schule zu bleiben, will Massie eine coole Party veranstalten, natürlich mit Jungs. Sie weiß nicht, was sie dabei mehr annervt: dass ihre Eltern sie zwingen, den ganzen Jahrgang einzuladen, oder dass sie die Party zusammen mit dem Mauerblümchen Claire feiern muss. Ob das eine neue Chance für Claire ist, sich einen Platz in der Clique zu erobern?

Lisi Harrison

Die Glamour Clique
Wer ist die Schönste?

Massie erhält eine Einladung von Rupert Mann, einem Hollywood-Regisseur, für seinen neuen Teenie-Blockbuster „L wie Loser“ vorzusprechen. Sofort packt sie Kleider und Freundinnen und reist im Privatjet des Regisseurs Richtung Hollywood. Doch da läuft alles ganz anders, als Massie sich das vorgestellt hat: Alle am Set behandeln Claire, als wäre sie der große Star. „W wie Was zum ...?!“ ist hier los?

Arena
296 Seiten
Arena-Taschenbuch
ISBN 978-3-401-50431-5
www.arena-verlag.de

Lisi Harrison

Die Glamour Clique
Es ist so schön, ein Biest zu sein!

An der OCD ist die Jagd eröffnet: Mysteriöse CDs kursieren, in denen es nur um eins geht: um den Schlüssel zu einem ultrageheimen Clubraum. Wer ihn besitzt, kann die coolsten Partys der ganzen Stadt steigen lassen. Klar, dass Massie und ihre Freundinnen alles daran setzen, dem Rätsel als Erste auf die Spur zu kommen. Denn hier geht es um mehr als um Leben oder Tod: Es geht um IN oder OUT.

Arena

224 Seiten
Arena-Taschenbuch
ISBN 978-3-401-50432-2
www.arena-verlag.de